最后一公里的守望

七里甸纪事

董晨鹏 著

译林出版社

图书在版编目（CIP）数据

最后一公里的守望：七里甸纪事 / 董晨鹏著. —
南京：译林出版社，2024.3
ISBN 978-7-5753-0002-5

Ⅰ.①最…　Ⅱ.①董…　Ⅲ.①纪实文学－中国－当代
Ⅳ.①I25

中国国家版本馆 CIP 数据核字（2023）第 238398 号

最后一公里的守望　董晨鹏 / 著

责任编辑　王雨舟　焦亚坤
装帧设计　吴　悠
校　　对　施雨嘉　王　敏
责任印制　闻媛媛

出版发行　译林出版社
地　　址　南京市湖南路 1 号 A 楼
邮　　箱　yilin@yilin.com
网　　址　www.yilin.com
市场热线　025-86633278
排　　版　南京展望文化发展有限公司
印　　刷　江苏凤凰通达印刷有限公司
开　　本　880 毫米 ×1240 毫米　1/32
印　　张　9.375
插　　页　2
版　　次　2024 年 3 月第 1 版
印　　次　2024 年 3 月第 1 次印刷
书　　号　ISBN 978-7-5753-0002-5
定　　价　68.00 元

目 录

引子

“香干臭干，三角钱两块。不好不要，照退钞票。吃了不香，扔进长江。茶干不丑，家去搭酒。大人吃了消消闲，孩子吃了玩……”

只要天气好，猫婆婆的弟弟每个星期六都会过江来，在七里甸串街走巷跑上一趟。他总是不紧不慢地骑着那辆老旧的永久牌二八大杠自行车。结实的黑色自行车后面，捆着一只近乎正方体的木头箱子。箱子里面，叠放着整整齐齐的十二扎茶干。

没人知道他叫卖了多少年，也没人知道他为什么只在七里甸叫卖。

老人们只记得，儿少吃他干子的时候，只要两分钱一块。

己亥年的春天，猫婆婆的弟弟最后一次过江时，一头栽进了路边的菜地里。他躺在一望无际的金黄色的油菜花里，再也没有爬起来……

第一章

小黑

一

社区斜对面修车铺收养的狗，得了狗瘟。

三年前，不知道是谁把一只中华田园犬的幼崽丢在了社区的门口。居委会里当然不能养狗。这户开修车铺的人家听了社工们的建议，当作积德，就收留了狗崽，让狗在自家门口住下了。此狗全身漆黑，浑身上下没有一根杂毛，非常忠诚，有点剩饭吃，有点凉水喝，就认此户人家为主人了。

大家都叫它小黑。但车铺主人实际上并没有认真去照料小黑，想起来了，就在地上倒上一些残羹冷炙；想不起来，就随它到处流荡。填不饱肚子时，小黑也会自己四处找些东西吃。迫不得已，小黑就会跑到社区门口，可怜而憨厚地望着大家，不叫也不闹，只是静静地坐着或站着。

社工们都会拿些吃的给小黑。小黑从来不挑食，给什么就吃什么。

吃完了，它摇摇尾巴，再站上一会儿，然后离开。

陈小军到社区工作后，特别喜欢小黑，但凡吃肉，猪肉也好，鸡肉也罢，总会留口给它。大家因此说小黑算是陈小军给养肥的，给小黑取绰号为“小陈”。

一年半前的一天，已经长得相当粗壮的小黑，突然领了一只杂毛狗崽，一同坐在社区门口。此狗崽可能是㹴犬和吉娃娃的混血，体形比中华田园犬小上许多，灰不拉唧，走起路来还歪歪扭扭的，但抢食却相当暴力，让大家很是吃惊。

陈小军朝小黑丢下一块火腿肠，小黑才低下头，尖嘴猴腮的杂毛已如闪电一般，一口咬住了食物，随即发出低沉而凶狠的咆哮声。连丢两块，结果同样如此。

“真是只笨狗！”气得大骂小黑的陈小军，只好亲自上前，一脚把杂毛狗崽踢得老远。小黑这才有机会打上牙祭。

杂毛同样是一只被人遗弃的狗崽。不知从何时起，杂毛就跟屁虫一样粘上了小黑。给小黑喂食时，车铺主人发现这狗崽也在一旁抢食，一时心软，并没有赶它走，杂毛因此就算名正言顺地入了伙。憨厚的小黑也认它做了兄弟，竟然把它带到社区认起门来。既然是小黑的狗弟，大家便再次开起陈小军的玩笑，给杂毛取绰号为“陈二”。

陈二的社会交游远比小黑复杂深广，三天两头带一些形形色色的狗在社区门口晃荡，想讨些吃的。一个月前，陈二竟然领着一只母狗过来，而母狗的身后还跟着四只小狗。母狗跟其他狗不同，喂它雪饼之类的素食，一概不吃，只吃肉类荤食。吃完了，它还是六亲不认，谁也不能靠近它的狗儿狗女，否则，便龇牙咧嘴，狂吠不止。

狗是人类的伴侣。如果说人的本质是一切社会关系的总和，那么，狗的本质显然是一切社区关系的总和。

进入腊月后，小黑突然精神不振，不吃不喝，趴在附近懒得动弹。车铺主人走过来用脚踢踢它，见它还能摇几下尾巴，便不再管它。后来，小黑的状况越来越不好，开始不停地淌眼泪、流鼻涕。最后，竟发展到浑身索索发抖，口吐白沫，奄奄一息。

陈小军蹲在小黑的身边，喂它里脊肉。小黑的嘴有气无力地动了动，吐出一堆白沫，脑袋便耷拉下来。见小黑这样下去很可能会没命，陈小军就找到铺主，建议把狗送到医院给看一下。

主人没好气地说："人看病还没有钱，哪有钱给狗看病？"

陈小军一时语塞，便只好开起自己的私家车，把小黑抱上车，去了宠物医院。

二

到了宠物医院，陈小军才发现，狗一旦被认定为宠物，管你是土种还是洋种，其命就异常金贵了。

医生说："先交八百块钱，办一下住院手续。"

陈小军吓了一跳："不就感冒吗？看个病这么贵？"

医生说："人会讲话，狗不会讲话，给狗看病当然要比人贵。"

陈小军作为最基层的社区工作者，一个月拿到手的可支配工资不到两千块，再怎么说，这狗也算不上是他的亲兄弟，需要不惜代价去救它，便只好折回，把小黑送回原处。

回到社区坐下，贾名扬见他闷闷不乐的样子，便凑了上来。待问清来龙去脉后，贾名扬胸中的怜悯一时决堤，一腔热血直冲脑门，忍不住“拍案而起”，说：“绝对不能见死不救，我陪你再跑一趟！”

陈小军没好气地回他：“再跑一趟可以，钱我可不出！”

贾名扬说：“不要你出钱，开你的车，你就再辛苦一趟！”

两人再次把小黑送到医院，交完钱办好住院手续回来，居委会已快下班了。

贾名扬总共花了一千两百块钱。悲悯的激情过后，冷静下来，想想还是蛮心疼的。

小黑得的是狗瘟。

狗瘟的病死率很高，没有特效药，只能靠支持疗法。医生说，只能挂水，愿意花钱，还可以吸氧，撑得过来就万事大吉，撑不过来只有来世。

贾名扬终于深刻地明白，挽救一个重症的生命，哪怕是一条草狗的生命，光靠善良是不够的，还必须有相应的经济基础。支付了一千两百块的贾名扬，在善良和经济基础之间，开始犹豫起来。

晚上回到家里，左思右想后，贾名扬还是悄悄地给大家群发了一条信息。

信息上说，为了小陈，希望大家能够有力出力，有钱出钱。

但大家的反应并不热烈，直到第二天上午，才有一个人用微信给他转账三百元。这个人当然不是陈小军，陈小军早已跟他申明过了，不会再掏一分钱。

贾名扬在大家面前来来回回沉重地走了几次，边自言自语边唉声叹气。当他第三次发出希望大家募捐的暗示时，杨小玉忍不住了。

她突然起身，脸色有点发青，快步走到贾名扬的面前，说道："你不要道德绑架大家了！你为小黑做善事，这是你为自己积德，你不好让大家跟着你一起做！做善事不能勉强，勉强做就没什么意思了！"

她的语速很快，很急促，像一梭子子弹打在贾名扬的身上，整个居委会的人都听到了。

大家没料到杨书记会这样跟贾副书记直来直去地说话，把一件往往需要靠心领神会的事情，一下子就放到台面上挑明了。

贾名扬自然没有料到杨小玉会有如此大动作，一时有点发蒙，情急之下，脱口而出："不要大家掏钱，社区能不能出点钱？"

杨小玉杏眼圆睁，气得说了句"亏你想得出来！"，便转身走了，不再理睬贾名扬。

贾名扬站在原地，呆了半天，脸上红一阵白一阵，一言不发。

刘梅走过去，给他找了一个台阶，说："贾书记，问问专门收留流浪狗的部门，看看还有没有什么其他的办法。"

贾名扬无可奈何地长叹一声，说："我再想想别的办法吧！"

他犹豫再三，还是把微信上的三百块钱退了回去。退完钱，他就大张旗鼓地叫上陈小军，一起出了门。

三

想法很美好，现实很骨感。当贾名扬找到犬只留检部门时，竟然碰了一鼻子灰。

犬只留检是由公安机关直接负责管理的。

办事人员问他："是流浪犬？"

他老老实实地回答："不是。"

对方就有点警惕："是无主犬？"

贾名扬当然不敢撒谎，说："有人养的，有人养的。"

办事人员便有点不高兴了，教育他："想遗弃不要了？养狗的时候要慎重，养了之后就不能遗弃，这点道理都不懂？不知道狗狗跟小把戏[①]一样，有想法有感情？"

两人赶紧解释："是狗狗生病了，原来的主人不闻不问了！"

"那你们来是什么意思？"

"想把狗狗交给你们……"

办事人员的脸色立即变得相当难看："把我们这当什么地方了？狗的主人叫你们送的？"

---

① 小把戏，小孩子的俗称。本书背景为镇江七里甸，书中有大量鲜活的方言俚语，在不妨碍理解的情况下，未做处理。个别难懂的词语以脚注方式进行解释。——编注

“不是不是，是我们自己想送的！”

“狗主人没让你们送，你们有什么资格把人家的狗送到我们这块来？是不是顺的人家的狗，现在嫌麻烦了，想不要了？”

两人知道再纠缠下去，搞不好真的被当成偷狗的了，只好匆匆忙忙打个招呼，掉头就走。走的时候，发现办事人员的眼光始终追随着他们，对他们充满了深度怀疑。

把狗托付给犬只留检部门这条路，看来肯定是走不通了。两人商量了一下，决定狠一狠心，长痛不如短痛，干脆让小黑安乐死算了。

想到做到，两人立马驾车直奔宠物医院。

宠物医院的人，应该是对他们两人的这种反应见得多了，不紧不慢地对他们说：“救死扶伤，没有问题的，但做掉一条狗命，就是一件严肃的事情了。你们一定要提供一个证明给我们，证明你们是这条狗的真正主人，然后在委托书上签字，保证所有的后果都由你们自己承担，保证医院没有任何责任，然后把钱交了，我们才能让它没有痛苦地离开这个世界。”

两人的脑袋开始有点大了。

贾名扬有点条件反射地问：“多少钱？”

宠物医院的人说：“大狗小狗价格不一样。你们的狗，六百块。”

他再次受到惊吓：“不就打一针？要六百块？”

贾名扬终于发觉，他轻易地介入一条狗的自然生死问题，真的算不上非常明智。

医生惊诧地望着他：“嫌贵？到这种地步了，还算小账？”

贾名扬知道自己已无法跟医生解释清楚。他沮丧地朝医生说了句“我们再回去商量商量吧！”，便拖着始终一声不吭的陈小军，悄悄地溜走了。

开头两天，陈小军和贾名扬还会抽时间去医院看一下小黑。后来就懒得去了，每天只是打个电话给医生，询问一下情况而已。

小黑的情况时好时坏。一个星期后，小黑最终还是离开了这个世界。

宠物医院打电话给陈小军，要求前去收尸。

陈小军回医院：“你们自己处理吧！”

医院的人非常严肃地提醒他，医院帮着处理完全可以，但需要提供一份委托书。他们会找专业的机构按专业的程序认真处理，办理后事的所有费用，都得由狗的主人买单。

陈小军赶紧说：“还是我自己来吧！”

他约贾名扬一起去。贾名扬此刻已看淡了狗生的生老病死，回他：“医疗费是我出的，后事就你来了。”

陈小军的汽车还是新车，还要用来接新娘，自然不能用来送葬。他只好骑上以前的电动自行车。

陈小军用一只精心挑选的废纸箱收殓了小黑。

不知道什么时候，陈二来到了社区的门口。

陈小军把纸箱放在陈二的面前，说：“你们是兄弟，告个别吧！”

陈二惊愕地望着他，然后迅速围着纸箱转了一圈。一圈没转完，陈二就开始呜咽起来，一边呜咽，一边拼命地用两只前爪扒刨着纸箱。

陈小军竟然心一紧，骂了句粗话，说：“想不到狗跟狗还真的有感情！”

埋在哪块呢？他想到了与居委会一河之隔的狗儿庙。

四

把小黑埋在东边还是西边，让陈小军纠结了好一阵子。

狗儿庙离七里甸居委会的直线距离不到四百米，但要从居委会走到狗儿庙，得七绕八拐走上许多冤枉路。庙在居委会的西南，无论怎么走，都得穿过沪宁铁路，跨过御桥港。如果没有新御桥连通，建在御桥港西侧河畔土丘上的狗儿庙，其实是个相当偏僻的地方。

狗儿庙又叫作哥儿庙，最初的名字则叫作徐偃王庙、徐王庙。

徐偃王是什么人，普通老百姓似乎并不是特别关心。他们平时津津乐道的，是跟徐偃王身家性命有关的一条狗，一条名字叫作鹄苍的狗的故事。

很久很久以前，徐国国王的一个妃子怀胎十月后，生下来的竟然是一个圆滚滚的肉球。王宫上下，都认为这是一个不祥之兆，就把这个肉球抱出宫去，扔在了河边的荒草丛中。

河边住着一个孤苦伶仃的老奶奶，陪伴她的只有一只叫作鹄苍的草狗。这一天，在野地里自己寻找食物的鹄苍，突然早早地从外面跑了回来，摇头摆尾的，嘴里衔着一只红通通的大肉球。老奶奶吓了一跳，觉得这只肉球非同一般，就赶紧把它包裹在襁褓之中，然后抱在怀里，用自己的体温温暖着它。

不知道过了多久，老奶奶惊喜地发现，肉球动了起来。动静越来越大，像小鸡出壳一样，肉球裂了开来，从里面伸出了一双小手，露出了一颗毛茸茸的婴儿的头颅。

老奶奶从肉球里捡到一个大胖小子的奇闻，很快就家喻户晓。

消息传进了王宫。那个生下肉球的妃子，知道老奶奶家的大胖小子就是自己的亲生骨肉，赶紧派人上门，把老奶奶接进了宫里。

后来，卵生的大胖小子当上了徐国的国君，就是徐偃王。

孩提时，鹄苍一直陪伴着徐偃王，成了徐偃王最好的玩伴，也是他最忠心的护卫。

再后来，衰老的鹄苍走到了生命的终点，金黄的皮毛早已暗淡无光泽。垂死前的鹄苍，头上长出了两个小小的肉瘤，左右对称，就像龙的两只角。更令人讶异的是，它尾巴上的毛，竟然长成了粗细均匀的九绺，如同九尾。

大家因此相信，鹄苍的前身，其实是一条黄龙。鹄苍保护徐偃王，实在是天意。

谁也说不清楚狗儿庙究竟是什么时候建在这里的。根据地方志书的记载，这座庙应该是春秋战国时，江南的吴国灭掉江北的徐国后，徐国的公族子弟被迫迁徙于江南所建。徐王庙什么时候被叫成狗儿庙的，早已不得而知了，恐怕是有了徐王庙，民间就有了狗儿庙的俗称了。

小时候，陈小军的父母就带他赶过狗儿庙庙会。

赶庙会的大人，用塑料袋拎着几块刚买的新鲜出炉的烧饼，兴致勃勃地在鹄苍的雕像前排着队。轮到自己后，就把烧饼塞进鹄苍的嘴里。唰啦一声，一眨眼的工夫，烧饼便从鹄苍的屁股后面滑出来了。

眉开眼笑的大人们，如同得了宝贝，随即把塑料袋里的烧饼拿出来一块，递到自己孩子的手里或嘴边，连声催促："快吃快吃，吃了就不生病了！"

孩子们觉得很好玩，也大都吃得兴高采烈、津津有味的。个别的吃得过猛，被噎住、呛得咳嗽起来的也有。此时，大人们就会赶紧拍拍自己孩子的胸膛和脊背，一边轻拍一边念念有词，说："拍拍心，到老不伤心；拍拍背，到老不受罪……"

陈小军的印象中，以前，除了庙会期间，平时，狗儿庙的香火也是络绎不绝的。

不过，近十几年来，上狗儿庙的人越来越少，就是正月里的庙会，上庙的人也是稀稀拉拉的。为了招引来客，庙里管事的还专门编了个顺口溜来推广宣传："七里甸里七里村，七里村后狗王庙。狗王庙里狗王仙，保佑宝宝呱呱叫。乡村小庙较难寻，一路问讯向前行。"

近几年，御桥港西边老的村子和老的单位几乎都拆完了，立在土丘上的狗儿庙，就越发显得冷清和孤单。

傍晚，陈小军用电动车驮着盛装着小黑尸骸的纸箱，来到御桥港的河边。他没有去狗儿庙所在的西岸，而是选在了离社区更近的东岸。

河对岸就是狗儿庙紫褐色的屋顶，如同一幅淡松烟绘制的剪影。西斜的太阳照在河畔枯黄的草木上，亮闪闪的，满眼是金色和橙色，乱针绣一样。静静的河水是浅金色的，漂浮在那里，轻柔得仿佛绸缎。架在河上的铁路桥，用庄重而朦胧的阴影，在金色的光辉中，一路朝西，在天的尽头，延伸进橘红色的夕阳里。

循着鸟叫声，陈小军找到一棵大树。在大树的边上，他用铁锹挖了一个深深的坑，独自一人掩埋了小黑。埋葬之前，他特地用几张旧报纸把小黑裹了起来。猫狗死了，民间有“猫戴帽子狗穿衣”的说法，用报纸包裹一下，小黑也算是没有光着身子走。

隔着御桥港，望着狗儿庙，算是小黑的最后归宿。

此后好几天，陈小军的情绪都显得有些低落，给人的感觉，有点吊儿郎当的。

自打那天跟装在纸箱里的小黑在社区门口诀别后，陈二几乎就再也没来过社区讨要吃食。有人说，陈二这是被吓的。也有人说，小黑其实是陈二心目中的老大，没老大罩着，做小弟的自然就不太敢越雷池一步了。

陈二鬼鬼祟祟从居委会门口经过时，社区里的人偶尔也会叫它一声。听到喊声，陈二也会稍稍停顿一下，扭过头来望上一望，摇摇尾巴，然后便坚决地一溜烟跑走了。

“这狗东西，好东西吃多了！每天屁颠屁颠的，忙什么大事似的！”

在骂陈二忘恩负义之余，社区的人也觉得奇怪，奇怪纯种中华犬小黑所得的狗瘟，竟然没有传染给混血杂毛的陈二。

第二章

“红睡衣”

五

精力旺盛的陈二，确实在忙一件大事。

解决了温饱问题的陈二，进入了青春期，发情了。

社区人终于发现，让陈二魂不守舍的地方，就在“红睡衣”的棋牌室门口。

在棋牌室娱乐的有闲人中，有不少是“拖儿带女”——带着自己的宠物狗过来消磨时间的。这些或大或小或公或母的狗，就在棋牌室的门口，热热闹闹地聚集在了一起。

这是一个令所有的公狗都会抬起腿来，用尿液来标记自己存在感的特殊地方。偶尔有一辆汽车停泊在棋牌室的门口，其轮胎就会成为重灾区，被前赴后继的狗尿飞溅得斑驳淋漓，成了一张大花脸。

这里始终有此起彼伏发情的母狗存在。因此，再怯弱再瘦小的公狗，也会循味而来，烦躁不安地在周边游荡。

不过，正常情况下，身材矮小的陈二，想骑跨棋牌室门前母狗的行动，几乎没有成功的可能。除了其他公狗的监督和干扰外，负有狗安全责任的“红睡衣”，总会时不时从棋牌室里出来一下，赏给陈二这种主人未明的单身狗一顿怒骂和威吓，令它落荒而逃。

在与“红睡衣”的对抗中，陈二永远处于弱势地位。但它似乎并不甘心，每天仍然会有规律地出现在棋牌室的门口。

韧劲十足的陈二，最终还是心想事成了。

陈二心想事成的那天，正是“红睡衣”去居委会要说法的那一天。

“红睡衣”骑着电动车回来的时候，陈二的好事已快接近尾声了。

看到陈二和另一只母狗背靠背，屁股紧贴着屁股，站在棋牌室门口静静享受的神情，“红睡衣”嘴里骂了句“日你妈的，日到家门口来了！”，就把喇叭一阵猛按。

在突如其来的电动车的喇叭声中，受到惊吓的陈二和那只母狗迅速分开了。

分开后的陈二，还没等到“红睡衣”的脚靠近，便逃之夭夭了。

陈二跑了之后，“红睡衣”把电动车刚一停好，就朝棋牌室里大叫起来：“不得了了，你们家美美给野狗下了种啦！”

自那以后，陈二就落下了一个毛病，开始追逐电动自行车和小汽车。尤其是在晚上，从它身边驶过的电动车或轿车，只要一按喇叭，它就会突然咆哮起来，不顾一切，疯狂地猛追一气。

六

“红睡衣”从夏天开始，就成了居委会的常客。

她跑社区只为一件事，申请居民最低生活保障，也就是低保。

“红睡衣”是一名乳腺癌术后者，刚刚五十岁出头。她不是七里甸的土著，也不是回迁户，而是买了二手房的新居民。住到七里甸后，就在小区里租了一间门面，开起了棋牌室。

她棋牌室开了两年多，跟社区工作人员并没有太多的联系和纠葛。居委会的人定期上她的门，主要是例行公事，就是提醒她不要把棋牌室变成赌博的地方。她总是爱理不理的，自个儿叼根香烟吞云吐雾，大尾巴昂昂的，从来就没有个笑脸。社工们前脚刚离开，她后脚就会丢下一句：“整天没事干，就知道烦屌神！”

一来二去，通过侧面打听、间接了解，居委会还是多少掌握了一些“红睡衣”的个人情况，知道她年轻的时候，抽烟喝酒打牌，样样精通，是个社会上的混脚子，脚末丫子处处熟。她自己有一个女儿，是跟前夫所生，并不跟她一起过。跟她一起过的现任老公，自己有辆大卡车，以前一直跑运输，现在则自称专做物流。

就在一年前，“红睡衣”动过一次手术，切除了一只乳房。手术后，她定期去南京打上一针靶向药，说是保命针，一针就要三千多块。

居委会专门上门慰问过她一次，希望她好好保重身体。她似乎并不领情，不冷不热地让社工们吃了个软钉子，说："好人不长命，坏人活千年，像我这样的人，想死都死不了！你们真的要我活成个老不死的，少到店里来烦我，一切就都阿弥陀佛了！"

社工们见她声音杠杠的，面色红润，精神状态跟手术前没有什么太大的变化，知道多聊无益，只好站起身来抬脚出门，客气上一句："有什么需要社区出面的，尽管讲！"

"红睡衣"站在门口，从鼻孔里哼了一声，说："无事不登三宝殿，真的找你们了，千万不要怕烦！"

春天快结束的时候，有一天晚上，几个麻友在"红睡衣"的棋牌室里吃"窑伙"。

吃"窑伙"的人，都是棋牌室附近的普通居民。十块钱左右一瓶的白酒，加上一袋花生米、一盘变蛋、一碟糖醋黄瓜，就可以喝上一个晚上。

这些人，相互之间都很熟悉，聚在一起，最主要的目的就是吹吹牛。他们打牌纯属娱乐，一时心血来潮搞点小刺激，也就是几块钱上下打个园子。输到赤脚，也不会超过十块钱。

酒过三巡，家事国事天下事，便会从这些人的口中滚滚而出。喝到最后，大家也会抬杠子，抬得脸红脖子粗，甚至拍起了桌子。

只要有人拍桌子，站在一边的"红睡衣"便会及时干预，叫道："哎哎哎，有什么深仇大恨的？这桌子是老爷货，经不起折腾，拍散了赔不赔？"

这一次，有个麻友乘着酒兴，嬉皮笑脸话中有话地说："大妹子混了这么多年的码头，是个老法师了！这么大的家当，散了个把张桌子，还真的要我们赔钱？小气了！”

“红睡衣”也不客气，回道：“放在早几年，只要你们玩得高兴，就是把桌子劈了当柴火烧，老娘也不会放一个屁，眨一下眼睛！”

对方不是省油的灯，问：“大妹子脱胎换骨了？”

“红睡衣”毫不示弱，立马一句话挡了回去：“脱胎换骨没有，抽筋剥皮倒有一回！”

麻友嘿嘿一笑，说：“这么讲，大妹子果真是驼子上山——钱紧了！”

“红睡衣”就坡下驴，说：“我这是王小二过年——一年不如一年！”

对方摇摇手，说：“哎，再怎么倒霉瞌冲[①]，大妹子还是骆驼，我们还不是马？我倒有个主意，说出来，听不听由你。”

“红睡衣”便不耐烦了，说：“别卖关子了，有话快讲，有屁快放！”

对方这才说：“找个关系，弄个低保，一个月好歹有个几百块钱的收入！”

“红睡衣”并不领情，怒道：“放你妈的狗臭屁！让我去吃低保？让我去求爹爹告奶奶？老娘响当当地活了五十个周年，当真把脸挂到大街上，不要脸了？”

麻友有点不以为然，说：“烧河豚的老蔡，是个角儿，一把刷子吧，还不是也在跑低保？”

“红睡衣”骂道：“屁越放越臭了！你敢咒老娘半身不遂？！”

麻友赶紧缩了回去：“好好好，算我多嘴，强于我放屁！”

麻友们吃完“窑伙”掏钱结账的时候，“红睡衣”连推带搡把他们

---

① 倒霉瞌冲，俗语，形容一个人精神状态不佳或运气不好。

赶出了门，大声嚷道："不要烦了，老娘请客了！"

七

上午九点多钟，"红睡衣"兴冲冲地跑到居委会，直截了当地对社区工作人员说："日子过不下去了，给我办个低保。"

平时在棋牌室张罗时，"红睡衣"总是穿一身纯棉的红颜色睡衣，不是大红的就是粉红的，耀眼得很，像一团火在飘来飘去。到左邻右舍串门时，她还是喜欢穿着红色的睡衣。跑到居委会办低保时，仍然是一身红彤彤的标志性睡衣。

接待她的是居委会副主任刘梅。

刘梅不仅认识"红睡衣"，而且对她的家庭状况，多少有些了解。听见"红睡衣"说要办低保，刘梅有些半信半疑。刘梅很难把非常强势的"红睡衣"跟需要社会救助的困难户联系起来。

"红睡衣"敲敲桌子，对刘梅说："就烦你们这一件事，给我一手下，最好今天就办了，省得我再跑。"

刘梅站起来，拿出一张登记表递给"红睡衣"，解释说："低保工作是政府负责的，确认低保的责任主体是民政部门，受理、审核低保申请的责任主体是街道办事处，居委会只是受街道办事处的委托，承担低保的一些日常服务工作。"

"红睡衣"接过表格，有点不理解，问："你的意思是让我跑街道？"

刘梅回道:“那倒不是。居委会可以为居民们提供一个免费服务,就是,你们可以委托我们居委会帮你们向街道提交书面申请。”

刘梅指了指“红睡衣”手上的表格,说:“回去把表格填写好了,按照表格上的要求把相关材料准备齐全,再一起拿过来给我。”

“红睡衣”问:“拿过来给你就行了?”

刘梅继续跟她解释:“没这么快。我们是帮你申请,不用你自己跑街道了。申请只是第一步。把你的申请材料提交给街道后,街道受理了,我们就会转交给你一张街道出具的受理通知书;如果街道不受理,我们也会转告你。”

“红睡衣”根本就没有考虑过不被受理的情况。她晃了晃手里的表格,追问:“街道受理了,几天可以把低保办下来?”

刘梅说:“快的话,一个月左右,街道就能出书面审核意见了。街道审核通过了,申请低保的材料才会报送民政部门。民政部门还要对街道的审核意见进行一个确认,快的话,也要一个月。”

“红睡衣”算是完全听明白了,问:“办成功了,可以拿到多少钱?”

刘梅答道:“要看你是低收入家庭还是最低生活保障户了。低收入家庭的话,按今年的标准,每个月最多可以拿到七百五十块钱;最低生活保障户,拿得还要多一些,上浮百分之二十,有九百块钱。”

“红睡衣”显得有点激动,说:“明天上午再来。”

第二天,“红睡衣”果真把表格填好送来了。

刘梅把表格从头到尾仔细看了一遍后,抬起头来,眼睛盯着“红睡衣”的双眼,问:“你们家一个月的收入只有一千四百块钱?”

“红睡衣”的眼睛左右躲闪着，回道：“自己挣钱自己花，天上又不会掉馅饼，这还算多的了！”

刘梅也不跟她斗气，笑了起来，问：“你老公开大卡车跑物流，跑长途那么辛苦，一个月收入最多也就一千四百块钱啊？”

“红睡衣”竟然也笑了，回道：“别看他辛苦，挣得多，用得也多，出门在外都是下馆子住宾馆，一年下来，还真留不下来几个钱！就是个一人吃饱，全家不愁的东西！根本不用指望他！”

“你自己的棋牌室，一个月也挣不了几个钱？”

“还真让你说对了！别看我整天忙得跟个陀螺似的，房租、水电费一缴，帮忙的工资一给，就剩下个喝粥吃面条的钱了！”

“那你女儿呢？每个月不补贴你点生活费？”

“都说家丑不可外扬！我也不怕你笑话，我这个姑娘，就强于没养过！给我的钱我还没有看到过呢！”

刘梅便不再问“红睡衣”，转身找出一张纸，告诉她：“这是家庭经济状况核对授权书，你在上面签个名。”

“红睡衣”便有点紧张，问：“为什么要签这个？非签不可？”

“当然非签不可！提交申请后，要对你家的经济情况进行一个调查。你不授权，调查你家的收入多少，调查你家的财产多少，你说我们侵犯了你的隐私权，我们怎么办？”

“好好好，我签！”

“身份证带了没有？签完了，把身份证给我，我给你复印一下。”

离开居委会的时候，“红睡衣”对刘梅说：“我就等好消息了！”

刘梅回她:“明天我就帮你把申请材料送到街道去，受不受理，我都会第一时间通知你的。”

八

不出刘梅所料，街道的办事人员看到“红睡衣”的申请材料后，当场就不客气地对她说:“你是上过民政培训班，拿过证书的，申请人明显不符合最低生活保障条件嘛，根本就不应该帮她申请嘛！”

刘梅回道:“我们居委会没有权利拒绝居民的申请委托，至于受不受理，是街道的权限，我们也不好给街道做主。”

办事人员嘀咕道:“理由你们又不是不知道！”

刘梅说:“知道理由是一回事，有权力说明理由是另外一回事。”

街道回道:“好了好了，不受理的理由很简单，也很充分，你就这样跟申请人解释……”

当刘梅把不予受理的消息告知“红睡衣”时，跟大多数被拒绝的申请人的反应一样，“红睡衣”勃然大怒，当时就在电话里骂起娘来。在电话里发完飙，挂了手机后，没过几分钟，“红睡衣”就闯进了居委会。

她站在刘梅面前，怒气冲冲，喘着粗气说:“凭什么不受理？街道凭什么不受理？把我当洋盘[①]了？”

---

① 洋盘，指不懂行的人。

刘梅见惯了这样的场面，平静地对她说：“电话里不是跟你说了？”

“红睡衣”余怒未消，说：“我气都气死了，没听清！”

刘梅说：“气死了就真划不来了！我就再跟你说一遍。你开棋牌室，从事的是经营性活动，还用了帮手，给人发工资，对不对？”

“红睡衣”说：“老娘光明正大做生意，不偷不抢的，有什么不对的？”

刘梅问：“你老公自己有一辆载重大卡车，常年跑运输对不对？”

“红睡衣”说：“劳动光荣，勤劳致富，倒成了罪大恶极的？走到天边也不怕！”

刘梅说：“根据政府的有关规定，你这样的家庭状况，是不可以享受最低生活保障的。”

“红睡衣”不爱听了，说：“妈的，是你们居委会的意思还是他们街道的意思？”

刘梅解释说：“对不符合规定条件的，街道有权不予受理，并说明理由。”

“红睡衣”根本不听解释，说：“什么狗屁理由？老娘不服！一千个一万个不服！”

刘梅说：“我们是你的委托人，我们可以陪你一起再去一趟街道……”

“红睡衣”把手一挥，说：“街道又不是龙潭虎穴，能把我生吞活剥了？我也不烦你们了，老娘亲自跑一趟！我倒不相信天会塌下来，不让人活了！”

“红睡衣”跑到街道，街道的回复自然是她确实不符合低保的受理条件。她对这样的回复自然是不能认同。她不好意思再去找居委会，就只好一遍又一遍地去找街道。

次数跑得越多，“红睡衣”的脾气越大。终于有一次，她愤怒地拉开自己的红睡衣，露出了胸口的刀疤。狰狞的刀疤，吓得接待她的工作人员脸色惨白，虚汗直冒。

“红睡衣”的“露胸”事件发生后，街道就特别安排了一位经验丰富的老同志，专门对口接待“红睡衣”。不过，就是这么位见多识广的老同志，在跟“红睡衣”面对面见招拆招时，有时难免也会落个下风。

老同志跟“红睡衣”讲话，节奏总是控制得不紧不慢，语气总是显得不急不慌。

他跟“红睡衣”耐心地讲解了共同生活的家庭成员、低收入家庭和低保户三者之间的辩证关系。他说：“像你这样有重特大疾病的同志，按照政府的规定，是可以单独申请最低生活保障的，但有个前提，就是你所在的家庭，必须是低收入家庭，也就是说，你和你老公一年的收入加起来，不能超过三万六千块钱……”

“红睡衣”对他的解释很是不屑，说：“谁跟你是同志？少来这一套！还三万六千块，你给我的？我老公歇在家里了，挣个屁钱，都是吃我的喝我的！”

老同志一点也不着急，依旧慢条斯理地说：“像你老公这样有劳动能力的人，自己还有一部大卡车，按照你自己的说法，不外乎是没有固定的从业收入，不外乎是提供不出收入证明。就这两种情况，政府都有明确的规定，就是按照最低工资标准来计算。”

“红睡衣”朝老同志冷冷一笑，说：“我晓得你的意思了，只要有我老公在，我们家就不可能是低收入家庭！”

老同志喝口茶，面带微笑，说：“你老公的收入情况，是秃子头上的虱子——明摆着的！”

“红睡衣”嘿嘿笑了两下，说：“你的意思也是明摆着的，就是想让我回去离婚！”

老同志愣了一下，说：“这是什么话？你想歪了！”

“红睡衣”咬住他不放，说：“什么话？中国话！我想歪了？你才想歪了！我问你，如果我是个寡妇，我是不是就符合条件了？你是不是就帮我了？”

老同志知道她比较难缠，开始字斟句酌，说：“我只是跟你讲客观上的事实，我不跟你讨论主观上的意愿！”

“红睡衣”是一步不让，说：“妈的，我现在告诉你，我跟我老公已经离婚了！”

老同志说：“不要开玩笑，我们在说正经事。”

“红睡衣”说：“哪个跟你开玩笑？我都急得快失火上吊了，还不是正经事？你看这嘴上，是不是火气？是不是起火泡了？”

重新掌握话语主动权的老同志，自信而又耐心地做起了“红睡衣”的思想工作。

他说：“你的事情，就你来说，自然是个正经事，是个正经大事，但有的事情，需要慢慢来，急不起来的，急出火泡来也没用。”

“红睡衣”说:“鱼都下锅了,生姜、葱还没找到,什么叫急不起来?”

“《乌鸦喝水》的故事听过吧?你肯定听过的!一只口干得不得了的乌鸦,发现了一只瓶子,瓶子里只有半瓶水,瓶子的开口又很小,乌鸦的嘴根本伸不进去。它想喝到瓶子里的水,快得起来吗?”

“红睡衣”大怒,把桌子一拍,当场骂道:“日你妈的,你才是乌鸦!”

老同志微微一笑,也不生气,继续和颜悦色地说:“我只是打个比方,怎么可能说你就是乌鸦呢?我是把复杂的事情简单化,让你更容易听懂。你不愿意听,我就不说了!”

“红睡衣”余怒未消,喝道:“你说!你继续说!”

老同志喝了口自己保温杯中的茶水,便继续说道:“乌鸦是一种很聪明的雀子,它就飞到河边,去捡河边小块头的鹅卵石,一块一块地衔回来,丢到瓶子里。慢慢地,瓶子里的水变得越来越高,终于漫到了瓶子的口上。乌鸦也终于喝到水了!”

老同志笑嘻嘻地望望“红睡衣”,发现“红睡衣”正冷冰冰地望着自己。

老同志只好继续说:“《乌鸦喝水》的故事告诉我们,凡事只要有耐心,只要路子对了,就能够把自己想办的事情办成。”

“红睡衣”冷哼一声:“你们就希望老娘像那只乌鸦,变得傻不拉唧的,被你们玩得团团转!老娘没那份耐心!”

老同志有点奇怪:“话不能这么说!乌鸦傻?傻还能喝到瓶子里的水?”

“红睡衣”有点不耐烦了:“这只傻鸟都飞到河边了,河边的水还不够它喝的？还要像个呆子来来回回地捡什么屌石头，喝什么屌瓶子里的水？！”

老同志握住保温杯的左手禁不住抖了一下，一下子愣在那儿，半天说不出话来。

九

自打“乌鸦喝水事件”发生后，街道的相关同志就放低了姿态，每次见了“红睡衣”，总是客客气气地向她建议：“你的事情，居委会再清楚不过了，跟他们多沟通沟通，先把申请材料做做好，做做细，做做实。”

“红睡衣”虽仍然坚持不懈地跑街道，但因此把申请低保的主战场转移到了居委会。

从街道转战回来的“红睡衣”，气场自是比原来强大了许多，对刘梅等人的解释，就很难再听得进去。

“红睡衣”只要上门，居委会总得有人陪着她说话。时间长了，次数多了，社工们总有耐不住性子的时候。

有一次，刘梅出去办事，接待“红睡衣”的是其他的工作人员。接待“红睡衣”的人实在是嫌烦了，不太愿意跟她搭腔。

“红睡衣”觉得受到了冷落，火冒三丈，大声叫道：“你们再不管我，我就打电话投诉你们了！”

接待她的人赌气说了句：“你打好了！”

她果真拿起手机，一边恶狠狠地说着“12345，有事找政府”，一边熟练地按下了12345的数字键。

第二天，居委会便收到了一张限时回复服务工单。

后来，大家渐渐发现，只要“红睡衣”离开后，自己的眼前总是会绿花花地朦胧一阵子。

从夏天折腾到冬天，居委会的人心理都出了问题，只要看到红颜色的东西，眼前立马就会浮现出“红睡衣”的形象。

过了腊八，吃完了腊八粥，“红睡衣”再一次上门。

她把一本离婚证书啪的一声丢在桌上，理直气壮地告诉居委会工作人员，她老公已经不是她的老公了！

整个七里甸社区，原有低保户38户，经过两年的各种帮扶，还剩18户，基本上是残疾孤寡。像这样通过主动离婚把自己变成孤家寡人的，对居委会工作人员来说，还是第一次遇到。

刘梅望了桌子上烫银的红本子一眼，对“红睡衣”说：“家庭情况变了，你重新填个申请吧。”

“红睡衣”说：“我就不当洋盘了！我是吃一堑长一智，一不折腾自己，二不做无用功。你们就行行好，表格什么的，也请你们一手下了！”

刘梅说：“全权委托我们不是不可以，关键你自己要配合我们，把情况说清楚了。”

“红睡衣”叫了起来：“我还不配合你们？真是天知道！还有几个人会像我这个样子配合你们工作的？说话要有良心，千万不要冤枉了好人！”

刘梅也不跟她争辩，问:“房子归你？”

“红睡衣”说;“好聚好散，客客气气分手，房子一人一半，离婚不离家，各人过各人的。”

刘梅差点笑了起来，问:“钱呢？”

“红睡衣”回答得斩钉截铁:“各人的钱归各人，我一分钱也没要他的！”

刘梅说:“离了婚，你原来老公的收入，就跟你没多大关系了，他也没有义务贴你钱，但你女儿就有赡养你的义务了！她的收入，她家里的收入，我们就必须了解清楚了。”

“红睡衣”有点不耐烦起来，声音提高了八度，说:“申请个低保，弄得一屁股屎！我不嫌烦，你们就不嫌烦？不是早跟你说过，我这个姑娘就强于没养过？”

刘梅笑了起来，说:“你不嫌烦，我们就不嫌烦。再说了，如果我们了解到你姑娘家的人均收入还没有一千五百块钱，我们在填表时就会注明你姑娘没有赡养妈妈的能力，就可以不计算你赡养费的收入。”

“如果收入不止一千五百块呢？”“红睡衣”追问。

刘梅毫不含糊地跟她说:“如果高出两千块，这两千块的一半，也就是一千块，要算你的赡养费收入。”

“红睡衣”情不自禁地叫了起来:“这样一算，我还拿个屁的低保！”

刘梅说:“那也不一定。算上你姑娘的赡养费，如果你一个月所有的收入不超过一千五百块钱，像你这种情况，还是有可能申请成功的。”

“红睡衣”说:“那就赶紧申请啊，还磨蹭什么呢？”

刘梅说:“既然全权委托我们申请,我们总要对我们填写的数字负责任吧?总不能送到街道后,一问三不知,再来个不被受理吧?方便的话,跟你姑娘联系一下,我们要跟她见个面,让她写个收入说明。”

“红睡衣”显得有点无奈,嘟囔道:“你们自己跟她联系吧,被她臭了,不要怪我没跟你们打招呼!”

第三章

腊月

十

刘梅根本没有料到,“红睡衣”的女儿会拒绝跟自己见面。

“红睡衣”的女儿第一次接到刘梅打给她的电话时,听说是为她妈妈办低保的事找她要说明材料,粗暴地说了句“她的事不要找我!”,就把电话直接给挂了。

后来刘梅再打,“红睡衣”的女儿就不接电话了。

换个电话打过去,虽然接了,但一听又是居委会的,还是挂了。

刘梅想,这母女俩,毒积得这么深,要有多大的怨啊。

她把情况跟社区书记、居委会主任杨小玉汇报了。杨小玉建议她,干脆去“红睡衣”女儿单位一趟。

“红睡衣”女儿在市中心的一家大型商场做营业员,已成家生了小孩。

和刘梅隔着商场的柜台,“红睡衣”的女儿结合自己的成长史,对自己的母亲进行了控诉,丝毫也不留情面。

她说，自己很小的时候，父母就离了婚。“我是跟着父亲长大的，那个当妈妈的就没有尽过一个母亲应尽的责任。跟别的男人再婚后，潇洒过日子的时候，也没有想到过自己的女儿。我结婚生孩子，她这个当妈妈的，问过我没有？关心过我没有？现在老了，病了，想跟政府要钱了，倒想起自己有个姑娘来了！早干吗去了？将来给她送终，我认了，但我凭什么要给她赡养费？这种人就不值得同情！我不会给她出证明的！政府也不要给她这种人补助！”

控诉完了，无论刘梅怎样劝说，“红睡衣”的女儿油盐不进铁了心，死活就是不肯出具自己家庭的收入说明书。

刘梅没有办法，只好去找商场的负责人。商场的负责人说:“她个人在商场的收入情况，我们配合你们的工作，可以告诉你们。但她家里的收入情况，涉及隐私问题，我们不好过问，爱莫能助，还得你们亲自去跟她协商。”

刘梅再一次跟“红睡衣”的女儿隔着商场的柜台对话的时候，已是小年。

“红睡衣”的女儿说:“晚上就是小年夜，要送灶神菩萨。灶老爷今晚都要上天言好事，我也就不说我那个当妈的不是了。不过，我还是那句话，就是拿枪对着我，我也不会给她出收入证明的。”

刘梅说:“都说冤家宜解不宜结，何况是自己的妈妈呢？退一步海阔天空，借着小年，写个说明，也算是一份过年的厚礼。”

“红睡衣”的女儿说:“还厚礼薄礼呢，不要让我好笑了！她的事情有这么着急吗？非要赶着和尚卖篦子？还有几天就是三十了，你们就不能让我安稳几天？就不能让我安安静静先过个年？”

刘梅也知道这母女俩的疙瘩一时半会儿肯定解不开，只好跟“红睡衣”的女儿约定，春节之后再来找她。

两天之后，“红睡衣”来到居委会，打探情况怎么样了。

她脸上挂着刀，触目便是肃杀。

巧的是，她前脚刚进居委会，烧河豚的老蔡的妻子，后脚就跟了进来。

老蔡的妻子手里拎着一包东西，笑嘻嘻的。

刘梅开玩笑说：“约好了一起来的？”

“红睡衣”和老蔡的妻子这两个女人，表情复杂地相互望了望，都没吭声。

刘梅便问：“谁先谈？”

未待老蔡家的开口，“红睡衣”就抢先问：“找过我姑娘了？”

刘梅说：“找过了。”

“红睡衣”问：“怎么样？”

因老蔡家的站在边上，刘梅就简单谈了一下找她女儿沟通的经过，最后对“红睡衣”说：“你姑娘已经答应过完年再说。”

“红睡衣”说：“真的是有人养没人管，给她脸就翘起来了！说起来不怕你们笑话，我这辈子最大的失败，就是没有把自己的姑娘管好！不说了不说了，过完年就过完年吧！我回去忙了！”

刘梅叫住她：“你棋牌室的生意这么好，你自己的收入到底有多少，也应该报个数给我们吧？”

“红睡衣”的回答一点也不气弱，说：“大家看我可怜，照顾我的生意，还不是听奶奶赏锅巴？说不定哪天就没有了，还好意思算？”

临出门前，“红睡衣”还特地瞄了老蔡妻子手里拎的东西一眼，意味深长地说了一句：“抬头不见低头见，都知根知底的，一碗水端不平，大家都不得安身！”

春节前夕，大小棋牌室都是客满，“红睡衣”忙于张罗生意，一连几天没有在居委会出现，算是便宜了社区的工作人员。

十一

还是在春季。过了清明未到谷雨。

当一个脸色憔悴的女人推着残疾人轮椅出现在社区为民服务大厅里的时候，居委会的工作人员没有一个人能够立即认出，耷拉着脑袋，萎缩在轮椅里的干瘦男人，竟然就是老蔡，有名的烹鱼高手。

脸色憔悴的女人是老蔡的妻子，一位在超市里当收银员的中年妇女。面对围上来的社区工作人员，老蔡的妻子羞怯而恳切地提出了一个要求：“请给老蔡办一个低保！”

除了社区工作人员，七里甸只有上了年纪的人才知道老蔡。十九年前，老蔡的知名度比七里甸居委会主任的还要大。他烧河豚称得上是一绝，连河豚的鱼子他都能烧了吃。不过，无论他怎么吹得天花乱坠，除了他自己，从来就没有人敢尝他煮的河豚籽。

老蔡的爷爷是从江北逃荒到七里甸的，在七里港畔的芦苇滩上，搭间芦席棚，以打鱼为生，顺带种些吃的。靠水吃水，三代下来，蔡家枝繁叶茂，人丁兴旺，倒成了一个大家族。老蔡承继家风，不仅打得好鱼塘，放得准长鱼笼子，还烧得一席好鱼。

1990年，征地拆迁，老蔡进了一家国企，凭手艺成了食堂大师傅。十年后，国有企业改制，老蔡成了下岗工人。此时，东边长江第二大岛的乡镇企业正发展得如火如荼，岛上的销售员完美地阐释了“四千四万”精神，扬中的河豚也越卖越贵。经一位朋友穿针引线，老蔡跟原来的单位断绝了关系，去了扬中的一家私人饭店当厨师。他吃住都在店里，每个月只是回家住上一两天，日子过得跟红烧河豚似的，有红似白。

谁也想不到的是，四十八岁头上，正当盛年的老蔡，会突然中风瘫痪。

岛上的早竹笋全部长成刚竹，河豚季快到尾声的时候，老蔡流了几天的鼻血，但每次都很快止住了，他也没放心上。老板还开他的玩笑，说他营养过剩，上火了，需要泄泄火。

从岛上回家的那天傍晚，老蔡突然头痛，心里泛泛的，双手发麻，他便在沙发上躺了下来。谁知这一躺，他就再也不能动弹，起不来了。

中风之后，老蔡说话就变得口齿不清。饭店的老板专门来探望过老蔡一次，叹息一番，留下一万块钱，叮嘱他安心养病。后来，饭店的老板就没再来过。

老蔡夫妻俩都是好面子的人，好强惯了，不想麻烦别人，总以为身体还会好起来的，谁都没麻烦，硬是自家扛了一年多。肚皮深似海，日月快如梭。老百姓的金山银山，也会坐吃山空。不知不觉，老蔡家的日子就越过越艰难。

窘困之下，老蔡的妻子就用自己的休息日，专门跑了一趟扬中，想找岛上饭店的老板想想办法。出乎她意料的是，就这一年多的时间里，扬中那家私人饭店的老板已病逝，饭店转给了别人，店招都改了。

从岛上回到家里，思来想去，抱着老蔡大哭一场之后，老蔡的妻子把老蔡推进了居委会。

眼前的老蔡，确实把社区所有的工作人员都吓了一跳。大家相互嘀咕："这是老蔡吗？这是那个走路杠杠的男人吗？这是那个一谈起鱼来嘴就刹不住车的男人吗？"

老蔡像一条咸鱼一样，毫无光泽地萎缩在社工们的面前，让大家很是同情。

同情心驱使着居委会的一帮女人，义无反顾地给老蔡家忙碌起了低保的申报材料。虽然明知老蔡一家可能还没有窘困到低收入的程度，她们几个还是心存侥幸，准备能帮多少算多少，走一步是一步，不想让老蔡夫妻俩一下子就陷于绝望。

老蔡的妻子满怀希望，千恩万谢地推着老蔡离开了居委会。

十二

一番操作猛如虎，仔细一算心发怵。

看着自己计算出来的数字，刘梅对大家说："完了，无论怎么算都不行，老蔡的申请肯定办不下来了！"

众人不信，都围了上来。

刘梅说："他儿子才工作两年，算是自己养活自己，收入多少还不知道。我就按最低工资标准给他算，也得有一千八百九十块钱。剔掉一千五百块钱，再拦腰砍上一刀，他儿子的这一块，至少要拿出一百九十五块来算老蔡夫妻俩的收入。老蔡老婆的工资除去个人自缴的社保和住房公积金，一个月净收入是两千九百八十五块钱。加上他儿子的一百九十五块，这样一算，夫妻俩的收入就是三千一百八十块，比低收入家庭要求的数字多了一百八十块。"

众人便一齐叹气。

叹气归叹气，经过讨论研究，居委会还是把老蔡的申请材料给送到了街道。

结果可想而知，当然是不予受理。

居委会的几个女人不死心，还专门跑到区民政局反映沟通了一下情况，自然也是碰了个软钉子，结果照旧，标准对谁来说都是死的。

老蔡夫妻俩硬气的是，只跑了一趟居委会，就再也不来麻烦了。这倒让社工们心里觉得欠了他们家似的，一闲下来，就会聊上几句老蔡的事情，想着有什么好办法，实实在在地帮上一把。

老蔡家就在居委会北面不远处的光明新村。刘梅拎着一个水果篮，代表居委会上门，期期艾艾、转弯抹角地讲了一遍办理低保的经过。讲完了，刘梅怕老蔡的老婆过于失望，就留了个尾巴说："要是还想办低保的话，我们可以继续帮你们跑，继续帮你们申请。”

老蔡的妻子眼睛红红的。她伸手抹了抹眼角的泪珠，说：“刘主任，真的难为你们了！我后来想啊，根本就不应该跑去找你们要低保。不管怎么说，我还有个工作，我儿子也有个工作。日子再难过，也没难过到揭不开锅的地步。”

她长叹一口气说：“唉，要是老蔡有退休金，我也不会丢这个脸，跑去找你们了！”

一直坐立不安的刘梅，听到老蔡妻子的这句话，心里猛然一个激灵，眼前突然一亮。她随口问了一句：“老蔡是属狗的吧？今年四十九了？”

老蔡的妻子说：“春猫腊狗，老蔡是腊月里的狗，五十了。从小到大，老蔡每年都要到狗儿庙烧香，把个狗儿菩萨看得比谁都重要，谁知道老了还是躲不过一劫！”

心里有了底的刘梅，便没心思再坐下去。她匆忙返回居委会，兴奋地招呼刘妍：“你有事做了！给老蔡办病退！”

负责对接人社条口的刘妍立马明白过来。

听说可以给老蔡办病退，大家便全都激动起来，把刘妍团团围住，要她赶快模拟办理一下。

刘妍说：“老蔡出生于1970年1月中旬，明年元旦一过，就可以帮他办病退，病退一办好，就能拿到退休金。病退也不是随便就能办的，条件一定要满足。老蔡马上就五十了，年龄没有什么问题。他在国企干过十年，社保缴了十年，还差五年，需要补上。还要一个完全丧失劳动能力的证明，我们可以帮他跑一下市里的劳动鉴定委员会。离老蔡五十岁还有几个月的时间，正好可以用来帮他提前准备材料。”

众人七嘴八舌地问：“那老蔡一个月可以拿到多少？”

刘妍说：“只能毛估一下了。因病完全丧失劳动能力的，那种缴费年限不满十年的，还可以按规定，拿到上一年职工月平均工资的百分之三十当作生活费。这个生活费，应该就有两千块钱左右。老蔡只会拿得更多。”

杨小玉当即拍板说：“就按刘姐的想法，帮老蔡把病退办了。”

她望了望站在一边的贾名扬，特意强调了一下：“补缴费用老蔡有困难的话，我们就捐点钱给他，自觉自愿，不搞强迫，有多少算多少。”

贾名扬立即响应，说：“我举双手赞成！我捐五百！”

十三

刘梅领着刘妍，两人一起上门，跟老蔡的妻子好好沟通了一次。

听说可以给老蔡办病退，老蔡的妻子自是喜出望外。不过，听到还要补缴五年的费用时，老蔡的妻子还是稍稍有些犹豫，不由自主地望了老蔡一眼。

咸鱼一样萎缩的老蔡，竟然鲜活起来，咽喉里突然发出吼吼声，脸涨得通红，拼命地抬起左手，五根指头上下乱动，如同鸡爪。

刘梅和刘妍被老蔡的反应吓了一跳，正有点手足无措，便听到老蔡的妻子说:“老蔡这是在跟我发急,他自己要办呢!”

刘梅和刘妍相互望望,两人这才放下心来。

刘梅从包里拿出一只厚厚的红包,对老蔡的妻子说:“这里是三千块钱,是我们居委会六个人的一点心意……”

刘梅的话还未说完,就听到老蔡的咽喉里又发出了那种令人窒息的吼吼声。老蔡的脸再一次涨得通红,左手五指如同抽筋。

老蔡的妻子眼泪流了下来。

她双手推开刘梅递过来的红包,一边流泪一边说:“老蔡不肯拿你们的钱,你们赶快收起来吧,谢谢你们了!”

刘梅便把红包放在沙发前的茶几上,说:“你们就不要见外了,就是一点心意而已!”

刘梅刚放下红包从沙发上站起身来,老蔡的吼吼声就再一次袭来,吼得有点上气不接下气。老蔡的身子异常僵硬地绷直着,在轮椅上前后摇晃,晃得轮椅吱吱作响,看上去有点惊心动魄。

老蔡的妻子见状,一下子跳了起来,赶紧从茶几上抓起红包,不顾刘梅的阻拦,硬是塞回了她包里。

刘妍一急,家乡话都出来了,一连几个“不中不中”的。

刘梅显得有点无奈,对老蔡妻子说:“难为情吧?难为情吧?”

老蔡妻子则一叠声地说了几个“难为”,双手连连作揖,讲:“老蔡一辈子就是这个狗脾气啊,欠不得人情,沾不得恩情!拿了你们的钱,今天晚上就不得过了!”

刘梅和刘妍只好把红包带了回去。

这是发生在春天的事情。

夏天未过完，居委会就帮老蔡把办理病退所需要的材料，全部准备齐全了。

老蔡的妻子跑了蔡家的亲戚和自己的娘家人，硬是把应该补缴的费用一分不差地筹齐了。

秋去冬来。腊月终于到了。

老蔡生日的那一天，居委会的六个人凑份子买了个蛋糕，委托刘梅和刘妍前去探望，顺便把材料袋送去。

让刘梅和刘妍惊奇的是，原来只会在咽喉里吼吼的老蔡，已能勉强用嘴吐词了，虽然她们完全听不懂老蔡到底在讲什么，听到的只是一堆杂乱无章的音节。

老蔡妻子脸上的憔悴，早已不见了踪影。她告诉刘梅和刘妍，老蔡真的能讲话了。

她俩半信半疑，看看老蔡，又看看老蔡的妻子，心想，怕是只有他老婆才能听懂。

老蔡的妻子说："老蔡跟我说了，你们都是好人，他欠你们的。等他恢复得差不多了，他一定做道拿手的鱼请你们品尝品尝。你们还没吃过他做的东西呢！"

第二天，老蔡的妻子就请假去了政府的行政服务中心，把老蔡的材料递进了服务窗口。

腊月二十六，老蔡的妻子买了几十块钱的小零食，都是些女人爱吃的西梅、香酥小麻花、九蔬饼干、香瓜子之类的预包装食品，满满一大堆，用塑料袋子拎着，专程送到居委会来。

在居委会里，好不容易等到“红睡衣”离开后，老蔡的妻子便喜滋滋地告诉大家，下个月头上，老蔡就可以拿到退休金了！

这个结果，在社工们的心里，不知道已经预演了多少遍。不过，当这个结果终于到来的时候，大家还是不由自主地欢呼起来，如同自家买彩票中了一个大奖。

老蔡的妻子把一包零食放在柜台上，说：“这是老蔡让请大家的，吃着玩玩的！”

众人便纷纷责怪老蔡的妻子，说：“这不是要我们犯错误吗？赶紧拿回去，赶紧拿回去！”

老蔡的妻子有点挂不住了，一下子绷紧了脸，收起了笑容，生气道：“把我当外人呢，我就把东西拿回去！拿回去不要紧，老蔡过生日那天的蛋糕钱，你们也要拿回去！”

老蔡的妻子把话这样一说，大家一时倒也很难回答，气氛显得有点不尴不尬。

杨小玉刚好从二楼下来。她赶紧接过话来，说：“这是阿姨的一番心意，把我们当家里人呢，我们就不用客气了！吃了有什么问题，责任都算在我这个当书记的头上！”

老蔡妻子的脸上这才又有了笑意，说了句：“这才像个话。”

老蔡的妻子正要转身离开，杨小玉喊住她，说：“等一下。”

杨小玉让刘梅拿来一副对联和几个福字块，递给老蔡的妻子，说：“快过年了，把福气带回去！还有十斤油和二十斤大米，你一个人不好拿，明后天我们给你送到家里！”

老蔡的妻子不好意思了，推辞说：“对联和福字我拿回家，米和油万万不能拿，不能再让你们破费了！”

杨小玉笑了起来，说：“米和油是过年专门慰问困难户的，政府出的钱，不是我们这几个人出的钱，哪出得起呀！你放心，不用还我们的人情，要谢就谢政府！”

老蔡的妻子眉开眼笑起来，说：“我要谢的是共产党！”

十四

迎着若有若无的牛毛细雨，杨小玉和刘梅拎着东西上门的时候，张奶奶老两口正忙着剁刚刚泡好的马齿苋干。

俗话说，二十七，杀鸡赶大集。家家户户置办年货的同时，还要抽空理发洗澡，“去疾去邋遢”，干干净净迎接来年的福禄。生人也好，熟人也罢，从二十七到年三十，理发一律涨价，不得欠账。老人们则喜欢忙个包子馒头，说：“过年了，哪有不争口气的？”

除了操心自家过年的大事小事外，社工们还得忙居委会年终各项工作关门扫尾的事情，赶着整理若干个上级部门要的条口材料，填报若干个部门派发的形形色色的报表，张贴悬挂禁止燃放烟花爆竹的标语横幅，抽空彻底来一次节前卫生清洁大扫除……

居委会还有一项特别重要的任务，就是和各路领导一起走访慰问，拎着油米给社区里的困难户送温暖。

腊月二十七的上午，七里甸的社工们要集中上门，走访慰问完最后一批社区重点户。这项春节前送祝福的活动，属于标准的“四季歌”，是居委会的常规动作。

这种常规动作，已经成了一个传统，变成了社区文化生态的一个有机部分。每年这时候，都得一家一家上门走访，符合条件的几十户人家，一个也不能少。这些需要认真走访的重点户里，有子女长期不在身边的空巢老人，有没有子女也没有亲人照顾的孤寡老人，有失去老伴不跟子女住在一起的独居老人，也有子女意外夭亡的失独老人，还有因病致贫的家境特别困难的普通群众和老党员，总共有132人。

社工们拎着送上门的东西，主要是一壶十斤装的食用油和一袋二十斤重的大米，还有春联、窗花什么的。最困难的家庭，还会配送上一份本地爱心单位和个人捐赠的年夜饭大礼包。

送到困难户门上的年夜饭大礼包，多少年来，标准基本上就没有变过，哪怕物价涨得再多，也始终是“四冷四热”的八大碗。

江南的俗语，平时苦得翻白眼，过年也要八大碗。没有个八大碗，过年也就不叫过年了。

“四冷”是水晶肴蹄、盐水鹅肫、五香口条、糖醋熏鱼，有时也会换成香糟咸鱼。“四热”则是红烧牛肉、红烧老鹅、红烧狮子头和“全家福”。“全家福”这道菜，是当地人过年必备的一道菜，源出五侯鲭，系由鱼圆、肉圆、鹌鹑蛋、皮肚、蛋饺、蹄筋等食材杂烩而成，天上飞的，地上走的，水里游的，全都热腾腾地汇聚在一只砂锅里，寓意着阖家团圆，美满幸福。

“八大碗”都是由城里城外各家定点饭店精心烹饪好了的，装在塑料饭盒里，叠放得整整齐齐的。四个冷菜可以直接装盘享用，四个热菜只要下锅上火热一下，即可大快朵颐。

再困难的低保户，有了送温暖的八大碗，在大年三十的晚上，也能有尊严地喝小酒喝得脸通红。

张奶奶老两口是老国企退休的失独老人。他们原有一个儿子，快要结婚了，不幸遭遇车祸，送到医院没有抢救过来。白发人送黑发人，张奶奶说，这是命，人要认命，以后的日子还要好好过，不能作践自己。

已经跟张奶奶儿子领了结婚证的姑娘，是名护士，在张奶奶的儿子走了之后，仍然自认是张奶奶的儿媳妇，逢年过节总会上门来看望老人一下。过了几年，姑娘重新嫁了人，过年时，还是会上门来喊老人一声爸妈。这个未真正过门的儿媳妇，张奶奶早已把她当成了自己的女儿。爱屋及乌，张奶奶把上门送温暖的居委会的几位女社工，也总是叫作“丫头”、“小乖乖”和“我的心肝”。

张奶奶每年总会雷打不动地坚持做一件事，就是做马齿苋的包子。

这是一件时间长达整整半年的事情。

六月心[①]一进入中伏，张奶奶就开始采摘马齿苋，陆陆续续会一直采摘到十月头上的立冬。小区幢前路的两旁和绿地里，马齿苋年年前赴后继地生长着。张奶奶头上披着一块毛巾，一手拎着一只塑料袋，一

① 六月心，指农历六月，是夏季最热的一个月。

手拿着一把小剪刀，隔上几天就采摘一次。因为是用剪刀剪的，根还留着，没多长时间，原来的地方就会又长出一株茂盛的马齿苋来。

采摘满了一塑料袋新鲜马齿苋，张奶奶就会吩咐老伴，先用清水洗净，然后下开水焯一下，再捞上来用一只簸箕均匀地摊开，搁在一张小板凳上，放在太阳底下暴晒。两天一晒，鲜嫩的马齿苋就成了干绷绷的马齿苋干，弥散出一种特殊的香气。七八斤新鲜的马齿苋，只能晒出一斤的马齿苋干。三四个月下来，集腋成裘，张奶奶每年总能晒出好几斤的菜干。

到了腊月的二十七八，张奶奶老两口就开始忙碌起来：

把马齿苋干用温水泡上，泡好后挤去水分，再切剁成末。

居委会的丫头们出于好心，曾买过一台手动料理机送给张奶奶，不料，根本就碎不成马齿苋干，摇了半天，马齿苋干把刀片纠缠得紧紧的，像一团乱麻。

张奶奶边笑边埋怨，说："小乖乖呀，又上当了吧？这么好吃的东西，没那么容易到嘴的，不这么费劲一刀一刀斩下来，吃起来就不会这么筋拽这么馋得掉魂了！"

"掉魂"这个词一出口，张奶奶的脸色立即晴转多云，忍不住叹口气，说："唉，小炮子[①]最喜欢吃马齿苋包子了！丫头也喜欢吃！不是一家人，不进一家门哟！"

杨小玉和刘梅知道，张奶奶这是想儿子夸媳妇了。

---

① 小炮子，方言，指调皮的孩子，也指长辈对少年善意的责备。

每次上张奶奶家，谈着谈着，总会有一句话或者一个词，像子弹一样击中张奶奶，让张奶奶突然就想起了儿子。想到儿子，张奶奶就会唠叨一遍，儿子能一口气吃掉她包的四只马齿苋包子。马齿苋包子和张奶奶的儿子之间，有着一种近乎一一对应的情感上的联结关系。

每当马齿苋包子和张奶奶儿子之间的联结不可避免地发生的时候，杨小玉就会不由自主地走神，想到远在湖北的母亲，是不是也在一边做着菜，一边念叨着她的名字。

从张奶奶家出来，楼道里的一阵冷风迎面扑来，杨小玉禁不住连打几个喷嚏。

张奶奶笑着说："我的心肝啊，有人想你啦！"

第四章

杨小玉

十五

杨小玉对刘梅说:“刘姐,我爸妈肯定想我了!”

刘梅笑着说:“过几天他们就要来了,念叨念叨你,正常得很。”

杨小玉有点心事重重的样子,说:“我给他们买的票,要经过武汉。”

刘梅便有点紧张,问:“没有不经过武汉的车次啦?”

杨小玉说:“襄阳到镇江,只有两趟火车,一趟是G1770次,高铁,路上只要5个多小时;一趟是K1158次,快客,不经过武汉,路上要花14个小时。我在网上抢购的时候,年前的票已经没有了,最早的只有大年初二的G1770。”刘梅便安慰她:“过两天,说不定武汉的情况变好了呢?”

杨小玉叹口气,说:“情况不好的话,只好给他们退票了。”

刘梅赶紧劝道:“他们来一趟不容易,再等个一两天吧。”杨小玉的老家在湖北襄阳的枣阳。枣阳是一个桃花盛开的地方,杨小玉自己长得也如同一朵盛开的桃花。

她离开父母已经十几年了。

在南京上大学的四年，父母来看过她一次。他们从千里之外的老家，带来一大包五花八门吃的东西。把吃的东西留给她，只在旅馆住了一晚，两人就回去了。住一晚上花那么多钱，他们实在是心疼。走之前，父母把身上几乎所有的钱都给了她，关照又关照，一个人在外地，不要苦了自己。

后来，父母又来过两次。一次是她结婚的时候，一次是她生小孩的时候。从结婚开始，很长一段时间，杨小玉都是跟着公婆住，小夫妻俩并没有自己一方完全独立自主的小天地。这两次父母不再住旅馆，她安排父母住的是条件很好的饭店。但父母勉强住了几天，还是回去了。

这两次，杨小玉是真心希望父母多住上几天。她对他们说，现在生活条件好了，不要再心疼住饭店的钱了。父母的回答总是那两句话："金窝窝银窝窝，不如自家的狗窝窝！""饭店再好，总不是家啊！"

前两年，有了一些积累的夫妻俩，终于贷款在高层买了一套新房子。签购房合同的当天晚上，杨小玉就把喜讯告诉了自己的父母。她父亲先接的电话，还有点不相信，说："乖乖飙，莫飙人！"她母亲抢过电话，声音有点打战，说："好了好了，我们姑娘到底有家了！"

那天晚上，父母在电话里跟她说了很长时间，好像有讲不完的话。

放下电话，杨小玉便下了决心，在自己买的房子里，一定要给父母留一个房间。

一个星期前，杨小玉在电话里告诉父母，她在自己的新家里，已收拾好了给爸妈居住的房间，在床上早早就铺好了崭新的被褥，新买了毛巾和牙膏牙刷，换洗的衣服，还有两双很暖和的棉拖鞋。她说，厨房里的东西也全部都是新的，爸妈想吃什么就做什么。

她父母激动得像孩子似的，说正张罗着带给她的东西呢。

杨小玉说："家里什么都不缺，你们空着两手来就行了。"

她母亲埋怨她："娃子真不会说话！我们想多住几天，多玩几天，东西尽量多带点！"

杨小玉这才发现，以前父母来，说的都是来看一看她，只有这一次，说的是住上几天，玩上几天。

她鼻子一酸，说："这边能买到的，就不要带了吧。"

她母亲说："你爸也是这个意思，就带点你喜欢的。这边的大米要带上一袋，这边的甜柿饼要带上一包，这边的油茶要带上几瓶，这边的黄牛肉干要带上几斤，这边的地封黄酒要带上一两坛……就是可惜了黑皮甘蔗，太长了，带起来太不方便了！"

杨小玉说："太多了，不好拿，有的东西快递寄过来吧。"

她母亲说："快递不要钱？我和你爸顺便带过来，一点也不麻烦，不麻烦的！"

她父亲在边上插话说："现在有高铁了，不用转车了，带点东西方便得很。"

杨小玉这才想起，两个多月前，老家已经通上了高速铁路。以前，父母来看她也好，她回老家探亲也罢，都得在武汉转上一趟火车。东西带多了，大包小包的，上上下下，十之八九会弄得满身大汗。

杨小玉只好说："火车票我在网上给你们买，出发的时候，我打电话让姐送你们到火车站。”

春运期间，火车票很紧张，高铁票更是紧张。从老家直达的高铁只有一趟，初二前的票都已卖完了。杨小玉果断下单，在网上为父母订购了大年初二的G1770次高铁票。

她打电话告诉父母：“这趟车早上八点半从枣阳出发，下午一点半就到镇江了。”

她母亲满心欢喜，说：“真快！哈痒的时间，一会儿就到了！”

杨小玉没有料到的是，在网上抢购完火车票后，地方上有关疫情防控的气氛，就一天比一天紧张起来。十几年社区工作经验凝练成的直觉告诉她，武汉的疫情不可能一夜之间就宣告结束。但想到父母对自己种种的好，杨小玉还是决定，不到万不得已，就绝不取消父母的行程。

她已经有五年没回老家了。春节父母来不了的话，她跟父母就是六年没见面了。

只是，计划不如变化快。第二天，她就被迫改变了主意。

十六

很多居民知道杨小玉是名大学生村官，但很少有人知道，她是一名比江苏“老三届”大学生村官资格还要老的村官。

“老三届”大学生村官，是指2007、2008、2009这三届享受“全额拨款事业编制”身份的大学生村官。

2007年，江苏率先举行全省性的选拔招聘，把上千名大学生派往上千个经济薄弱的苏北村子。2008年，江苏又选拔了一千多名大学生，分派到全省各地，除了苏北，苏中和苏南发展较慢的村子，也有了大学生村官的影子。2009年，江苏一下子选聘了五千名大学生，到村和社区任职。从此之后，“一村一社一名大学生”的工作，在江苏就进入了常态化。

杨小玉是2006年8月当上的村官。“老三届”的大学生村官见了她，自然得喊上一声师姐和前辈。她资格虽老，却享受不到“老三届”的政策，没有事业编制身份。她想获得事业编制，必须参加并通过当地的大学生村官转岗考核。

2006年到2009年，她的第一个三年聘期满了。

2009年到2012年，她的第二个三年聘期满了。

眼看着比她后到社区的“老三届”大学生村官，三年聘期一满，一个又一个地被安排到职级和薪资更高的岗位上去了，她却只能在村官的岗位上打转转。

最初的若干年，她心理上多少觉得有些不太公平。

但她对生活，多少还是有点满意。她结了婚，生了孩子。老公对她很好，很听她的话。孩子讨喜可爱，是个开心果。

随着时间的流逝，随着她的青春岁月一点一滴和寻常百姓的酸甜苦辣融在了一起，杨小玉慢慢地发觉，其实，每个人都有自己与众不同的活法，每一种活法都可以精彩起来。她的活法，充满了烟火气，也更加鲜活。

她确信，自己的根，从来就没有离开过大地：

这是时代的进步，也是她个人的幸运！

四个月前的夏天，9月24日，市委组织部发布了大学生村官集中定向考核转岗入围考核人选公告。杨小玉通过了笔试，成功入围。9月25日，区委组织部公示了大学生村官考核转岗个人的基本情况。杨小玉名列公示人员第一人。

在她三十六岁的这一年，也就是她第五个三年村官聘期的第一年，她的身份，终于转成了事业编制。

认识她的人，纷纷向她祝贺。她心里清楚，她可能很快就会离开社区，到一个新的地方去工作。她一时还弄不清楚：自己的根，是否还会像以前那样，扎得那么深，扎得那么理所当然？

十几年前，当她在南京买了一张火车票，满怀憧憬地来到七里甸时，她从未想到，她会跟七里甸结下如此深的剪不断理还乱的关系。

她偶尔也会去想：当年如果她买了去另一座城市的车票，她的生活，又会是什么样的呢？

想着想着，她总会禁不住一笑，人生买不到回程票，或许可以改签，但绝对没有退票。

十七

杨小玉是法学学士。

2006年的夏天，当她以主任助理的身份出现在七里甸五里社区的时候，立即成了当地的一大新闻。

当年，杨小玉是市里安排到七里甸街道下辖的村委会、居委会里的唯一一名大学生村官。

这件事本身，就具有新闻的轰动效应。

更加为人津津乐道的是，这名大学生村官还是个美女，还没有谈对象。

附近社区的工作人员，大多是老阿姨。这些老阿姨，经常跑过来看她，有事没事，有一搭没一搭地跟她聊东聊西。

很快，她就发现，这些老阿姨，日常用语中特别崇“洋”，吃穿住行，几乎无所不包。

张阿姨买了一点菜，会跟她说：“早上起了个大早，买了点洋葱、洋柿子、洋山芋。晚上洋葱炒腰子，洋柿子跟鸡蛋做汤，洋山芋烧肉。晚上不得事，就到我们家吃个饭？杨主任哎，不要客气啊！”

王阿姨家里装修了房子，会跟她说：“弄个房子，烦呢！拌洋灰要洋铁桶，现在哪里找得到？只好找张洋铁皮子糊糊！洋钉子弄得家里块块都是的，乱呢！师傅抽烟，还要给他准备一盒洋火，就差给他买洋蜡烛了！我年纪一大把了，早就忙不动了，都是小炮子一个人在忙！”

李阿姨刚搬了家，会跟她说：“小洋楼住不起，咬咬牙，换了三室两厅的房子。里面的东西，都买了新的。我们老早用的洋瓷碗、洋瓷盆、洋瓷缸子，统统扔掉了！等儿子有了对象，再给他买簇刮新的家具。新家具要买就买洋气一点的！”

杨小玉第一次跟巫阿姨打招呼的时候，巫阿姨就跟她自来熟，甚至跟她憧憬了一番未来的儿媳妇。

巫阿姨说："杨主任啊，我们这块地方啊，姓车的不叫车，叫作驹；姓巫的不叫巫，叫作浮。我姓巫，做事绝不浮哟！村里修石子路，我们女民兵打突击，洋锛、洋镐、洋锹，哪一样不是玩得溜溜的？像你这样皮肤深一些的，我们这里叫作黑翠儿，最讨人喜了！雪白粉嫩像个洋娃娃，能干什么事情？夏天太阳一出来，就打个洋伞，走在树下面，还怕洋毛辣子掉在身上！洋乎洋乎的，不就是个花瓶？"

一天，隔壁北面社区的副书记姜阿姨来看她的时候，终于忍不住了，对杨小玉说："千万不要把自己当洋盘！以后不要再跟那些老阿姨啰了，她们都是心怀鬼胎，来看你西洋景的！"

杨小玉跟姜阿姨已经比较熟悉了，知道姜阿姨有个嫡亲的侄子，便笑了笑，没有吭声。

姜阿姨跟她推心置腹，说："什么都是假的，王八看绿豆，对上眼了才是真的！对上眼靠什么？靠缘分！缘分是什么？萝卜青菜，各有所爱！嘴上说得天花乱坠，还不如见上一面。不是阿姨多事，女人图个什么？还不就图个男的对自己好，图个婆家把自己当个宝？"

过了两天，鬼使神差，在姜阿姨的安排下，杨小玉竟跟姜阿姨的侄子见了面。

小姜虽然是个职高的大专生，但长得眉清目秀，标准的一介江南书生形象，话不多，笑起来，一脸阳光。

见面之后，姜阿姨把小姜拉到一边，问："喜不喜欢？"

小姜眉开眼笑，头直点，小鸡啄米似的。

姜阿姨又悄悄对杨小玉说:“不犯嫌吧？”

杨小玉有点头晕，像喝了二两酒，不好意思地轻轻点了点头。

姜阿姨便果断地站起身来，对他们二人说:“我有事先走了，你们慢慢聊！”

嫁给小姜之后，杨小玉发现，小姜最大的嗜好便是每天晚上陪着他父亲，喝上几杯小酒。

杨小玉在成为姜阿姨的侄媳妇之前，对小姜提过一个要求，给她老家的父母一笔彩礼。

小姜是七里甸本地人。当时，本地人嫁女儿，根本就没有要彩礼的说法。娘家人不仅不要彩礼，还要准备陪上些嫁妆。

小姜没有表示反对，杨小玉知道他心里有想法。

她对小姜说:“本地人嫁女儿，必须遵守本地的风俗对不对？”

小姜望着她，点点头。

杨小玉继续说:“我是湖北人，我父母嫁女儿，应该遵守我老家当地的风俗对不对？”

小姜又点点头。

见小姜非常明事理，杨小玉就把自己的计划全都告诉了他。

她说:“嫁女儿不是卖女儿，给彩礼本质上只是一个形式，一者表示对婚事的重视，二者表示对女方父母的尊重，多少并不重要，就给一万块钱吧！”

小姜说:“又不是见面礼，是彩礼哟，太少了，拿不出手吧！”

杨小玉说:“就一万块钱,一分钱都不准再加了!”

不过,小姜到杨小玉老家提亲的那天,彩礼钱还是多给了一块,变成了一万零一块。

第二天,杨小玉的父母显得不是太高兴。

杨小玉觉得奇怪,追问再三,她父母才告诉她,都说不怕一万,就怕万一,怎么就给了个一万零一块呢?

杨小玉也有点生气了,把小姜拖到一旁,问他到底是怎么回事,关照得好好的,画蛇添足什么意思?

小姜说:“我特地加了一块钱,意思是万里挑一啊!”

杨小玉赶紧过去跟父母解释。

她父母听了,方才开心起来。

十八

杨小玉结婚的那年,也是七里甸征地拆迁如火如荼的一年。

整个七里甸,以前叫作七里甸乡,基本上就是个农村,放眼望去,除了丘陵,就是田野。也就是从1987年开始,才改置成七里甸镇。经过近二十年的发展,直到杨小玉大学毕业前的那一年,也就是2005年,方才改设为七里甸街道办事处。

由乡到镇,由镇到街道办事处,揭示了这个地方不断城市化的进程。杨小玉到七里甸报到前,五里刚刚由五里村改为五里社区。几年之内，五里的十二个村民小组，将会全部被拆迁安置，一夜之间，村民的身份就会被置换为城市居民。

轰轰烈烈的征地拆迁，让杨小玉眼花缭乱。征地拆迁，不仅直接事关每户村民的个人利益，还牵涉到村组集体资产的处置问题。各种权益在征地拆迁过程中相互交织，各种博弈在征地拆迁过程中层出不穷。杨小玉本科主修的法律专业，让她在第一个三年的大学生村官的聘期内如鱼得水。

第二个三年聘期开始的时候，她从五里到了七里甸，成了七里甸社区的党总支副书记。

到了七里甸社区，她的很大一部分精力用在了小区居民矛盾的调解上。

臻美源是社区占地面积最大的一个居住小区，也是居民户数最多的一个小区，更是矛盾最为复杂和集中的一个小区。

小区是2007年建成交付的，全都是无电梯的多层住宅，住着420户人家。

当年规划的时候还比较超前，在小区安排了100个汽车停车位，其他地方都是绿地。最初几年，居民们的注意力还聚焦在小区的绿地上。

杨小玉来当社区副书记时，臻美源的绿地，虽然还是绿油油的一片，但基本上变成了各家各户的菜地。最令她头痛的是，菜地里还密布着大大小小的茅缸，臭气熏天。哪怕是冬天，中午热烘烘的太阳下面，仍然有苍蝇嗡嗡叫着，到处乱飞。

矛盾爆发的节点，自然是在酷热的夏天。

上升的热气流把茅缸里的吲哚、硫化氢、氨气等有机化合物，源源不断地输送进楼上住户的窗户里。这种浓烈而持久的气味，会让大部分刚刚村转社的居民们有着天然的亲切感，甚至还颇为欣赏那一丝难以觉察的香味，那一阵阵臭到欲绝未绝的奇特的袅袅余味。但对一直住在城市里的居民来说，可以忍受马桶的气味，可以忍受墙角小便的尿臊气，但绝对不能忍受茅缸的无穷无尽的臭味。

因为几十口大小茅缸的存在，小区里苍蝇的密度，也达到了惊人的程度。

楼上人家，纱窗有些破，还未来得及换。中午一碗白米饭盛好放在桌上，转身去拿了一双筷子，几只灰黑色的苍蝇，就已死死趴在了饭米碎上。顺手拿起苍蝇拍，啪的一声，两只苍蝇就在饭米碎上奄奄一息了。

楼上居民气鼓鼓地拿着饭碗跑到一楼。一楼的居民出来一看，两只苍蝇还在饭米碎上一动一动地蹬着腿，便笑了："这是饭苍蝇，你打它做什么？你看，我家里飞来飞去的，都是饭苍蝇！"

楼上的居民气得无话可说，把饭碗往地上一摔，扭头上楼了。

一楼的居民还不忘补上一句："有话好好说，你摔自己的饭碗做什么呢？"

虽然同住一幢楼，短时间内，居民的生活观念仍然差异极大，很难说到一块。

楼上的一些居民因此一趟又一趟地跑居委会，强烈要求把茅缸弄掉。

让杨小玉感到奇怪的是，这些就在区政府隔壁小区绿地上的茅缸，虽然大家都知道肯定是个问题，但就是没有人敢表态说立即把它弄掉。

见杨小玉对茅缸的事情关注得比较多，社区一把手书记就对她说:“这是个历史遗留问题，也是个非常棘手的老大难问题，我们当然希望越早解决越好。只要信心不滑坡，方法总比困难多。你是学法律的，我相信，你一定能够通过细致的工作，找到彻底解决臻美源茅缸问题的办法。”

杨小玉当时心想，小区里的绿地是大家共有的，少数人把茅缸放在里面，就是侵占了大家的权益，要求相关居民自己整改到位不就行了？再说了，大多数人，还是希望自己生活在一个更好的居住环境里的。

当她上门跑了几户居民之后，这才发现，想让居民们自己把亲手埋下的茅缸弄掉，其难度，不亚于征地拆迁。

老王一家原来是五里的村民，她认识的，算是个熟人。

见杨小玉上门，老王没有黄她的面子，客客气气地跟她说:“杨书记，你是知道的，拆迁之前，我们住的也是二层楼，宅基地周边的空地上，我们也都是种菜的，靠着谁家，谁家种，也都是栽了茅缸的，左邻右舍，从来就没得人说闲话。要说近，茅缸离我家的窗子就几步远，我都不嫌臭，旁人再说三道四的，有什么意思呢？茅缸还有老城里茅厕的味道大吗？茅厕的味道能闻，茅缸的这一点味道，楼上的就受不了了？”

从老王家出来，杨小玉感到，就茅缸的气味问题来解决茅缸的问题，可能真的无解。

有两户村转社的是七里甸本地的，跟杨小玉不太熟悉，说起话来就显得不是太客气。

一户的女主人说："我们本来就是个农民，住上楼房就不是农民了？要是住上楼房就不是农民了，我们自家的二层楼住了多少年了？你居委会的前身还不是村委会吗？以前村委会管我们屋前屋后种菜栽茅缸？村委会不管的事，居委会就来管了？"

另一户的男主人当过村民小组长，说得更是豪气冲天。

他说："房子前的空地是大家的吧？既然是大家的，理所当然有我们家一份吧？我们家种菜的这一块，才有多大？算得上多吃多占吗？种菜算不算破坏绿化？哪一条法律条文规定草是绿的能种，菜是绿的就不能种啦？花里胡哨的石头假山能占那么大的地方，茅缸就不能栽？城里的都说大粪浇的菜最好吃，不栽茅缸，哪里来的大粪？要想吃得香，就要闻得了臭！这点道理都不懂？闹什么闹？"

整个副书记任上，杨小玉对茅缸的问题介入得越深，就越觉得无从下手。

茅缸的问题，因此成了她的一个心病。

第三个三年聘期的第二年，也就是2013年，杨小玉担任了七里甸社区党总支书记，并被选为了居委会主任。

此时，臻美源里，除了令人头痛的茅缸问题外，又产生了另一个比较严重的问题——停车问题。随着入住率的不断提高，小区里的私家车越来越多，420户人家，三分之一以上的人家有了小汽车，停车位开始一位难求。私家车坚决而顽强地驶上了小区的绿地，开始与菜地争夺空间。

在周而复始地协调茅缸问题的同时，居委会还得周而复始地协调汽车轧坏菜地的问题。

居委会大量的时间都消耗在了对这两个焦点问题的协调上。

还有一个相当严峻的现实问题是，杨小玉当上社区书记和居委会主任后，臻美源的物业公司已经换了五家。也就是说，连头搭尾七年的时间内，除了第一家物业公司外，其他的四家物业公司只干了一年，就三十六计走为上，坚决不干了。

杨小玉竭尽全力挽留物业公司。

物业公司的负责人向她作揖说："杨书记，饶饶我吧！茅缸的问题不解决，楼上的物业费收不到；菜地被轧了，楼下的物业费收不到。物业费的收取率不到百分之二十，我们总不能喝西北风吧？打来骂来，赔本不来。你就行行好，放我们一马吧！"

杨小玉虽然不知道解决问题的钥匙究竟在哪里，但她的直觉告诉她，否极泰来，三年之内，解决臻美源的问题，一定会水到渠成。

十九

2016年的夏天，是个"中国一点也不能少"的夏天，更是一个化危机为转机的夏天。

乌云密布、狂风暴雨过后，必定是晴空万里、江山如洗。

臻美源的朱阿姨来到居委会，发起了牢骚。

朱阿姨脸色铁青，说起话来义愤填膺。她说："我家前面就是三个茅缸，苍蝇蚊子到处都是。朋友来我家做客都说：'你这小区外面看着不错，里面怎么这么脏？'我都不好意思回答。这倒也罢了，这么多年忍下来，也就算了。现在倒好，直接影响到下一代的身心健康了！昨天，我孙女回家哭着说，作文不会写了。为什么不会写？因为老师布置的题目是《美丽家园》！怎么美丽得起来啊？全是垃圾！臭气熏天！汽车乱停乱放，垃圾到处乱扔，简直没法弄！小孩子不能说谎吧？你也不能硬是让小孩子说谎吧？你们说说，这样子下去，怎么得了啊！"

好说歹说，劝走了朱阿姨。

朱阿姨走后，杨小玉觉得，解决臻美源的问题，时机应该成熟了。

臻美源的物业一直处于前期物业阶段。

建设单位不是不想结束前期物业，而是小区的业主委员会迟迟成立不起来。

当小区的入住率超过50%，建设单位向街道递交材料，要求召开首次业主大会时，小区里的状况，跟朱阿姨所描述的，已经相差无几。

召开首次业主大会前，首先要成立大会的筹备组。筹备组成员的一大半，也就是60%，得由业主担任。这是法定的。不过，奇怪得很，业主们虽然反映问题的时候不厌其烦，但请他们出来自己议事谋事做事，态度就是另外一回事了，几乎没人愿意挑头。

杨小玉入户做一些业主的思想工作，其中不乏一些骨干和党员。

骨干们说得很直率:“小区的情况就是这么个情况，成立业主委员会就能解决问题了？我们都懂，业主委员会成立了，小区的事情就是业主委员会的了。业主委员会还能干什么？还不是再聘个物业公司来管？物业公司能解决问题吗？能解决的话，前面的几个物业公司还不早就解决了？我们不是不想自己管理自己，问题解决不了，我们实在是担不起这个责任啊！”

党员们则说得很委婉:“承认也好，不承认也好，臻美源的问题，就是个历史问题。这个历史问题，本质上是跟小区最初的管理、居民的整体素质、停车位的配套这三个因素密切相关的，跟是否在形式上成立业主委员会没有太大的关系。何况，即使不成立业主委员会，居委会还可以跟街道、开发商这些单位和部门成立一个物业管理委员会，代行业主大会和业主委员会的职责。如果要我们当这个物业管理委员会里的业主代表，作为党员，只要组织需要，我们当然是义不容辞的。”

根据入户调查摸到的情况，杨小玉在居委会主持召开了一个专题会议。

会议断断续续开了有两天。

最后形成的共识有三条：一是，成立物业管理委员会比较好，就让物业管理委员会牵头，不要让业主们觉得居委会有推卸责任的嫌疑；二是，只有通过一次规模比较大的小区整体改造，才能比较好地解决种菜问题、茅缸问题、停车问题、监控问题、绿化问题；三是，这样的改造项目，只有列入市政府的老旧小区改造计划之中，才能解决费用问题。

居委会的意见很快反映到街道，街道向区里做了汇报，区里又报告给了市里。

8月，市政府的决定反馈到了居委会：同意对臻美源小区的绿化、停车位、监控进行改造，其费用在当年市财政的老旧小区改造项目经费中列支。

二十

物业管理委员会成立后，立即着手做了两件事，一件是发布招标通告，要选择一家具有二级资质的物业公司来为臻美源服务；一件是发布小区改造项目平面规划公示，整治绿地，增设停车位。

由于物业管理委员会对未来中标的物业公司实行的是酬金制，而不是原来的包干制，招标进行得相当顺利。

新的物业公司热热闹闹地进驻了臻美源，小区的改造项目却进展缓慢，阻力重重。眼看一个月就要过去了，居民们的意见仍然是五花八门。尤其令物业管理委员会担心的是，那些没有买车的居民和拥有菜地的居民，相互之间开始串联，扬言要让改造项目泡汤，并对公开赞同小区改造的居民冷嘲热讽，群起而攻之。

区里和街道几乎每天都在跟踪臻美源改造项目的进度，如果年内不能完成，这个当年为民办实事的项目就变成跨年度项目了，各方的压力都非常大。

杨小玉的压力自然更大。

那天下午，她坐在居委会二楼的办公室里，有点昏昏沉沉的。

突然有几个大学同学闯了进来，拉起她就走。

同学们拖着她下了楼，出了门，立即爬上了门口停着的一辆军用大卡车。

大卡车飞速地开了起来。

不知道过了多久，卡车停了下来。

她跟同学们一起从车上下来，发现四周全是山。

早已等在那里的教官，发给他们一张地图和一只指南针，说："你们小组在规定的时间抵达目的地，军训就结束了。"

她拿着指南针，校准了东南西北方向。同学们比照着参照物，议论了一会儿，就确定好了一条行走的路线。

走到一个山坡上，同学们忽然都不见了。

她看到，山坡下竟然是臻美源的绿地。

还未等到她想清楚是怎么一回事，脚底下就滑了一下，眼前一黑，头朝山坡直跌而下。

她吓了一跳，赶紧睁开眼来，发现自己仍然坐在二楼的办公室里。

杨小玉毕竟是法学学士，她终于在梦中找到了加速推进臻美源绿地改造项目实施的路径。

当天下午，她就主持了一个臻美源物业管理委员会和七里甸社区居委会联席会议。

会上，她具体说明了自己的想法：以一幢楼和这幢楼前面的绿地为最小单元，征求居民们的意见，只要得到两个三分之二的同意，也就是三分之二以上住户的同意，拥有三分之二建筑面积的住户的同意，就让施工队进场施工，一片一片地进行整改，朝前推进。

杨小玉安排陈小军担任施工现场的联络人。

一个半月后，臻美源小区的环境改造进入了尾声。

党报派记者前来小区采访。

陈小军把记者领到5幢的徐阿姨面前。

徐阿姨是赞不绝口，说："这次真的要感谢社区工作人员了！花了大力气，终于把我们这里的环境改善了！以前我家这个5幢和3幢之间，你种一棵他种一棵的，种了很多果树，有无花果树、橘子树等等，对面楼房什么都看不到，里面又是屎又是尿的，臭气熏天，不能闻！现在终于清理掉了，太好了！"

陈小军把记者领到孙女写不出《美丽家园》作文的朱阿姨面前。

朱阿姨喜笑颜开，对记者说："当天挖掘机进场的时候，我们这些深受其害的居民啊，是拍手称快！以前我家前面就是三个茅缸，谁受得了？施工期间，我天天在家守着，连朋友聚会都不去了，就怕有人出来捣乱！虽然我家没有汽车，我也不希望小区汽车乱停乱放呀，谁不希望自己的小区干净整洁呢？现在好了，多亏了社区的支持！小陈每天社区还有工作，这里施工一旦有什么问题，一个电话就赶过来，每天都起早贪黑的，在这期间也受了不少委屈！你们要好好表扬表扬他！"

陈小军笑眯眯地又把记者领到臻美源物业服务负责人辛主任的面前。

记者说:“辛主任辛苦了!”

辛主任赶紧说:“不辛苦不辛苦,我是姓辛不叫苦。”

记者问:“对小区的环境改造,你有什么体会?”

辛主任说:“体会深啊!由于前五任物业遗留的历史问题太多,居民可能已经对物业产生不信任感。希望业主们能够有一些耐心,多给我们一些时间!借着这次改造的东风,我们对停车位加强了管理,安排工作人员每天进行巡查,对乱停乱放的,及时告知归位。并且对每个车位进行查看,要保证没有杂物堆放。还有一个,小区的停车位目前只能够基本满足居民的需求。因此,我们按照社区的要求,会对小区停车位进行循环停车,外来车辆必须由业主带领登记,临时停放。这样,一旦停车位的业主回来,就能够及时通知到位。结合小区环境整治,居委会还要求我们做好居民的服务工作。目前,我们已经为50多户居民更换了问题门锁,后续包括屋顶漏水等问题,我们也会逐步加大投入进行改造。”

记者最后找到了杨小玉。

杨小玉说:“这个项目,是对我们为民办实事,提升服务水平的一次大考。这次对臻美源小区进行物业提升改造,进行绿化整修,共计补种草坪2 000多平方米,改造停车位70余个,维修监控32组,疏通下水管道2处。这个项目,没有市里、区里、街道的支持,真的是不可能付诸实施的。还有,我们也非常感谢在这次改造工程进行期间,对我们提供帮助的热心居民们。没有居民们的帮助,工程的进度,真的不可能这么快!”

二十一

入围大学生村官集中定向考核转岗人选之后，区委组织部要求杨小玉写一个自己工作实绩的小结材料。

她一路回望，发现这么多年来，她所做的一切，其实只用一句话就足以小结了。

这句话就是：为社区群众做好服务工作。

她知道不能就这么写，这样写会显得太空洞。

她想了想，又写下了这样一段话：

能够坚持以人为本，从解决群众困难入手，为社区群众创造一个更加舒适、更加便利、更加美好的生活和工作环境。

她意识到，这么多年来，她确实只做了一件事情，就是一直在做社区生态环境的改善工作，她本质上就是一名社区生态环境建设的工程师而已。

社区老百姓心目中的社区生态环境是什么样的呢？她自己这么多年来的工作着力点又是哪些呢？

那天下午，她在居委会的二楼断断续续地思考了好几个小时，想到了三个关键词：文明，民主，安全。

臻美源小区的前后变化，一方面说明居民自身的整体文明素养的提升，另一方面也体现了居民追求文明社区建设的一种必然趋势，结果就是社区的精神文明和物质文明都得到了大力发展。

还是以臻美源小区的前后变化为例，作为联结市、区、街道和社区群众的桥梁与纽带，居委会通过跟每家每户居民进行沟通，集中了绝大多数居民的诉求，并把这种强烈要求获得更多幸福感、安全感的诉求，通过政府的支持，变成了实实在在的环境的改善，充分尊重和保障了社区群众的自治权益。杨小玉觉得，这就是一种最接地气、最鲜活的民主。

最后，臻美源小区的环境改善之后，秩序更加井然，服务更加到位，居民的心情更加舒畅，人与人之间的纠纷也大幅度减少，大家的人际关系更加和睦顺畅。杨小玉想：这不就是群众希望得到的一种安全感吗？

作为社区书记，她想，毫无疑问，建设社区文明、民主、安全，始终走在美好家园建设路上，还要有一个领导力量，这个领导力量就是社区的党支部。

追溯完自己的心路历程，杨小玉写下了这样的三小段小结文字：

一、认真抓好党建工作。扎实开展大走访工作，重点走访困难党员、残疾人、低保户、失独家庭等弱势群体，认真听取群众意见和建议。结合“书记项目”加强党员管理，利用“流动课堂”上好“行驶中的党课”，丰富党员学习教育形式，增强凝聚力。

二、为民办实事，提升服务水平。改造老小区排水沟；清理小区内存在安全隐患的腐烂木头；筹集资金清理御桥巷道路一侧约

100平方米杂草区域，并进行硬化；修补御桥巷坑洼道路；新建光明新村小区、臻美源小区、城南映象小区宣传栏；帮扶困难家庭，关爱失独家庭、无子女家庭，帮助“三无老人”入住镇江市福利院。2016年对臻美源小区进行物业提升改造，进行绿化整修，补种草坪2 000多平方米，改造停车位70余个，维修监控32组，疏通下水管道2处。

三、认真做好党组织为民服务项目。关注青少年传统文化普及，提升老人晚年生活品质，针对精准扶贫对象、失独家庭、重病家庭等特殊群体开展心理和经济上的帮扶慰问活动，帮助他们解决生活与工作中的问题和困难。

写完后，杨小玉又仔细地看了一遍，自己突然就笑了起来。

面对满纸的“鸡毛蒜皮”，她想到了刘梅自嘲的一句话：

“居委会的人哪，不就是妈妈心婆婆嘴，跑不断媒婆的两条腿吗？”

二十二

腊月二十八，前一天市里召开的新冠肺炎疫情防控工作会议的精神，传达到了居委会。

会议精神主要有三点：

一是面对疫情，要把困难估计充分，切不可麻痹大意，必须守土负责、守土尽责，要打好有准备之仗，用大概率思维应对小概率事件，扎实做好各项应急准备工作。二是虽然本地暂未出现相关病例，但防控工作容不得丝毫马虎，“防”的成效越大，“治”的压力就越小，要坚决树牢“宁可工作做在前，切不能措手不及”的思想，重点做好防控早准备，物资保障早准备，技术力量早准备，应急响应早准备。三是疫情防控工作，关乎人民群众生命安全，关乎社会大局稳定和谐，要强化组织领导，加大统筹协调，提高工作效率，建立健全联防联控机制、值班值守机制，春节期间要安排好疫情防控值班值守工作，保证人员到位，信息畅通。

腊月二十八和二十七相比，整座城市其实没有发生什么太大的变化，甚至连天气都是一样的。遇到红灯，各个路口的车辆还是排成了长龙。慢车道上的电动车仍然跑得飞快。公交站台上，挤满了男女老少。似乎只有她杨小玉的心情，跟当日的天气一样，是阴沉沉的。

风是东南风，飘着时有时无的牛毛细雨，说冷不冷，说湿不湿，但就是有种让人说不出的难受。

社区的同事跟往常一样，专注于自己手头的事情，该忙什么还是忙什么。

只有贾名扬轻描淡写地提了一下他的岳父，说幸亏他岳父坐的车并不经过汉口，只停靠武昌。汉口和武昌，隔着一条长江，等于是镇江和扬州，远着呢！

偶尔到居委会来办事的居民，议论几句武汉的情况后，便会把话题转到灯会上来，说今年的灯会主题，到处都是“爱你爱你（2020）”，像是年轻人求爱，听起来有些怪怪的。

如果说有什么变化，就是整个白天，杨小玉都成了大家关心的焦点。虽然早已在镇江定居多年，但湖北籍的身份，让她不可能不成为大家关注的对象。大家关心最多的，首先是她的父母，然后才是武汉。而她自己最想知道的，却是武汉的疫情。武汉的疫情，决定着她父母来还是不来。

她所能了解到的武汉疫情，其实并不比社区其他人更多。她的信息来源，除了报纸电视，就是手机。她不信谣，也不传谣，她对疫情思考判断的依据，就是官方发布的信息和应对措施，并以此来评估疫情的严重程度。她的这种思维逻辑，也是绝大部分普通中国人的思维逻辑。区别只在于，她是社区工作人员，具有应对各种大大小小突发性事件的丰富经验，比一般的平民百姓，直觉上更敏感更精准一些罢了。

在腊月二十八这一天，她一遍又一遍地想象着这样的一个场景：

两个老人，从枣阳上车，在汉口停留的时候，有大量汉口的乘客上来，散布在老人的前后左右，大声地说话，举放行李时，顺带用手把老人的茶杯朝边上挪了挪。热情的老人，甚至帮着搭了一把手……

她无法控制住自己不去胡思乱想。

唉！这趟车为什么一定要停汉口呢？哪怕停的是武昌也好啊！

胡思乱想之际，一道闪电划过她的眼前，她突然想起一件事来：

就在几天前，1月17日上午，她和贾名扬一起去医院探望过老陈。

老陈是社区的一名老党员。

花甲之年的老陈，得的正是肺炎，一直发烧、咳嗽，治疗了很长时间也没有痊愈，至今还住在医院里。那天，他们两个代表社区去慰问老陈，站在老陈的病床前，交谈了很长时间。老陈有点激动，讲的话还特别多。她能清楚地看到，从老陈嘴里喷射出来的唾沫星，在明亮的灯光下，闪着微弱的钻石般的光芒。

老陈的肺炎会不会传染？如果传染，两米之内都非常危险。老陈的嘴和我的嘴，最多只有一米远。当时自己为什么不戴口罩呢？

一想到此事，杨小玉的心里就如同压了一块巨石，沉得慌。

万一老陈得的是传染性的肺炎呢？

她越想越觉得心惊肉跳。

父母没被感染，我要是被感染了呢？

想到最后，心烦意乱的她，情不自禁地拿起手机，给千里之外的父母打了个电话。

她觉得，有另外一个人借着她的嘴，在跟她父母说话。

这个人不无冷酷地告诉她父母："春节就不要来镇江了。枣阳到镇江的火车，肯定要经过汉口。你们不下车，汉口也会有人上车，不安全。"

她的父母虽然有点不乐意，但还通情达理，说："不来就不来了，免得你们担心。"

当天晚上退票的时候，杨小玉的心里多少还是有点沮丧和失落。但退完票，她还是感到了一阵轻松。

她想，此后的几天，她必须随时了解老陈的动静。

第五章

午饭

二十三

腊月二十八的中午，心神不定的杨小玉给老陈的老伴打电话时，吉倩倩正津津有味地吃着她山东风味的大饼。

居委会的六个人中，杨小玉的午饭是婆老太准备；刘梅、刘妍是自己做；贾名扬也是自己下厨；陈小军的家离居委会不远，中午回去吃现成的，偶尔也会点个外卖。这五个人中午都是以米饭为主，只有吉倩倩的午饭，是以面食为主。

吉倩倩的大饼是自己亲手一张张烙出来的。

说是大饼，其实是卷饼。和面的时候，面粉里掺着点玉米粉，颜色是淡淡的金黄色，看起来非常养眼。

用尖椒丝、肉丝什么的干炒，只要没有汁水就行，最好放上点虾皮。炒好的菜作馅，吃时，加根大葱，用饼一卷，咬起来筋道有嚼劲，香辣鲜美。

居委会的其他人，吃不来吉倩倩的饼。不是因为饼的味道不好，而是几口咬下来，腮帮子就开始酸胀。吉倩倩两张饼吃完了，其他人还在细嚼慢咽着第一张饼。

吉倩倩总是第一个吃完午饭。

她一边喝着茶，一边跟大家聊天。

吉倩倩的心情特别好。她得意地向大家宣布，光明新村的老两口，已经同意楼上的小两口进门了。她说，进门后，只花了半个多小时，水电工就把下水道清理干净了。

大家一下子便来了兴趣，七嘴八舌地追问起来。

“敲门进去的？”

“还能敲门？越敲越不开！”

“倩倩一定是使了美人计，说动老两口的儿子摆平的！”

吉倩倩笑了起来，说：“呸！狗嘴里吐不出象牙！”

“那一定是老两口突然大发慈悲，主动开门的！”

吉倩倩叫道：“天哪，好几天的辛勤劳动，这么高的工作含金量，被你们一下就清零了！我干脆买块豆腐撞死算了！”

一个星期前，光明新村小区楼上楼下的一老一少两户居民起了纠纷，闹到了居委会。

事情说大不大，说小也不小：

楼上是买了二手房装修的小夫妻俩，发现抽水马桶有点堵，原因也找到了，认为是瓦工偷懒，把水泥沉淀在管道内了，要到楼下打开下水道的检修口。楼下的一对老夫妇，早就被楼上装修时的声响弄得心烦意乱了，拒绝配合，根本不让小夫妻俩进门。让物业来也好，要打官司也好，老两口就是油盐不进。

眼看没几天就过年了，小两口被弄得没有办法，只好向居委会求救，请居委会派人上门调解。

吉倩倩连着上了两天门，都吃了闭门羹。

两天前是大寒。刚上班，吉倩倩就在居委会社工群里发了两张图片：一扇门上的空洞绝望的锁眼，一把恶狠狠的锤子。还配有一句意味深长的话："叫你动不动就关门！"

刘梅看到了，非常感慨："倩倩怎么这么聪明？一下就抓住了社区工作的痛点！"

她的理解是，做社区工作的，就得有一种榔头般的狠劲，一锤跟着一锤敲，再难进的门，再不好说话的住户，都阻挡不住大家把工作落实到千家万户！

欣赏着吉倩倩怒气冲冲的创意，刘梅心里暗赞一句，牛！忍不住转身夸了吉倩倩一句："你太厉害了！你老公教你的？"

吉倩倩很得意："一吵架他就关门，一吵架他就关门，我把锁给砸了，看他怎么关门！"

刘梅问："哪个他？"

吉倩倩回："我老公啊！"

切！原来是夫妻吵架啊！大失所望的刘梅，一时懒得理睬吉倩倩。

吉倩倩的儿子还小，她和她老公的父母都不在身边，镇江也没什么亲戚，既要忙工作，又要带小孩，从早上睁眼起就转得像只陀螺。急躁容易生火，为照料小孩的事，夫妻俩闹得把离婚协议书都撕了好几回。她家里吵架的事，听得刘梅耳朵已起老茧了。

想不到才隔了两天，吉倩倩就把老两口和小两口的矛盾解决了。

刘梅有点不耐烦了，说："好啦好啦，别卖关子啦，难道是装孙子开的？"

吉倩倩把桌子一拍，大叫起来："嘿！还真是装孙子开的门！"

原来，一大早拎着东西送温暖的时候，走在路上的吉倩倩突然想到，老两口的孙子这时候如果上门，老两口还不屁颠屁颠地立马开门？想到做到，她赶紧给小两口打了个电话，如此这般交代了一通。小两口讨论了一会儿，确实觉得没有他法，便按照吉倩倩的吩咐去安排了。

把送温暖的东西送完后，吉倩倩就跑到小两口的家里，如此这般让小两口模拟了一遍。

模拟下来，吉倩倩觉得很满意，便领着小两口一起下了楼。

小两口站在老两口的门外，紧靠着大门，从猫眼里根本看不到他们的脸，但可以看到他们手上拎的一箱牛奶和一大包芝麻糊。

新郎果断地敲了敲门，充满感情地喊了一声："奶奶，我来看你了，开开门！"

只听得屋里一阵乱响："老头子，快开门，你大孙子来了！"

老爷子在里面小声嘀咕道："儿子不来，孙子倒来了！"

门打开后，老爷子见门口站着的是楼上的小两口，愣了一下。就在老爷子张着嘴，还在犹豫是不是要关门的瞬间，吉倩倩闪身出现了。

吉倩倩说:“我是一脚站在门里,一脚站在门外,死死把住门框,不给老爷子一丁点关门的机会。机不可失,时不再来啊!我们仨,左一声爷爷,右一声奶奶,硬是叫得老两口不好意思拉下脸来。”

大伙儿问:“老两口把东西收下了没有?”

吉倩倩满面红光,先是神秘地一笑,然后一字一顿地大声说道:“当—然—收—下—啦!”

二十四

居委会的社工们自带午饭,已经三个月了。

区政府的食堂还没有装修好,什么时候能够竣工,谁也不知道。

居委会每个人都向区里打听过几次,回答都是:“快了,就好了,到时会通知你们的。”

居委会和区政府都在一条路上,叫作政泰路。居委会在路的最西端,区政府在路的最东端。从居委会到区政府大门,不到三百米。

区政府的大门虽开在政泰路上,门牌号却是挂的润州路5号,让人觉得有点怪怪的。

七里甸居委会自己没有食堂,也没有请烧饭师傅的专项经费,多少年来,一直在区政府的食堂搭伙。

最初,居委会工作人员中午吃饭的问题,都是个人自己解决。

那时候,政府和街道办事处也没有自己的食堂,大家都是在外面的小吃店里吃面条。节俭一点的，吃上一碗光面或阳春面，加上点青菜浇头。奢侈一点的，就来上一碗长鱼面或斩肉面，也有肥肠、腰花浇头各半的，再点上一只荷包蛋。中不溜秋的，干脆就三天两头只吃肉丝面。

大规模的城中村改造之前，附近的面店生意非常兴隆。政府、街道、社区三级工作人员在面店里是抬头不见低头见，互打招呼，工作上的一些小事，往往在吃面条时就三言两语地解决掉了。

在面店里，居委会社工跟区里各个部委办局工作人员之间最大的人情往来，就是一碗长鱼面或牛肉面。

居委会的人常常直来直去，说:“情况就是这么个情况，一二三四五你也非常清楚，有没有违反原则的地方？肯定没有！真要有违反原则的地方，就把头砍下来，给你们当皮球踢！说穿了，还不就是个灵活处理的问题？”

一碗面条吃到最后，有关干部大都会把嘴一抹，说上一句:“事情就这么定了，有什么问题和责任，我也扛了！”

后来，区政府建起了食堂，社区工作人员基本上就很难见到区里的工作人员了。

再后来，街道办事处也办了个食堂，社区工作人员见到街道工作人员的机会也少了起来。

坐在面条店里，社工们慢慢发现，面条也没有以往的好吃了，越吃味道越咸涩。吃到最后，都不去吃面条了，宁愿起个大早，做上一份盖浇饭，中午用微波炉热一热，自己坐在居委会里吃。

那么，居委会的社工们究竟是什么时候开始吃上区政府食堂的呢？

细究起来，原因还真有点耐人寻味。

若干年前，新的区政府办公区在七里甸刚建成时，大门本来是朝东北方向开的，而且开在当时区里最宽阔的一条路上，门牌号为润州路5号。

把大门开在润州路上，一是政府工作人员自己进出非常方便，二是大门可以做得更加高大好看，三是正好对着金山的宝塔。

当时，社会上一股迷信风水的亚文化，在江南一些城市正暗流涌动。不少政府官员和企业家老板，也以谈论风水为时尚。

之所以把区政府的大门对着金山宝塔，据说是源于广泛流传的“三山”说。

这“三山”说的内容是：

要发财，到镇江，镇江有金山，有金可挖；要长寿，到镇江，镇江有南山，寿比南山；要好运，到镇江，镇江有茅山，第一福地。

巧合的是，乔迁时间不长，区里一位主要领导就得了重病，很快就宣告不治。

好巧不巧，又过了不久，区里竟然又有一位领导死于车祸。

这位区领导晚上独自一人开车，在郊外与一辆大卡车相撞，当场就血肉模糊。

虽说死人的事是经常发生的，但短时间内两个领导不同寻常的死法，还是在社会上引起了不小的议论。

新领导走马上任后，顺应当时轰轰烈烈的城市建设宏观大势，配合市政府的十八项民心工程，倾听机关普通群众的呼声，经过集思广益，严格论证，形成了一个在七里甸历史上具有里程碑意义的决策。

这个决策就是：

结合旧大门前的道路整治出新，把区政府的大门从北面调整到了南面，由面朝东北改成了面朝东南；拆掉区政府大院东面的沿街商铺和老旧民宅，把原来的三茅宫广场街角公园，扩建成以“大江奔流”和“城市山林”为主题的城市客厅，重新命名为“润州广场”。

七里甸的老百姓不知道政府的具体决策经过，社会上便有许多无稽之谈传出。为了平息这些流言蜚语，社区工作人员便承担起了向居民解释引导的任务。

上级把居委会工作人员当作最基层，社区不少居民则常把居委会工作人员看作自己人。在老杆子们家里，屁股在板凳上还未坐热，一杯茶还没喝完，沟通的内容就会发生改变。

在老杆子们的眼里，居委会的社工，只能算是小杆子。

老杆子们会直率地表态：“信风水、做关木闩也好，美化城市出入口、更新改造低洼积水区也罢，不是咱们平民老百姓管得了的事情。咱们只想问问你们，三茅宫老广场上的面店、小吃店都拆掉了，你们中午吃饭方便吧？”

老杆子们心里其实清楚，居委会的人已很少去面店吃中饭了。

区政府大院改门之前，居委会的人到政府办事，不仅行走的距离要翻倍，进区政府还得拐上至少两个弯子。大门一改，社区工作人员上区里汇报工作、参加区里的会议，方便了不少，打心底里还是觉得这大门改得好。

不过，老杆子们一提起中午吃饭的事，多多少少还是戳中了社区工作人员的痛处。

区政府的大门一改，去区政府的食堂确实很近了。

说来也巧，区政府大门调整后的第二年，党员先进性教育活动就如火如荼地开展起来。区机关喊出了“走群众路线、服务基层社区”的口号。最近的居委会，自然就是眼皮底下的七里甸社区。

居委会工作人员午饭的问题，得到了区领导的高度重视。

2005年的上半年，在保持共产党员先进性教育活动接近尾声的时候，七里甸居委会接到通知，可以在区政府大院的食堂搭伙。

二十五

食堂里的餐标是统一的。

无论官大官小，无论是机关干部还是居委会办事人员，都是一荤一素一汤一碗饭。

菜不可以多吃多占，饭不够则可以随意添。

最让人觉得实惠的是，食堂不以营利为目的，餐费公道，只算食材和水电气成本，不计人工和折旧，比自家买菜做饭还要划算些。

自打在食堂搭伙后，七里甸居委会的工作人员，就再也没人从家里自带过饭菜。

一回生二回熟。社工们在食堂吃饭的时候，很容易就会跟区机关的工作人员搭上关系。

由于他们来自最基层，不用他们贴上去，一些区里的领导就会主动双手捧个餐盘，在他们的餐桌坐下，打上个招呼，边吃边询问:“区里面的这项措施推出来后，居民们有什么议论和反应没有？你们自己是怎么看的？”

在食堂里，社工们有了当年吃面店小吃店的感觉。

不过，凡事也有例外。

食堂里有一张餐桌，社工们从来不去坐，也不敢去坐。

食堂里的这一张桌子，跟食堂里的其他桌子其实并没有什么两样，但从七八年前开始，一般人就都不会主动坐过去了。谁也说不清楚具体是在哪一天，这张桌子就成了区里主要领导专用的桌子了。没有人交代，餐桌上也没有标志和提示牌，无形中，这张餐桌就成了一个特区。

到区政府食堂搭伙吃饭的第一天，居委会的人心情相当激动，打好了饭菜，见有张空桌子，像发现新大陆似的，就兴冲冲地坐了下来。

不料，刚在这张空荡荡的餐桌旁坐下，还未来得及张嘴吃饭，就唰的一下，接收到一大片众人惊诧的注目礼。这种齐刷刷的目光，传递着一种说不清道不明的压力。在这种注视的锐利压力下，社工们猛然想起了什么，瞬间脸色大变，心中暗叫一声不妙，随即把腰一哈，赶紧捧着餐盘溜之大吉。

他们终于醒悟过来，在这个食堂里，哪怕同样是普普通通的餐桌，座位也是有所区别的。

领导工作很忙，不常来食堂吃饭。领导不来的时候，这张桌子就莫名其妙地空着，其他餐桌上哪怕再拥挤，也没有人过来坐一坐。

领导偶尔来的时候，前后左右会跟随着许多人。这些人会帮着领导拖一下凳子，会抽出一张餐巾纸在桌子上擦上一擦，会去拿来开水瓶给领导续上开水，会跟食堂工作人员催促一两声，会主动把饭菜给领导端来。

其实，领导吃的饭菜跟大家也没什么两样，社区工作人员当天在食堂里吃什么，领导也吃什么，但社区工作人员总觉得领导吃得还是跟大家不一样。

时间长了，社工们免不了私下嘀咕，吃个中午的工作餐都喜欢前呼后拥坐专座的领导，恐怕迟早会出事。

嘀咕归嘀咕，他们还是希望领导不要出事。

他们想，领导真的出事了，后来的领导，还会让他们吃食堂吗？即使让他们继续吃食堂，食堂还会是原来的那个食堂吗？

两年前，领导当了更大的官，到市里当领导了，不再到食堂来吃饭了，但那张餐桌却仍然空洞地摆放在那里，中午吃饭的时候，依旧是无人问津。

四个多月前，社工们从手机上看到省纪委监委发布的一条消息。

消息说，领导涉嫌严重违纪违法，正在接受纪律审查和监察调查。

知道领导出事的第二天，社工们在食堂吃饭时，发现领导原来坐的那张餐桌，还是空荡荡的，还是没有人去坐在边上。

他们隐隐地有点担心起来。

又过了两个月，就在中秋节前，食堂里贴出一纸告示，说是为了改善就餐环境，要对食堂进行必要的改造，相关人员中午吃饭的问题，自行解决。

搭伙已经搭了前后十四年了，一下子不在食堂吃了，社工们还是觉得有些失落。这种失落感到底是什么，他们自己也说不太清楚。

社区附近的街巷里，这几年已经陆陆续续开张了几家面店和快餐店。

最初的十天半月里，大家中午就到面店、快餐店吃上一顿。到面店吃面，虽然经济实惠，但吃多了，未免有点腻。吃快餐店，花样虽然多了些，但价格又上来了，不太经济了，而且，基本上是料理包、调味包，谈不上非常绿色。

让社工们有点郁闷的是，个把星期下来，大家竟然在面店和快餐店里就没有遇到过几个区政府大院里的人。

他们只好胡乱猜测，这些人工资高，要么是点外卖，要么是吃饭店了。

吃到最后，社工们又回到了老路上，自带起饭菜来了。

自带饭菜也有麻烦的地方。

十几年前，吃的也就是盖浇饭，饭菜盛在一个饭盒里就行了。十几年过去了，总得有荤有素、饭菜分开吧。饭盒归饭盒，菜盒归菜盒，总不能串味吧。健康很重要，蔬菜总不能吃隔夜的吧？荤菜可以前一天晚上就准备好，蔬菜却要当天起个大早烹制，很是费时费力。

不过，自带饭菜也有好处。最大的好处就是，各人的菜品可以互相品鉴，一顿饭可以吃上十多种口味，种类繁多，营养更加全面。

尤其是，隔锅饭香，每天总能吃得津津有味，隔三岔五，还能从别人的菜里吃出些惊喜。

二十六

杨小玉从二楼下来的时候，大家的午饭已经吃完了。

下楼之前，她给老陈的老伴打了个电话。老陈的老伴告诉她，老陈明天就要出院回家了。

她老公也打了个电话告诉她，饭店团圆饭的订单已经接爆了，没有特别好的关系，加一张桌子都很难。她老公还告诉她，准备了两瓶好酒，等老丈人来了，要好好陪老丈人喝上几杯。

杨小玉没好气地对他说，上午已经跟爸妈说了，过年他们不来了。

她老公不知道怎么一回事，又不敢问她，在手机那头打了两个哈哈，便赶紧挂了电话。

一直到晚上退票之前，杨小玉其实还是有点纠结，觉得自己的决定虽然是对父母最负责任的一种选择，但不一定是最好的选择。

见大家的午饭都已经吃完了，正聊着天，杨小玉就跟众人把社区春节期间的值班表，又逐一当面衔接核实了一遍。

明天，刘妍的老公就要先行出发，前去河南老家。后天，也就是除夕当天，刘妍将带着儿子，搭乘老乡的自驾车，赶回家乡，与父母团圆，好好包上一顿扁食。她回去的路线跟老公是一样的，在路上要跑上整整一个白天，将近十个小时。一大早动身，到南阳正好吃团圆饭。

杨小玉问："刘妍你初五回得来吗？"

刘妍回道："在老家过三天，打算初四往回走，初五肯定到家了。"

杨小玉说："保险一点，还是安排你初六值班吧！"

她又问吉倩倩："初五值班没问题吧？"

吉倩倩一家，也会在除夕的当天，坐车驶往苏北，直奔里下河。今年她不回山东老家，要跟老公去苏北的婆家过年。

吉倩倩回答："那边也没什么好玩的，待上个两三天，就回来了。"

杨小玉扫了一眼正在玩手机的陈小军，问："你呢？"

陈小军头也没抬，说："随便。"

"那好，你就初四。"

杨小玉转向刘梅，问："刘姐呢？"

刘梅笑道："三十不要安排我，其他时间都可以。"

贾名扬正好也从二楼下来，他随口接道："三十就我来吧！"

杨小玉便小结说："三十贾书记值班，初三刘姐值班，初一、初二由我值班。"

按多年来的惯例，春节期间，社区书记和居委会主任一般都是安排值两天班。

最后，杨小玉对大家说："没有特殊情况，值班表就不改了，下午一上班就上报给街道。"

虽说已是大寒，天气却不太寒冷。

居委会外，如同一个架空的二次元空间。

轻微的东北风里，牛毛细雨时断时续，最高气温达到了9℃。蜡梅和红梅正在含苞，迟桂花却趁着和煦，氤氲着最后的浓郁和清甜。大街上，车水马龙，在一片安宁祥和中，川流不息。巷弄里，熙熙攘攘，南货北货，塞满了沿街的门面，小商小贩的吆喝声，大爷大妈的招呼声，此起彼伏，不绝于耳。

七里甸因临近唐代老城的西门七里而得名。如今，这里已成为城郊接合部，鱼龙混杂之地。有三多：外来人口多，小商小贩多，老弱病残多。综合治理平台名义户籍人口九千，常住实有人口五千多，能够见到人的家庭三千。户籍人口中，很大一部分属于空挂户。当年本地农村进城挂户的，外地来工作挂户的，征地拆迁形成空户的，凡此种种，剪不断，理还乱。

居委会的工作人员，是按编制名额下限配置的。由于常住人口不算多，平时七里甸居委会的社工只有五个人。刘梅和吉倩倩属于新老交替，临时多了一人。

就这六个人，一年四季，要衔接好党建、宣传、精神文明、纪检监察、人大、统战、关工委、安全生产、劳动和人力资源保障、社区会计、统计、资产、科教文卫、城管、信访、人武、共青团、司法法治、综治、计生、社区民政、妇联、工会；也要承接好特困人员、残疾人、孤儿、困境儿童、低保户、退休人员、刑满释放人员、社区矫正人员、就业困难人员、少数民族群众、参战退役人员、退伍军人等，还要负责困难群众临时求助、尊老养老、民间调解、惠民殡葬，还有数不清的会议、数不清的检查、数不清的报表。平日忙起来，要么说得舌头抽筋，要么忙得手抽筋，要么跑得腿抽筋，要么坐得屁股抽筋。社区人因此自嘲是“每天忙得活抽筋”。

不过，再忙也有闲的时候。

年味越来越浓。快过年了，像踩了急刹车似的，为了各种理由闯进社区大门的人，眨眼之间就稀疏无几了。

午饭时间，居委会周边的世界似乎停顿下来。一地鸡毛的空间，恍惚之间，好像突然变成了真空。

难得的安宁，难得的空闲，难得的聊天机会。

敲定了值班表，刚吃过午饭的这几个社区工作人员，竟然感受到了一种幸福的慵懒。

真的要过年了！他们想。

第六章

口罩

二十七

一夜之间，风云骤变，天翻地覆。

腊月二十九一到社区，见到杨小玉，刘梅开口第一句话就是："英明啊，杨书记！幸亏退了票！"

此刻，大家的手机上，已经都是江苏发现首例新冠肺炎患者的新闻。

一天前，大家还觉得新冠病毒离自己比较遥远，远在千里之外。不料，一觉醒来，病毒竟然离自家门口只有160公里了！也就是说，用动车的速度，一个小时病毒就有可能来到自己的身边！

幸亏把票退了！

杨小玉心中暗自庆幸之余，还是抽空给老陈的老伴打了个电话。

老陈的老伴在电话里说："谢谢杨书记的关心！老陈已回家了。"

回到家就好。

杨小玉心里已落地的石头，突然化成了一道细细的云烟，轻松异常。

轻松并不意味着没有阴影。前一天晚上，她在跟父母通话时，已经知道，老家也发现了几个疑似病例。

她只好自我安慰：塞翁失马，焉知非福呢？

此时，河南好几个地方也已经有了确诊患者。

刘妍的老家南阳，紧邻杨小玉的老家襄阳。杨小玉本能地觉得，河南离湖北更近，安全系数应该比江苏更小。

杨小玉关心地问刘妍："你们还回不回老家？"

刘妍显得无可奈何，说："小马一大早就跟战友开车走了，现在应该跑到淮南了吧！明天这时候，我和儿子，肯定也跑到安徽了！"

杨小玉便叮嘱道："路上一定要小心，尽量不要朝人多的地方去。"

刘妍说："一路上都是高速，在服务区休息的时候，我们就吃自己带的东西，就喝自己带的开水和饮料，路上什么东西都不买了。"

杨小玉又去问吉倩倩："你和你老公计划不变？"

吉倩倩说："俺去不去，无所谓，他老爹老娘想儿子，有啥法子呢？"

杨小玉便笑了起来，说："你们一家去苏北，总比刘妍一家去河南要安全得多！"

吉倩倩也笑了起来，说："就不要婆婆妈妈的啦！回来带两瓶泥螺给你尝尝！还有一件事，回来时再跟你说，先给你打个预防针。"

杨小玉有点奇怪，问："什么大不了的事情，现在不说，要放在节后说？"

吉倩倩的神色便显得有点尴尬，说："不说了不说了，还是过完节再说吧！"

此时，刘梅走过来对杨小玉说："杨书记，时间不早了，好走了！"

二十八

从居委会到福利院，自己开车要跑上整整半个小时。

这一年，刘梅跑了十趟都不止。

她边开车边跟杨小玉以玩带笑说："杨书记，这么多趟跑下来，一顿大餐跑得没有了！"

杨小玉的回答便显得一点底气也没有，有点弱弱地说："我跟街道提过一次，街道说你们居委会还提车贴报销汽油费，开什么玩笑……刘姐，你就当为社区义务做贡献了！"

她们到福利院，是专门看望一个人的。

两人拎着东西上楼走进房间，老吴正坐在那里看着电视。

见到两个美女来看望自己，老吴笑得嘴都合不拢了。

旁边的人咕哝说："老吴的姑娘媳妇来看他了！还是人家有福气哟！"

老吴赶紧纠正说："不要瞎说，不要瞎说！是我们居委会的杨书记、刘主任！"

老吴精神很好，一点也看不出已经八十多岁了。

老吴进福利院之前，住的是廉租房。

十个月前，老吴跑到居委会找上刘梅，坚决要求去住福利院。

刘梅觉得奇怪，问他："你精神这么好，能吃能睡的，单门独户的房子不住，去住什么福利院呀？"

老吴便大倒苦水，说："要不是邻居来得快，差点翘了辫子啊！"

原来，独居在家的老吴，突然中了一次风。好在中风时，自家门还开着。邻居发现了，立即打了120，把他送进了医院。不幸中的万幸，他恢复得特别好，出院时，竟然没留下什么后遗症，仍然跟常人无异。

老吴有一个侄子和一个侄女。平时，隔三岔五地，侄子和侄女会来看看他，给他带点吃的，帮他做做家务。中风之后，侄子和侄女也在医院忙前忙后的，算是尽到了晚辈的责任。出院后，他左思右想：侄子和侄女毕竟不是自己的亲生子女，自己要再有个三长两短的，不是难为拖累他们了？

刘梅知道，老吴是标准的"三无"人员，是有资格进福利院的。

老吴的父亲，是一名旧社会的警察，据说在1945年的冬天，死于江匪混江龙之手。1950年的冬天，枪决混江龙时，十四五岁的老吴也到了现场。他看到，打靶之前，五花大绑的混江龙，身边站着几名身材高大的战士，威风凛凛的。夹在中间的混江龙，就显得十分猥琐，不仅矮，而且有点㞞。

围观到最后，老吴并没有听到混江龙喊出"二十年之后又是一条好汉"之类的口号，觉得这样一个如此有名的悍匪，死到临头，表现也不过尔尔，跟小蟊贼没什么两样。他记忆特别深刻的是，这个江湖上鼎鼎有名的江匪，生死其实都是为了一个女人。晚年的他常跟人自嘲，自打对女人有了成见后，他从此便跟女人无缘了。

一直到上个世纪90年代，老吴都靠在七里甸的路口摆上一个修车摊子，帮人修补自行车过活。那时候，放上两只气筒，一天就能进账十几块钱，吃穿还能将就。后来，电动车流行起来，骑自行车上下班的人越来越少，光顾他摊子的，麻雀都比人多。

眼看着自己不能养活自己了，一个老光棍跟着弟弟一大家子住更是名不正言不顺，老吴便找到居委会，申请了最低生活保障。一年后，居委会又帮他申请到了廉租房。

对老吴知根知底的刘梅，在帮老吴填报“三无”对象集中供养申请表之前，免不了要解释一番政策。

她告诉老吴：“进了福利院，廉租房就要交出来，到时候再想住，就住不成了！”

老吴说：“廉租房本来就是政府的，进了福利院，还占着它干什么？占着茅缸不拉屎啊？”

刘梅说：“进了福利院，不是想跑哪里就跑哪里的，就没有现在这么自由了！”

老吴说：“光棍了一辈子，还不自由？吃人的饭，就要受人的管。不要再说了，还是在福利院安稳！”

刘梅便拿出一张A4纸。

这张纸的一正一反，是两张表格。

老吴识字不多。她边填边跟老吴说：“这张特困人员审批表，是必须要填的。没有这张表，就不好填集中供养申请表。这些基本情况我已帮你填好了。这第一联系人填谁？填你侄子？好，电话也要填他的。这一栏，是居委会的初审意见。你看，是这样写的，经调查，该人员无生活来源，无劳动能力，无法定赡养人，符合三无条件，同意上报。负责人这里，我们杨书记要签名的。这里要单位盖章，盖我们居委会的章。”

老吴说：“谢谢刘主任！辛苦刘主任了！”

刘梅说：“不用谢，也不辛苦，都是应该的！”

她接着告诉老吴：“这一栏，是街道审核意见。这一栏，是区民政部门审批意见。街道核查通过后，再由区民政部门审核。区民政部门审核通过后，就是反面这张表上的事情了。”

老吴把头伸过来，看了看表格，不好意思地说：“字太小，眼花，看不清了！”

刘梅笑了，说：“不用你填，还是我帮你填。”

她指着表格说：“这些都是基本情况，你本人简历也简单，情况我都清楚，我就帮你填了。亲属和社会关系，要填两个，就填你侄儿和侄女。收入情况是低保。房产和个人财产情况，你是廉租户。”

她望了望老吴：“身体健康情况呢？”

老吴说：“健康健康！”

刘梅想了想：“我还是把你中过风的情况填上，进了福利院，工作人员也会重视些。”

老吴便说：“好好好！填上填上！”

刘梅说：“这表格要填一式四份，街道、区民政局、市里的社会福利服务中心、市民政局都要留一份。这三栏，要填居委会、街道和区里经办人的名字和电话号码。这六个格子里，第一个格子是我们居委会的申报意见，这里要我跟杨书记一起签字。第二个格子是街道审查意见，这里街道的调查员和负责人都要签字。第三个格子是区民政局的核办意见，这里区里的调查员和区民政局的负责人都要签字。第四个格子是社会福利服务中心调查员签字的地方。第五个格子是社会福利中心负责人签字的地方。最后一个格子是市民政局核准意见的地方，市民政局的负责人要在上面签字。”

老吴说：“乖乖隆地咚！烦得一塌糊涂！”

刘梅说：“这是国家给真正特别困难的人兜的底，包吃包住包服侍，认真是必需的！”

老吴问：“我什么时候可以住进去啊？”

刘梅抬头朝他笑了笑，说：“说慢也慢，说快也快。你这种情况调查核实起来比较简单，一个多月吧。噢对了，这两天有空，拿四张两寸的照片给我，顺便把户口簿和身份证原件一起拿过来，我帮你复印几份。”

过完夏天，老吴清空了自己的廉租房，能送给侄儿侄女的，都送了出去。没人要的东西，都交给了拾荒的。

老吴在侄儿侄女的陪同下，来居委会交割廉租房的钥匙。钥匙交割完后，刘梅驾车，杨小玉、老吴的侄儿侄女一起跟着，把老吴送进了福利院。

老吴对福利院的环境还是相当满意的，东摸摸，西望望，兴奋得像个孩童。

离开福利院的时候，杨小玉对老吴说：“过年的时候，我们会来看你！”

老吴便有点伤感，说：“你们那么忙，不用来了，不用来了！”

事实证明，老吴内心其实是盼着居委会来人的。

杨小玉和刘梅跟老吴告别的时候，老吴一直送到了楼下。

汽车出门拐弯的时候，刘梅在后视镜里看见，老吴还站在原地，向着她们挥手。

二十九

午饭聊天的时候，当天报纸上的一则《温馨提示》，让大家心中隐隐感到有些不妙。

提示是由市新冠疫情防控指挥部办公室刊登在报纸上的。

这则提示，其实就是一封公开信，话虽说得婉转，措辞也是提示和建议，应急和处置经验丰富的社工们，还是嗅出了“温馨提示”背后不太温馨的东西。

山雨欲来风满楼。

中午的饭菜，大家心事重重，吃得味同嚼蜡。

居委会的工作人员都接受过民政部门的“双全”社工培训，“双全”社工应知应会手册人手一册。居委会本身，也要跟街道签订一份协助党政部门工作事项管理协议书。区两办专门给社区下发了一个协助党政部门工作事项清单。清单上，协助事项共有59项，其中的第43项即为：

“组织开展爱国卫生、健康教育与病媒生物防治，开展公共卫生和传染病预防与控制、对突发传染病及时登记上报。”

众人心知肚明，疫情蔓延到了省内，这第43项工作，肯定是跑得了和尚跑不了庙了。

刘梅看了看身边的吉倩倩和刘妍，好心提醒说：“我有个感觉，你们两个，一个都别想离开镇江了！”

吉倩倩说：“没那么巧吧？”

刘妍说：“谁知道呢？弄得人提心吊胆的！今天走就好了，也不要想那么多了！”

还未到下午上班时间，社区便接到街道转来的一则市里疫情防控指挥部的通告。通告全称是《关于加强新型冠状病毒感染的肺炎疫情防控工作的通告》，核心是要求1月10号以后有过武汉行程史的登记报备并居家隔离。

这则通告的发布，等同于正式宣布，基层社区居委会已进入对疫情的接战状态。

早不来迟不来，偏偏这时候来，还让不让人休息了？还让不让人安安稳稳过一个春节了？

刘梅看看刘妍，刘妍苦笑一声：“刘姐啊！”

刘梅再看看吉倩倩，吉倩倩哀号一声：“刘梅啊！”

三十

不用专家提醒，面对新冠疫情，在中国凡经历过抗击“非典”的，想到的第一件事就是口罩。

小黑得狗瘟的时候，虽说狗瘟不传人，为防万一，居委会还是买了一大瓶消毒液，社工们还是洗了几天手，消了几天毒。小黑死后，这瓶消毒液就再也没有动过，几乎还是满满的。

面对有可能兵临城下的新冠肺炎病毒的威胁，居委会众人的当务之急便只剩下一个：赶紧买口罩。

从下午两点多钟开始，七里甸社区的六个人先后上网，最后不约而同地说上一句：“靠，口罩都光了！”

居委会的社工们毕竟是经过职业训练的。他们想起居委会还有一只备用卫生箱。

一年半前的春夏之交，七里甸街道总工会组织过一次医疗器材封包技能比武大赛。比赛圆满结束之后，出于实实在在改善基层社区日常医疗保障条件的目的，街道总工会就向每个居委会和村委会赠送了一只迷你型卫生箱。

一番翻箱倒柜，终于把备用卫生箱找了出来。

刘梅赶紧打开，检点了一下里面的物品。

除了碘伏、酒精、棉签，以及其他诸如此类的东西之外，谢天谢地，刘梅看到了一只纸袋。

大家一齐围了上来。

刘梅把纸袋里的宝贝仔细数了数，整整有二十只一次性口罩。

兴高采烈之余，刘梅说："如果病毒真的进了城，这点口罩，救急还马马虎虎，打不了持久战吧？"

明天就是除夕，就要放假了，要弄口罩，必须趁早。网购已走不通了，怎么办？七嘴八舌之后，大家决定兵分两路，一路去药店，一路去街道。

去药店的，回来时一脸沮丧，附近的几个药店都说没货。

去街道的，总算还有点收获，斩获了十只一次性口罩。

杨小玉问去街道的吉倩倩："怎么没有多拿几只回来？"

吉倩倩回道："侥幸侥幸，迟一步一只都没有了！"

杨小玉觉得奇怪，街道就这么点口罩？

吉倩倩说："街道一个主任的亲戚在一家药店上班，打电话给主任，问要不要口罩。主任说，要个两袋吧。亲戚就送了几袋口罩到街道来。主任看到口罩后，觉得少了点，就让亲戚再要点。亲戚赶紧打电话回去，哪里还有？药店说，一眨眼的工夫，口罩就卖完了！我能拿十只回来，就算运气不错了！"

不得不承认，一旦意识到危险，在抢购物资紧急避险上，人民群众的速度永远会快上一拍，哪怕是经过职业化训练的社区工作者，反应也仍然比不上眼睛雪亮的人民群众。

情急之下，杨小玉想到社区还有一个"三结三定"单位。

“三结三定”是区里搞的一个机关、社区共驻共建互联互动的活动，也就是条块结对定点、支部结盟定责、党群结亲定事。条块结对定点的目的是为社区减负，支部结盟定责的目的是帮社区解决难题，党群结亲定事的目的是志愿为社区服务。

说起来，还是半年前的事情。

半年前的七一，七里甸社区支部跟区政协的机关党总支第一支部，正式签订了一份结盟协议。协议签订后，区政协机关第一支部也确实来过社区一次，诚心诚意想帮着解决一个难题。

协议签订后的第二个月，也就是8月的上旬，八一建军节刚过，包括区政协主席在内的第一支部的党员，步行来到社区，开展了第一次活动。这第一次活动，也被叫作“三结三定”党员报到活动。

活动是由杨小玉主持的。

那天，区政协主席以一名普通党员的身份来到居委会，向杨小玉递交了《区级机关在职党员“三结三定”共驻共建承诺书》，认领了志愿服务岗和无子女老人家庭关爱岗。第一支部的其他党员也都在社区打印的志愿者服务岗位认领表上签了名。

递交共建承诺书时，杨小玉和第一支部的同志们，脸上都堆满了笑意。

大家坐在桌子两边，每人面前放着一瓶矿泉水。

居委会的同志们经过多年的经验总结，发现了一个规律：给来社区的领导提供瓶装矿泉水竟然是最经济的。

从上一任的上一任开始，居委会使用的是一次性纸杯和茶叶，用电水壶烧上一壶滚热的开水。每次来的人，总有自带茶杯的，也总有只喝上几口，甚至一口水也不喝的，纸杯和茶叶的浪费比较严重。自从杨小玉当上社区书记后，有一次区领导来视察工作，出于尊重和慎重，居委会特地买了矿泉水。结果，领导离开后，桌上的矿泉水几乎没动过，打开的只有一瓶。自此以后，在重大活动和会议上提供矿泉水便成了七里甸居委会的惯例。

第一支部的党员正式签名成为社区的志愿者后，杨小玉立即一五一十地主动向他们介绍了七里甸社区的社情、党员状况，详细说明了居民群众普遍关心的重点事项，强烈反映的热点难点问题。杨小玉说，这些重点事项和热点难点问题，是社工们事先进行认真搜集和整理，讨论了几遍后，再集中归纳而成的。

居委会的同志们发现，杨小玉在介绍这些重点事项和热点难点问题时，第一支部的同志们都低着头，会场的气氛显得有点严肃，甚至有点凝重和沉闷。除了政协主席外，其他第一支部的同志，都没有带笔记本，无法记录，只好认真地听着。

介绍快结束时，杨小玉随口提到城南映象小区18号楼旁有一块空地比较乱。

第一支部的同志们不约而同地抬起了头，神情顿时兴奋起来。大家开始踊跃插话，说空地上杂草丛生确实是个问题，空地上有人堆放杂物不是个小问题，空地上毁绿种菜更是个大问题……

会场的气氛重新热闹起来，大家越议论越觉得这块空地上的问题非同小可，越议论越觉得空地上的问题就是一个社区环境长效管理的问题，越议论越觉得这块空地上的问题本质上就是一个事关社区百姓切身利益的民生问题。

区政协主席是个勇于担当的干部。

他当机立断，态度鲜明地指出，空地上的问题，事实上已经成为常年困扰社区的一个重大难题，已经成为社区的一个“心病”，无论如何，都必须加以解决。

点明问题的严重性后，区政协主席请杨小玉带路，当即和其他党员一同来到现场查看。

一行人立在空地的乱草丛中。

大家以区政协主席和杨小玉为重心，站成了一排。身后是一排法青树，墨绿色的法青树上缠绕着碧绿的藤蔓，法青明亮的缝隙之间，是暖暖的橙黄色的砖墙和楼柱。众人左胸口上别着的党徽，在阳光的照耀下，折射着金光，红得特别醒目。

就在党徽晃动着的一片细微的光芒中，第一支部的同志们在现场纷纷对杨小玉表示，将积极参与社区的相关民意调查和整治方案的制订工作，坚决助力社区落实好长效管理。

后来，每当看到那天在现场拍摄的照片，杨小玉就总是觉得非常遗憾。除了遗憾空地上的问题由于种种主客观的原因还有待进一步推进解决外，最为遗憾的是，那天在现场，她竟然没有佩戴党徽。照片上，只有她一个人没有佩戴党徽，显得非常扎眼。

如今，社区遭遇口罩紧缺的难题，她自然而然地就想到了机关第一支部。

杨小玉刚把自己准备找结盟对象的想法说出来，大家便立即附和，你一句我一句地说:“对呀，现在有了难题，自然要找结盟对象啦。”

三十一

接到求援电话，区政协的同志当即回复杨小玉:“社区的困难就是我们的困难，没有多也有个少。”

杨小玉吞吞吐吐:“那……”

对方非常直率地说:“先保证二十只怎么样?”

杨小玉有点喜出望外，差点喊了起来:“我们马上过来拿!”

电话那头果断地给拒绝了，说:“你们就不要过来了!你们几点下班?五点半啊?好吧，五点前吧，准时送到社区。放心吧!”

放下电话，杨小玉心想，关键时刻，政协的同志做起事来，一点也不含糊。

她正想着，居委会门外，传来了几声迅速远去的狂吠。那是陈二。

老陈的老伴推开一楼的玻璃门，走进了居委会。

老陈的老伴边走边说:“还有这样的狗!拼命追人家车子，迟早要被轧到!”

杨小玉和贾名扬下到一楼的时候，其他几个社工已经围住了老陈的老伴，正在打听老陈的情况。

见到杨小玉和贾名扬，老陈的老伴说:“杨书记，贾书记，上午跟你们通了电话，老陈非要让我上门来谢谢你们！马上过年了，你们这么忙，还要为老陈操心，真的太不好意思了！这花生是宝盖山黑桥买的，特别香，特别好吃！”

杨小玉果然看到柜台上有一大包炒花生。

她对老陈的老伴说：“还给我们花生吃，太客气了！谢谢啦！”

老陈的老伴说：“不客气不客气！吃点花生，过个香喷喷的年！”

杨小玉想到口罩的事情，就问了句：“你们家口罩准备了没有？”

老陈的老伴便“啊呀”了一声，说：“老陈出院的时候，是从医院拿了一包口罩，竟忘了带来！你看这记性！我马上回去给你们拿！”

杨小玉赶紧拦住，说：“千万别拿！我们自己有口罩。现在形势这么紧张，万一有了什么情况，戴口罩总比不戴的好。你们家有口罩，我们就放心了！”

老陈的老伴离开居委会后，大家吃起了炒花生。这宝盖山下炒货店的花生，果然还是以前的老味道，带着点若有若无的焦香。红皮的花生米，火候拿捏得还是那样准，酥嫩恰到好处，让人越吃越想吃。

七里甸在宝盖山的西边，黑桥在宝盖山的北麓。刘梅在黑桥上过小学。她一边剥着花生壳一边说：“老陈的老伴，肯定特地过去买的！过年了，炒货店的生意特别好，还不晓得她排队排了多长时间呢！”

就在众人边吃边议论黑桥炒花生的时候，门外有个人影晃了一下。

吉倩倩正好面对着大门，嘀咕道：“张奶奶，鬼鬼祟祟干啥呢！”

杨小玉和刘梅相互望了望，两人都忍不住笑了起来。

好多年了，每年这时候，张奶奶都会鬼鬼祟祟地到居委会来一趟。

不为别的,专门过来送马齿苋包子的。

有意思的是,不知道守的是哪道规矩,张奶奶过年送包子,只送女不送男。居委会的女社工人人有份,男社工则一个都没有。

更有意思的是,张奶奶送包子从不进居委会的大门。她每年只在过年的时候送一次,总是站在门外,朝里面张望。这几年,她只认刘梅和杨小玉,总要亲自把包子交到这两人手中才放心。

张奶奶送的包子,不是市面上卖的,而是她和老伴亲手做的。

她把女社工们叫作小乖乖。送给小乖乖们的包子,不多不少,不偏不倚,每人都是六只,说是六六大顺。六只包子用小塑料袋扎好,扎好四份后,再一起放进一个大塑料袋里。

杨小玉和刘梅两人一起走了出去。

张奶奶笑嘻嘻的,像发了财似的,连声说:“赶快拿去赶快拿去,我都快拎不动了!”

刘梅便赶紧把一大包东西接过来,也不客气。

杨小玉则问:“奶奶,家里有口罩没有?”

张奶奶有点疑惑,反问:“过年要口罩做什么?媳妇那块多着呢,懒得烦神!”

刘梅笑着说:“张奶奶家媳妇是医院的护士,不愁口罩!”

张奶奶也笑了,说:“不愁口罩不愁口罩!”

杨小玉自己也觉得好笑,边笑边说:“我就随口问问!先给奶奶拜个早年啦!”

张奶奶回去后,大家便散开了,各自忙碌手头的事情。

很快，时间便到了五点。

见政协机关第一支部还没人送口罩来，杨小玉心里便有点担心，焦虑之下，情不自禁地又打了一个电话过去。

还没待杨小玉开口，对方就说话了："杨书记啊，口罩的事吧？不要着急哟，今天肯定送过来！"

杨小玉只好说了声"谢谢"，挂了电话。

她纳闷，政协就在区政府大院内，路又不远，要送这么长的时间？

五点二十不到，终于有人骑着电动车，捏着一个小塑料袋上门来了。

小塑料袋里是两小包淡蓝色的灭菌型医用外科口罩，每包十只。

送口罩的人对杨小玉埋怨说："你们面子真大啊！我们政协哪来的口罩？领导答应你们了，我们只好到处找！我们也只有找政府啊！找区卫健委，也没有现货！你们又要得这么紧！七找八找，最后还是从区人民医院弄到一些！"

恍然大悟的杨小玉，真的不好意思起来，赶紧向来人打招呼，说："给领导添麻烦了，真的很抱歉，真的很对不起！"

来的人气顺了些，临走时说："下次有事要提前讲，记得给个提前量！"

杨小玉自然是连声称是。

有了五十只口罩垫底，居委会众人心里踏实多了，大家的注意力便又开始转移到疫情的变化之上。

口罩由刘梅集中统一保管。

她想当然地以为，几天之内，政府有关部门的防护物品就会分发到位，社区将会协助政府有关部门，把口罩、消毒液，派送给社区的网格长、楼长、志愿者以及特殊人群。

很快她就会发现，计划不如变化快，为了口罩，她将不得不求爹爹告奶奶，四处作揖求援。

第七章

值班

三十二

除夕。

仍然是阴天，时不时还飘点小雨。

在七里甸居委会值班的，只有贾名扬一人。

虽然是暖冬，但坐在室内不运动，时间愈长，则愈加阴冷。他犹豫了半天，还是打开了空调。温暖就像两只热情的手，按摩在身上，波浪般上下起伏着，非常舒适。

他是个暖男，知道除夕这一天，女人们都会很忙，必须在最后一天，张罗完所有过节的大事小事，把团圆饭弄得逸逸当当[①]的。他在大年三十值班，算是自告奋勇。

贾名扬到七里甸社区才刚刚两个月，还处于初来乍到，摸不着锅灶

① 逸逸当当，指做事有条理。

的阶段。

他跟杨小玉一样，也是大学生村官。杨小玉是法学学士，他是艺术学士。

他比杨小玉小9岁，属于“90后”。来七里甸之前，他一直在村委会工作，做了几年的主任助理，在村里被提拔为党总支副书记两个月后，才被调到七里甸来当社区副书记。

在村里工作这么多年，他仍然保持着对生活的高品位，热爱品牌服饰、音乐、文学和美食，喜欢演讲和憧憬未来。

就在上一年，一年之内，他连中三元，连续获得三场演讲比赛的优秀奖。一次是区总工会组织的“新时代·中国梦·劳动美”职工演讲比赛三等奖，一次是区委组织部组织的“解放思想、改革创新，推动城市经济高质量发展”主题演讲三等奖，还有一次是市委宣传部组织的“学习新思想，拥抱新时代”基层微宣讲竞赛优胜奖。

贾名扬还有一个优势：虽是大学生村官，却是土生土长的本地人。

上级把他安排到七里甸来当副书记，众人都心照不宣，认定他是来接杨书记班的。

作为社区副书记，贾名扬主要忙的是党建和精神文明建设。短短的两个月，对外宣传抓了一些，对社区群众的宣传还在计划着，张家长李家短的酸甜苦辣，耳濡目染得还不太多。他也隐隐约约觉得，像七里甸这样的城市新社区的群众，和涉农社区、旧城社区的群众相比，在日常生活和为人处世上，差异还是比较明显的。

组织上跟他谈话时，贾名扬表过态，在新的工作岗位上，一定会聚焦三个重点，一是认真抓好党建，二是用心做好宣传，三是扎实做好服务。

除夕值班，对他来说，就是做好服务，守株待兔，登记好上门的人员名单。如果遇到重大情况，他就必须在第一时间及时向上级汇报。

手头虽有住户的名单，大年三十的，也不兴往居民家里跑了，讨债呢！电话也不方便打，总不能打电话去问人家："你家有没有武汉来的？"讨骂呢！有人没人来报告，只能守株待兔了。

偶尔还真有人推门进来。不过，进来的人，没有一个是登记的，问话基本上千篇一律："有没有口罩？""还有什么地方能弄到口罩？"甚至还有人问他护目镜哪里可以买到。

两天前，确实有一位专家发微博说，他自己感染新冠病毒，"高度怀疑是病毒先进入结膜，而后再到全身。如果这个推测成立，我的防护盲点就在没有戴防护镜"。特殊时期，此人微博一出，"护目镜"自然是立即冲上了热搜。

一个地方，难免有马大哈，也总少不了宁可做过不可错过的过度自我保护型人物。就在上午开车到社区的路上，贾名扬还发现有个骑电动车的，脸上戴只口罩，头上套着个矿泉水桶做的护目头盔，奔驰在慢车道上，显得非常霸气，回头率极高。

面对上门要买口罩的居民，贾名扬会问："你到过外地？"

对方答："还外地，哪里都没去！"

他问："家里来了外地亲戚，还是在外地上学的小孩子回来了？"

对方答："没有没有！"

他便总结说：“那口罩暂时还用不上。提个建议，尽量不要往人多的地方跑，有人打喷嚏啦咳嗽啦，要躲得远远的！还是安全第一。过两天，口罩应该能买到的。”

面对想买护目镜的居民，他知道这种人焦虑感特别强烈，就会稍做一点解释说：“肺炎肺炎，主要还是通过呼吸道传染的，你不用手揉眼睛，眼睛怎么会传染呢？多洗洗手吧！实在心里发慌，就先买副平光眼镜戴上！估计眼镜店也打烊了，要买也要等到初四初五了！”

除了前来打听买口罩、买护目镜的，就再没有什么其他人来麻烦他了。

贾名扬一个人待在社区，并不觉得无聊。

他还有一件事情要做。

对贾名扬来说，成长为一名卓越的大学生村官，只是他人生事业规划的第一步，第二步是做一名优秀的公务员。

他是2015届的大学生村官。自当村官的那一天起，他就非常清楚自己的人生发展轨迹。

在他之前，整个中国已有四五十万名的大学生村官。

贾名扬仔细分析过这些大学生村官的出路：

第一种出路是扎根新农村建设，做社会主义新农村建设的骨干力量。概括起来有两个通道，一是留村任职，一是自主创业。

第二条出路是投身城市，做行业的优秀人才。具体而言，有四个通道，一是考录事业单位，二是企业、金融机构和社会组织的定向招聘，三是自主择业，四是考研究生。

第三条出路则是成为社会主义事业的中坚力量，当名符其实的人民的公仆，进入党政干部后备人才行列。不外乎三个通道，一是考录公务员，二是进入乡镇（街道）和县（区）直部门领导班子，三是考录选调生。

他觉得，自主创业和另行择业，显然有违他的初衷；继续学习深造，考上了研究生，未来还要面临一个出路的问题。他的妻子就是研究生，跟他一样，也在当大学生村官，现在是社区的副书记，干得好，还可以当上书记，算得上是下得去、待得住了。如果要流得动，他想来想去，目前最好的选择还只有考录公务员这一条路。

上面千条线，下面一根针。在分工上，他负责的是党建、宣传、精神文明、纪检监察、人大、统战、关工委，但所有这些线上来的人，没有一个不是他的上级领导，他只是一个体制外接受任务的。体制内外两重天呐！感慨之余，他立下愚公志，一定要挖山不止，考上公务员。

不久前，政府公开招录一批公务员，贾名扬笔试得了第二名。春节一过，就是面试。

细说起来，他已参加过多次公务员考试，笔试总是名列前茅，但一到面试，他就名落孙山了。他自己也不知道问题究竟出在哪里。思前想后，自己演讲比赛获过不少奖，交流表达能力不算差，如果真有短板的话，大概就是抓住社会热点，结合当前政府的政策和社会现象，综合分析谈个人看法了。

屡败屡战的贾名扬，自是非常珍惜春节的长假。为了集中精力备战，他早早就跟妻子商量好，春节不去妻子的老家河南了。丈母娘正在帮他们带孩子,只要老丈人从河南过来,一大家子也算是阖家团圆了。

他必须抓住春节,闭关苦练,力争打通面试的任督二脉,务求一击必胜。

依靠学习,走向未来。他总是用这句话来勉励自己。

居委会的窗外没有风声和雨声,居委会的一楼大厅里却有空调单调的嗡嗡声和贾名扬忽而高昂忽而低沉的朗读声。

三十三

没有亮丽的阳光从窗外挣扎进来。

一大早,杨小玉打开居委会大门的时候,政泰路上没有一个人影,只有陈二远远地望着她,摇着自己的尾巴。所有的店铺都紧闭着大门。居民们正睡着好觉。从狗儿庙方向,隐隐传来几声零落而胆怯的鞭炮声。那是有人偷偷在田野上燃放烟花爆竹。

庚子年的第一天,天气仍然是阴沉沉的。虽谈不上冷风冷雨,但也绝对没有让人兴高采烈的感觉。

看看手机,杨小玉心里的不安和焦虑,突然就沉重起来。

八九点钟,虽然门户紧闭,但通过手机,各种各样的信息却早已是满天飞。

其中,发生在本地一所高校附属医院里的事情,最让她担心。

刘梅的表弟就在这家医院当医生,刘梅的舅母也是这家医院的退休职工。

相互电话拜年时，刘梅告诉她，有一个中年男子，大约一周前，也就是19号看的呼吸内科，住进了医院。住院的时候，就是一个普通病人，血常规、胸部CT都没有什么问题。不过，做血气分析时，发现男子有低氧血症，就对他特别留意。后来，男子病情越来越严重，双肺都感染了，医院就做了肺泡灌洗液中的微生物基因检测。检测做下来，大家就紧张起来了。究竟是怎么一回事，还要看政府发布的疫情通告。

末了，刘梅特别强调说，不管这男子是什么原因的肺炎，她表弟说，这家医院医生护士的防护措施都是到位的，平时就是标准的防护流感的装备。

杨小玉跟刘梅的心态却完全不一样。

她心里嘀咕，这家医院发现新冠病例，看来是真的。由于平时就严格防护，医护人员感染的可能性不大。不过，老陈不就是住在同一个医院同一个病区吗？医护人员安全，同病区一起住的人是不是就一定安全呢？

患者是19号住院的，老陈是23号上午回到家里的。起码有四天的时间，老陈跟这个患者有交集。如果患者住院的时间更早，自己和贾名扬去医院的时候，搞不好还能碰上。无论怎么算，老陈都算密切接触者。万一老陈被感染了呢，自己和贾名扬不也成了密切接触者？

最让杨小玉胆战心惊的是，23号下午，老陈的老伴专门来了一趟社区表达谢意，大家围着她，还说了很多话。

杨小玉越想越担心。她想提醒一下贾名扬，但大年初一，好像又不太妥当。她想打电话跟老公讲讲，又怕公公婆婆被吓着，只好把心思在肚里暂时闷着。

除了担心自己，杨小玉还不得不为自己在老家的父母担心。

给自己父母退了火车票后，杨小玉一家的除夕团圆饭，跟往年一样，还是在老公的父母家吃的。

除夕夜，跟父母视频通话时，杨小玉一再关照二老，好好待在家里过年，能不出去就不出去。

她母亲说："就是那块菜地，不放心。"

杨小玉说："边角地上种的菜，离家远，就不要去看了。"

她母亲说："怕有人偷呢！"

杨小玉便有点急，说："有人偷，就当送了，不要舍不得！要来这边的话，还不是随人取了？"

杨小玉已不怎么敢过多地关注武汉的信息，看得越多，她越是胆寒，但她却不能不关心枣阳的新闻。

老家的市委组织部门，给全体党员发出了一封公开信，号召大家认真履行党员义务，充分发挥先锋模范作用，坚决打赢打好疫情防控战。老家的市领导现场检查了路口、车站和医院，要求至少有两家具备收治新冠肺炎患者能力的医院，要像打仗一样对待疫情防控工作。老家已经发布通告，儿童、老年人和呼吸道、心脑血管疾病及其他慢性疾病患者要尽量留在室内，避免户外活动，尽量减少开窗通风时间；一般人群减少或避免户外活动；室外工作、执勤、作业、活动等人员可以采取佩戴口罩、缩短户外工作时间等防护措施；停止举办大型群众性户外活动。

杨小玉心想，自己所在的社区一旦出现意外情况，这些措施都可以用得上。

三十四

大年初二，还是阴沉沉的天气。

在居委会值班的杨小玉，一边看着手机上的新闻，一边发着拜年的信息。

10点44分，微信群里出现了一则市疫情防控指挥部的通知。

内容是，应急指挥部系统各级领导干部取消春节休假。落款是前一天的。

也就是说，这则通知很可能是子夜时分发出的，已经过区和街道两级的转发。

杨小玉心里有点纳闷：转发市里的这则通知是什么意思呢？是不是要社区也取消春节休假呢？

几乎是同一时间，10点45分，市疫情防控指挥部又发出了《关于实施新型冠状病毒感染的肺炎疫情一级响应措施的通告》。

昨天已经焦虑和不安了一天，见到这个一级响应的通告，杨小玉反而有了点轻松的感觉。

她把通告的内容仔仔细细看了一遍，发现通告中提到了一则通知，也就是《关于加强新型冠状病毒感染的肺炎疫情社区防控工作的通知》。

她最关心的自然是社区的防控策略及措施。

瞌睡送枕头啊！杨小玉终于看到，在这则加强社区防控的通知后面，附有一个社区防控工作方案和《不同社区疫情的防控策略及措施》。

在上午剩余的时间里，杨小玉一直都在消化吸收通知和通告的精神。

快到中午的时候，她在笔记本上写下了这样的文字：

一、社区防控关键：

（一）未发现病例时，外防输入；

（二）出现病例或暴发疫情时，内防扩散，外防输出；

（三）疫情蔓延时，内防蔓延，外防输出。

二、重要措施总共十条：

（一）组织动员；

（二）健康教育；

（三）信息告知；

（四）返回人员管理；

（五）环境卫生治理；

（六）物资准备；

（七）密切接触者管理；

（八）加强消毒；

（九）住宅小区封闭；

（十）限制人员聚集。

想到初三是刘梅值班，杨小玉便给她打了个电话。

她对刘梅说："刘姐，市里那个一级响应的通知看到没有？"

刘梅说："看到了，上午列了个工作清单，正准备发给你参考。"

放下电话，刘梅的工作清单就传到了杨小玉的手机上。

清单上的具体事项罗列了十六项：

1. 建立一个社区疫情防控工作组织体系，社区干部、社区卫生服务中心和志愿者一起参加；

2. 发动网格长，实施网格化、地毯式管理，责任落实到人，小区、楼栋、家庭防控全覆盖；

3. 开展防控知识宣传；

4. 劝导居民减少出行，避免参加集会、聚会；

5. 提醒居民出门做好防护，戴口罩，避免接触动物（尤其是野生动物）、禽类或其粪便；

6. 告诉居民就诊地点，出现呼吸道症状无发热者到社区卫生防护中心就诊，发热患者到发热门诊就诊；

7. 发布告示，要求从疫区返回人员应立即到社区进行登记，立即到社区卫生服务中心进行体检，每天两次体检，主动自行隔离14天；

8. 疫区返乡出现发热症状者，就近就医排查，并与社区医务人员保持联系，跟踪观察；

9. 对社区环境进行整治和药物消杀；

10. 社区增加体温计、口罩、消毒用品等防控物品和物资，提醒居民备置家庭必需品；

11. 对外地或从外地返回人员，开展排查，每日随访他们的健康状况，随时做好记录；

12. 做好小区特殊情况下的隔离准备工作；

13. 做好特殊人员的控制和转送准备工作；

14. 办理临时通行证，做好限制人员进出小区的准备工作；

15. 劝阻社区内的人群聚集；

16. 劝说棋牌室等娱乐场所不要营业。

杨小玉立马给刘梅发了三个赞。

12点55分，杨小玉在家刚吃完午饭，市里就发出通告说，首次确诊两例新冠肺炎病例。

杨小玉再次想到了老陈。

就在她心事重重的时候，街道的微信群里，有人上传了一份名单。

这是一份要求社区进行配合的居家隔离者的名单。上面果然有一名七里甸社区的居民，不过并不是老陈。

社区里竟然还有比老陈更接近病毒的人！杨小玉不由自主地惊出一身冷汗。

三十五

杨小玉匆匆忙忙回到居委会。

她必须上门确认一下，居家隔离名单上的居民是否在家。

谢天谢地，这个居民从医院回来后，就没有跟家人住在一起过，一直单独住在一楼的自行车车库里。老人跟老陈一样，都是因为肺炎住的医院。

杨小玉上楼跟老人的儿子打了个照面。

老人的儿子说："老娘肺炎好了才出的院，一天三顿，能吃能睡，情况好得很。"

摸清居家隔离的居民情况后，杨小玉刚返回居委会坐下，叮咚一声，群里就出现了一则街道的紧急通知。

杨小玉立即把这则紧急通知在七里甸社区群里进行了转发。

她明知道无人外出，还是在群里艾特所有人："春节有人外出吗？"

贾名扬、刘梅、刘妍、吉倩倩、陈小军五个人几乎同时回复她："没有！"

她非常开心地发了个打响指的表情符号：OK！

下午3点之前，杨小玉把情况材料发给了街道办公室。

有人在群里说："外出情况和自身身体情况究竟怎么描述？能不能出个样本？"

也有人在群里提建议："最好设计一张表格，让大家填表。"

半小时之后，杨小玉从街道群里收到一张《疫情防控情况日报表》，要求逐项填写单位人员数、当日在单位人员数、重点地区（湖北等）返回人员数、有发热症状人员数、备注具体人员情况。

她立刻再次在群里艾特所有人："春节有人发热吗？"

五个人几乎再次同时回复她："没有！"

她连发了三个打响指的表情符号。

几分钟之后，杨小玉便把表格填写好，完成了当天的上报。

结束日报工作后，她开始重新安排居委会的值班表。

十分钟后，下午3点51分，七里甸社区一份新的双人制值班表由杨小玉发到了群里：

"@所有人。每天值班安排如下，初三，吉倩倩、刘梅；初四，刘妍、陈小军；初五，吉倩倩、刘梅；初六，刘妍、陈小军。总值班，杨小玉、贾名扬。你们看这样行不？还是原值班人员搭配一个老冯？"

杨小玉说的老冯是社区的一名志愿者。

大家纷纷回她："就这样就行。"

下午5点半，杨小玉正准备离开居委会，叮咚一声，她从群里又收到一张表格。随即，电话打了进来。

街道的人在电话里对她说:“杨书记,刚才发给你的,就是那张针对病源密切接触人员的值班表,你看到了吧?”

杨小玉说:“刚看到。”

电话那头说:“请你赶紧按要求填一下,晚上再迟,八更八点,今天也要发到街道。”

杨小玉只好重新坐下,着手编排七里甸社区对病源密切接触人员的值班表。

值班时间从早上8点到晚上8点,分成五个时段。

值守地点是臻美源6栋楼下。

具体安排是:

8点到11点的值守人是刘梅,11点到12点杨小玉,12点到15点贾名扬,15点到17点吉倩倩,17点到20点陈小军。

考虑到刘妍是卫生条口的总负责,后面上下沟通的事情比较多,杨小玉就没有安排她每天的值守任务。

望着这张值班表,杨小玉心里明白,虽然街道没有发通知,从明天开始,居委会的所有人员,事实上已经取消了春节休假。

杨小玉把值班表发到群里,再一次征求大家的意见。

没有人表示反对,五个人陆陆续续给她回复了“OK”。

把居委会的对病源密切接触人员的值班表发送给街道后,杨小玉想想还是有点不放心,就给刘梅打了个电话,关照说:“刘姐,明天一大早,你8点就要到社区了!”

刘梅说:“放心吧,杨书记!”

三十六

初三一大早，七点三刻，刘梅就把车开进了臻美源小区，停在了6栋附近。

刘梅没有去居委会拿口罩。她的车上就有口罩。

她老公的外甥是口腔医生，除夕吃团圆饭的时候，送给大家的礼物就是一袋一袋包装好了的口罩。

臻美源小区说大也不大，说小也不小，总共18幢楼房。七里甸居委会的办公用房，就是臻美源的沿街建筑，位于小区的西南角上。

这个住宅小区，平时除了保洁员和保安，就一两个偶尔来转转的物业管理员。好在小区的东面就是区政府所在地，跟区政府仅一墙之隔，闲杂人等，平时也不敢轻易深入此地，总体上过得还算太平无事。

小区里被要求居家自我隔离的是一位82岁的老奶奶。刘梅知道老人一直跟儿子一家住在一起，节前也是因为肺炎住的院，差不多跟老陈前后脚出的院。

刘梅戴好口罩刚下车，一眼望见6栋一楼的一个自行车车库门前，站着一个男人。

昨天傍晚，杨小玉已经告诉刘梅，老人被儿子安排单独住在了车库里，一天三顿，都由老人的儿子负责照应。

老人的儿子戴着口罩，一只手里拿着一只空碗，另一只手里拿着一双筷子，嘴里嘟嘟囔囔的，看不出是什么表情。

隔离倒是真正隔离了，只是孤独了老人，与关禁闭也没什么两样了。刘梅有些感慨：不就差个房间吗？老人的孙子已是个棒小伙子了，好手好脚的年轻人为什么不自己住车库呢？对老人来说，车库里最大的问题是没有卫生间，大小便时只能用便盆，还没有人在边上看着，气味大不说，万一摔着了怎么办？人老了，难道真的不值钱了？

她正想着，老人的儿子已经随手关上了车库的铁皮门。

刘梅上去打招呼，说了句“新年好，万事如意”。

因为戴着口罩，老人的儿子口里回着“新年好”，一双眼睛却非常警惕地看着她。待弄清楚是居委会的刘主任后，老人的儿子便说老人一切正常，体温也正常。

问得多了，老人的儿子就有点不耐烦，说：“病都好了，还能出什么大问题？昨天杨书记不是来过了吗？那么大岁数了，腿脚又不好，能跑到哪块去？不住车库住哪里？有个万一，全家人不跟着活受罪？谢谢刘主任的关心，我自己的老娘，我自己知道怎么孝敬！”

老人的儿子上楼后，刘梅看着眼前的车库，觉得老人确实已被真正隔离了。

她在原地呆呆地站了一会儿，看看树，看看灌木，看看地上的草，看看各家各户紧闭的窗户，看看住宅楼墙面上的裂缝，很是无聊，就打开车门，坐进了自己的车里，看起了手机。

好不容易挨到9点钟，刘梅觉得就这样死守下去，实在没有什么必要。她估计，不到吃中饭的时候，车库的门都不会再有人过来打开。

她叹了口气，不想继续在值守点待下去，便去了社区。

离开值守点之前，刘梅给杨小玉打了个电话，说："情况就是这个情况，老太太跟关禁闭没什么两样，完全可以隔个把小时过来看看。"

杨小玉也觉得没必要在现场一味地死守，采用动态巡查的方法，确实更加合理一点。

她对刘梅说："刘姐，你说得对，要是再有个特殊情况出现，这种一对一的办法，根本行不通。"

三十七

刘梅回到居委会的第一件事，就是把一袋韭黄给了吉倩倩。

腊月二十九，知道全家去不了苏北过年后，下午一下班，吉倩倩就急匆匆地赶往菜场，想买一只活鸡做年菜，却已买不到了。

早在腊月二十七这一天，城区所有的农贸市场就接到一则紧急通知，必须立即执行"三严"的措施。

"三严"令一出，许多小商小贩立即关门走人，菜市场顿时就冷清了不少。

一天不到，又有了新要求，执行"两禁"令。

咕咕喳喳嘎嘎的鸡鸭鹅，一夜之间，在菜市场全部销声匿迹。

当时一门心思要去苏北过年的吉倩倩，哪里会关心这些情况？

吃不到红烧鸡，过几天再说吧。无可奈何的她，只好见菜下单，胡乱买了些荤的素的回去。

吉倩倩以为，卖菜的还会跟往年一样，初三就开门，自己买个四天的菜，已经足够了。再说了，她一个人，骑个电动车，想多买，也不怎么好拿。

吉倩倩没有料到的是，初三这一天，上班时一路走来，竟然没有遇到开门的菜市场。四天下来，家里的新鲜蔬菜已经所剩无几。她预计，两天后，全家只能吃烙饼卷大葱了。

做不到荤素搭配，只是营养均衡的问题，还远未到青黄不接的程度。吉倩倩自己的日常饮食，一点也不讲究。一顿饭，两张山东煎饼就能打发。自己摊的硬皮煎饼，包裹着辣椒油爆炒的虾皮馅心，又辣又咸又鲜，吃起来非常过瘾。她可以做到百吃不厌，但老公和孩子就做不到跟她“有福同享”了。

她老公曾经问她：“吉倩，你自己不图吃、不图穿，儿子嫌床挤，你就睡沙发，就是个高妈，图什么啊？”她则回：“就图个家！”她也问过老公：“我这个人什么都不行，你到底喜欢我哪一点？”她老公则回她：“就喜欢你那个折腾劲！”

她是那种宁可苦了自己，也绝不能苦了老公和孩子的女人。

接过刘梅给的韭黄，吉倩倩闻了闻，开心地叫了起来：“晚上就吃韭黄炒肉丝！”

刘梅坐下后，喝了几口水，笑着对吉倩倩说：“怕上厕所，早上水都不敢喝。”

两人自然而然地就谈起了隔离的老人，又从老人谈到了老陈。

吉倩倩不解：老陈究竟怎样了？都住一个医院，别人要隔离，老陈怎么就不要隔离？

刘梅和吉倩倩在居委会刚吃完午饭，杨小玉就从值守点上回到了社区。

她告诉两人，居家隔离的老人，儿子已给送过午饭了。

刘梅问她："你还没吃午饭吧？"

杨小玉心事重重地告诉刘梅，她女儿今天早上有点咳嗽，还有点发烧。她准备明天先带女儿去社区医院看一下，不行的话，再去第四人民医院。

刘梅安慰她，小孩子不会有什么事情的，十之八九就是感冒。

杨小玉说，她特别担心老陈，一想到老陈，她就觉得自己咽喉有点痛，就忍不住想咳嗽。家里人都好好的，女儿怎么会这样呢？是不是自己传给女儿的呢？

刘梅劝她："你这是心理作用。老陈不是好好的？老陈连名单都没有列进去，不会有事的！"

其实，刘梅自己对老陈都没有信心。她想：万一老陈不小心被漏掉了呢？万一过两天老陈真的发烧了呢？

刘梅对杨小玉说："你还是赶紧弄点吃的吧！"

杨小玉摇了摇头，说她不想吃，有点累，这两天睡得总不踏实，下午就不来了。

离开的时候，杨小玉对刘梅和吉倩倩说，从初五开始，社区全体人员就中止休假，都要上班在岗，前面的值班表作废。

下午，当一份名单传到社区群时，吉倩倩忍不住朝刘梅大叫一声："刘梅，咋办啊！"

这是一份近期去过武汉的有关人员的名单，涉及七里甸社区的人员共有22人。街道要求社区必须尽快跟这些人取得联系，查清楚这些人的情况，立即要求他们自我隔离14天，进行24小时不间断的居家密切观察。

刘梅望了吉倩倩一眼，说："一个一个联系呗！"

吉倩倩说："这名单上的人，准不准啊？"

刘梅说："你看看，都是坐火车、坐飞机的，肯定是交通部门梳理出来的，错不了。"

吉倩倩问刘梅："这些人怎么没有一个来社区报到？他们不来报到，我们怎么办？"

刘梅说："还没到一家一家上门的程度，先打电话再说吧！"

好在22个人并不算多，只花了一个多小时，刘梅和吉倩倩就把电话打完了，情况也摸清楚了。

幸运的是，所有被询问的居民，都说自己的体温很正常，也没有任何异常的症状。

第八章

扫街

三十八

初四这一天，风和日丽，连续多日的阴雨天气，终于告一段落。

在家憋了很久的人们，纷纷走出家门，享受一下久违的阳光。

虽然杨小玉通知的是初五全体上班，但一大早，由于管控密切接触者的需要，大家还是不约而同地在居委会碰了面。

一番叽叽喳喳之后，话题就聚焦在了刘妍的身上。

刘妍没有回得成老家，带着儿子，过了一个非常冷清的春节。

她和老公小马，在镇江都没有亲戚。

刘妍是居委会的副主任。她跟吉倩倩一样，也是军嫂。

小马是在镇江当的兵。那年，回老家探亲时，小马心血来潮，兴致勃勃地跑去幼儿园接外甥。站在幼儿园门口，见到外甥漂亮而温柔的老师，小马当时就傻了眼。按照小马后来自己的说法，是掉了魂。

回家路上，小马忍不住问外甥："你们老师叫什么？"

外甥说:“大家都叫她刘老师。”

当天晚上,小马就开始找关系打听刘老师的情况。

很快,小马便迫不及待地发起闪电战,对刘老师进行突击攻坚。他必须在三十天的探亲假里,取得初步战果。

刘妍的父亲是个一直想当解放军却一辈子没有当成的人。受父亲的影响,她在内心对军人总是高看一眼,多多少少有点军人情结。

六六大顺。第六次见面的时候,两人的关系开始发生质变。

那天上午,小马领着刘妍去见自己的父母。走到半路,突然下了一阵不大不小不长不短的云头雨。躲完雨,走到村口,硬路变成了土路。

望着泥泞不堪的土路,再看看自己脚上锃亮的新皮鞋,刘妍忍不住皱起了眉头。就在她犹豫之际,小马果断地说了句:“我背你!”随即,不由分说,一个下蹲,他坚决而利落地把刘妍背在了自己的背上。

当小马的双手坚定有力地托着刘妍的时候,她的心里油然一热,自然而然地就抱紧了他的双肩。

小马退役后留在了镇江。刘妍是那种外表现代内心传统的女孩,骨子里还是认可嫁鸡随鸡、嫁狗随狗。军民共建成功后,她跟吉倩倩一样,也来到了镇江。

以前只管学龄前儿童的她,在居委会也一丝不苟地管起了安全生产、劳动和人力资源保障、社区会计、统计、资产、科教文卫等各种事情。在她眼里,社区老百姓的事情,跟小朋友们的事情,本质上没有什么不同,都得要心中有爱,真心交往,把工作当作事业来干。

往年过年，夫妻二人要么一起回老家，要么一起待在镇江。一个在镇江过年，一个在老家过年，结婚之后，刘妍和小马还是第一次。

远在河南老家的小马，每天都会跟她联系，细说当地的新闻。

刘妍从小马那里得知，老家的防控措施相当硬核。

小马知道杨小玉是枣阳人，特地传报说，南阳与枣阳交界的农村，不是封路，而是直接用挖掘机把路断了，暂时不交通了。

杨小玉知道，南阳和襄阳都在同一个盆地之中，本身就是打断骨头连着筋的关系，只要守住枣阳，就基本上扼住了南阳跟武汉方向的交通。想到了这一层，她对老家父母的担心，多少缓解了几分。

小马在电话里说，南阳人对自己管得更狠。

小马家所在的村委会，直接下发了一则通知，大年初一就禁止村民出门拜年，不准走亲访友。小马的一个本家亲戚，是从武汉跑回老家的。刚到家，还未来得及喘口气，村干部就带着一帮人，拿着木板、铁锤、钢钉，叮叮咚咚一阵响，把院子门给封上了。还在院门上拉起了一条横幅："本户有武汉返乡人员，请勿相互来往。"想吃想喝，好说，打个电话，亲朋好友就会置办齐全，包扎好了，站在院墙外一声吆喝，就给扔了进去。

贾名扬是河南的女婿，考虑问题多少有些河南人的视角。他觉得，河南是个人口大省，采取点更严厉的防控措施，是完全可以理解的。

杨小玉则觉得，这样的做法，有点防卫过当了。

刘梅想到杨小玉女儿咳嗽的事情，就问："女儿好点了没有？"

杨小玉回道："还没好，准备下午带她去医院。"

刘梅说："大家今天都在，你先带女儿上医院查一下吧！"

杨小玉说："本来是想上午去的。刚才来的时候，看到广场上聚集了那么多人，有点不放心，还是要想点办法，让他们散了再说。"

三十九

杨小玉说的广场是润州广场。润州广场是个城市客厅。

这个广场，不仅是附近居民休闲健身的重要场所，还是市、区两级的示范性文化中心广场，经常举办一些文艺演出活动，号称文化惠民的新阵地，区域文化的新名片。

以前，区、街道生怕广场上没有人气，总是想方设法三天两头地开展规模不等的群众性文化活动。十几年坚持下来，广场上自然集聚起了不小的人气，确实让一些人养成了每天不上广场就不踏实的日常生活习惯。这些人中，绝大部分又是已过花甲之年的老人。

在广场上活动的老年人有两个基本特点，一是有时间，二是有话讲。没有遇到熟人，可以从广场的南面慢慢逛到广场的北面，再从广场的北面慢慢逛到广场的南面，一圈又一圈。广场上哪里人多，就喜欢往哪里去。看到有人排队，就会挤过去问一下是怎么回事。一旦遇到熟人，聊起天来就会没个完，就会把陈年往事都回忆一遍。他们在广场上总能碰到热闹的事，总能碰到能说话的人。

如今，在家里闷了这么多天，不在广场上把太阳晒晒足，不把肚子里的话倒倒光，想让老人们散场离开，确实不会是件容易的事情。

大家讨论了一会儿，决定兵分两路，开启扫街模式。

社区语境里的所谓“扫街”，是指对社区某一特定区域的物理空间，徒步进行的一种全覆盖行为。

大家一致同意，六个人，一个人分包一个片，时间错开，上下午各扫一次街。贾名扬自告奋勇，由他负责广场。

扫街时，拿一只小喇叭，边走边叫，基本上是老三篇：“在家啊，不要乱跑啊，记得通风啊！出去小心啊，离人远点啊，戴口罩啊！不要乱摸啊，洗手啊，不要怕麻烦啊！”

广场上聚集的老人，以太婆居多，一堆一堆的，一边晒着太阳，一边热烈地交谈着，没有一个人戴口罩。

贾名扬先是徒手过去，劝她们不要靠在一起。

她们回道：“我们都没出过七里甸，病毒会从天上掉到我们头上来？”

贾名扬说：“家里人有到过外地的，就不好说了。”

她们便纷纷说道：“找话说呢！家里人也没有去过外地的，家里人也没有感冒咳嗽的，家里人也没有跟外地人接触过的！”

一连三个“也没有”，把贾名扬堵得死死的。

贾名扬只好说：“你们实在要聚在一起，就赶紧回去拿只口罩戴上。”

她们回道：“口罩啊，像你一样戴得六角铮铮[①]的，多好啊！可惜买

---

① 六角铮铮，意为装模作样。

不到啊！你们有，就送一只给我们戴戴，省得我们到处找也找不到。”

无奈，贾名扬只好劝她们相互之间离得远一点。

她们回道：“年纪大了，耳朵不好，离远了听不清。”

太婆们人多，七嘴八舌，一人一句，贾名扬就听得耳朵里嗡嗡作响。

几番舌战下来，贾名扬早已是口干舌燥，只好掉头先回居委会。

在居委会歇了一会儿，喝了一杯茶，贾名扬不死心，再次回到广场。

居委会有一只电子喇叭。贾名扬用喇叭录了一段音，拿到广场边上播放：“戴口罩，少聚集，多通风，勤洗手……”

播了几遍，老人们便过来抗议：“吵死了，烦不烦啦？没看到我们都散开来了？要播到小区去播，再吵，就打12345投诉你们！”

贾名扬说：“我这是跟你们宣传！”

老人们说：“宣传是这样子的吗？宣传是讲道理！宣传要慢声细语！拾荒货收废品的，才这样一遍遍地喊！清仓大甩卖的，才这样一遍遍地叫！”

贾名扬只好关掉喇叭，偃旗息鼓，一声不响地回到居委会。

刘梅见贾名扬一语不发，知道他碰了壁，就对他说，老年人啊，都一样，只要身体还算好，就不服老，就会动不动往外跑，总觉得自己一辈子都过来了，什么大风大浪没见过？劝他，根本听不进去。好在人越老越惜命，越老越要买保健品，真的有个风吹草动，肯定散得比哪个都快！

从这一天开始，只要天气晴朗，社区工作人员与广场上集聚在一起的老人的拉锯战，就始终是半斤对八两，只能打个平手。

四十

下午，大家扫街完毕，回到居委会后不久，杨小玉也到了办公室。

吃完午饭，她回去了一趟。

她带女儿去了社区医院。看病的医生跟她很熟悉，说："你女儿只是有点咳嗽，体温很正常。"医生告诉她，应该就是普通感冒，连流感都不是。见她不很放心的样子，医生就建议她到大医院再检查一下。

她把女儿送回家后，便又赶到了居委会。

贾名扬跟她报告说，广场上的老人们很是固执，软硬都不吃，见他去了，就各自散开一点，他一走远，就又围在了一起，拿他们一点办法都没有。

杨小玉早就料到会有这样的结果，也没多说什么。

其他人则汇报说，小区里情况还好，没什么人聚在一起，就是沿街的门面，已经有人开门了。明天初五，是迎接财神的日子，不知道这些门面会不会营业，应该给予高度重视。

吉倩倩说："防护得好，应该没什么问题吧？菜场下午就开门了，我刚买了点菜。卖菜的人告诉我，市里打电话给他们的，要求所有的超市和菜市场都要营业，说老百姓的生活必需品必须得到保证，哪怕天塌下来，最迟2月1号，大小菜市场都要开门。"

杨小玉说："超市和菜市场肯定要开门的，特别需要注意的是棋牌室、麻将室这些地方，按照上级精神，是不能营业的，一定要一家一户地提醒到位。”

吉倩倩说：“把要提醒的事情，一项一项印在一张纸上，一家一户地送，就省事多了。”

杨小玉说：“这办法好，效率高。”

她转身对刘妍说：“刘主任，你今天上报情况的时候，顺便问一下街道，有没有现成的通知，有最好，没有的话，我们就自己做一个。”

她突然想到了口罩，便问刘梅：“刘姐，口罩不多了吧？”

刘梅说：“正准备跟你汇报呢。一直到初二，大家都没怎么用单位的口罩。全天全员戴口罩，还是从初三开始的。口罩都是一次性的，上午一只，下午一只，有的人一天要用三只。昨天和今天用下来，加上前面用的，总共五十只口罩，现在只剩下十二只了。再不省着用，明天就用完了。”

大家都看着杨小玉。

杨小玉沉默了一会儿，说：“这样，分两步走。第一步，现有的口罩，必须用在刀刃上。第二步，我打电话再向领导请求支援。”

大家一致同意，必须重复使用一次性口罩，并约法三章：

在社区服务厅必戴，与服务对象近距离接触时必戴，去小区时必戴，其他场合则视情况再戴。不戴时，及时把口罩挂在通风的地方，去除湿气。

杨小玉上楼坐下后，随即给街道和区政协打了电话，希望支援点口罩。

街道回复说:“全区上下口罩都很紧张,街道现在哪里还有多余的口罩给你们?你们既然提出了要求,街道还是会考虑你们的实际困难的。这样吧,我们尽量想办法挤一挤,最迟明天下午,给你们一个答复。”

政协的联络同志听完电话,则对杨小玉说:“不会今天就要吧?我就是孙悟空会七十二变,也不能一下子就给你变出来吧?”

杨小玉赶紧说:“明天后天都可以。”

对方说了一句:“好吧,等我电话!”

下班的时候,杨小玉对大家说:“明天上午我还要带女儿去一趟医院。明天的重点工作有四项,一是臻美源病源密切接触者的值班不能放松,二是22个居家隔离者的督查不能放松,三是扫街宣传工作不能放松,四是自我保护工作不能放松。这四个不能放松,请大家务必做到。”

四十一

上午从医院回来,杨小玉的心理阴影就稍稍缩小了一点。

她带着女儿去了第四人民医院,看了急诊。检查下来,医生告诉她,没什么问题,就是普通感冒而已,回去注意休息,多喝点开水,过几天就会好的。

求援电话也终于有了结果。

初五下午四点多钟，街道和区政协先后打来电话。

街道的领导在电话里对杨小玉说："这里有十只口罩，好不容易挤出来的，赶快来拿。"

政协的联络人在电话里告诉杨小玉："想办法帮你们弄到了二十只口罩，还有四瓶洗手液。辛苦你们一趟，派个人来拿吧。你们基层一线的情况，市里面也很重视，正在想方设法筹集物资。再坚持一下，再克服一下。"

杨小玉放下电话，赶紧下楼，笑着对大家说："谢天谢地！又有了三十只口罩！"

众人顿时兴奋起来，说："这才是真正的雪中送炭啊！"

杨小玉安排刘妍和吉倩倩兵分两路。吉倩倩去政协拿口罩和洗手液，刘妍去街道拿口罩的同时，顺便把一份以区疫情防控指挥部名义印发的通知拿回来。

吉倩倩和刘妍出门之后，杨小玉跟贾名扬商量说："这两天，公安部门处罚了好几个偷开棋牌室、麻将室的。社区最有可能人群聚集的地方，现在看来，就是棋牌室了。业主们表面上都说关，是不是真的关，会不会关起门来偷偷营业，还真有点不放心。我想明天我们最好来一次重点检查，结合检查，再给每家每户送上一份通知书。"

贾名扬说："好，等刘主任从街道把通知书拿回来，我就先复印个一百份。"

杨小玉说："还在过年，要有点喜气，就用粉红色的A4纸复印。"

吉倩倩骑着电动自行车很快就回来了。

她把车停在居委会的门口，朝着里面大喊："赶快出来拿东西！赶快出来拿东西！”

大家便兴高采烈地跑出来，一人拿一瓶洗手液，好像捡到了一只金丝银耳扒。

刘梅把二十只口罩放进了柜子里，忍不住夸了吉倩倩几句：“倩倩是风驰电掣，去时如风，来时如电，首功一件！”

吉倩倩伸手摘下口罩放在桌上，说：“我是一秒钟都不耽搁，噔噔噔上楼，噔噔噔下楼，健步如飞，拿了就走！”

大家便笑了起来：“你是做小偷还是做强盗呢？”

正说笑着，刘妍也回来了。

她把十只口罩先交给刘梅，转身又把通知书递给了杨小玉。

通知书正反面都有文字内容。正面是通知，反面是温馨提示。

通知的内容主要是关于企业复工的相关要求，温馨提示则提醒企业复工前必须要做到位的前置工作有哪些。

杨小玉把通知书交给贾名扬，说：“今天复印好了，明天上午大家分头行动。”

四十二

七里甸社区在空间上近乎是一个菱形。

区域内的主要街道大致呈“Z”字形布局。沪宁铁路和沪宁城际铁路，由东向西，从社区中间横穿而过，把社区分成了铁路桥北和铁路桥南两大板块。在沪宁铁路和沪宁城际铁路之间，一水横陈的，则是光明河。光明河向西注入一条更大的河流，就是御桥港。

源于十里长山的御桥港，如一根直线，北流至七里甸，突然拐了一道弯，斜向西北，在接纳了光明河之后，就雄劲地插入运粮河的正中间，跟运粮河融为了一体，正好在城市的西部，拥抱成一个大写的“人”字。

“人”字所在，生命繁衍不息。活动在这片不到0.5平方公里菱形土地上的人口，竟超过了1万。平均下来，一名社区工作人员，对应着1 600名服务对象。

“人”字两侧，基本上是居住区。“Z”字两侧，则遍布着大小商铺。最让居委会担心的棋牌室，沿街门面和小区内部都有。

名为棋牌室，下棋的人基本没有，几乎清一色是打麻将牌的。这种已被正名为智力体育的活动，老百姓在游戏时，仍然惦记着它的博弈性，有钱没钱，喜欢打个园子过年。如果棋牌室没人了，营业场所基本上就门可罗雀了。

初六上午，大家分头行动。杨小玉和贾名扬各领一队人马，大半天都在巡查棋牌室是否关了门。

杨小玉和刘梅走到“红睡衣”的棋牌室门口，“红睡衣”正站在那。

棋牌室的门是开着的。两人朝里看看，空无一人，便顺手把一纸粉红色的通知递给她，一边递一边说：“不能开门啊，查到了，公安会上门的！”

“红睡衣”不是太开心，眼睛根本没瞧通知的内容。

她自顾自地说道：“拿着鸡毛当令箭，捡个红枣当灯笼，谁会没事找事做？你们这么关心棋牌室，怎么就不关心关心我的低保？棋牌室都开不了，还不符合低保条件？只听说要让一部分人先富起来的，没听说要让一部分人先饿死了的！”

特殊时期的关键时刻，刘梅只好赔个笑脸，招呼道：“你的事，不是随便哪个拍拍脑袋就能拍板的，要按规定来，还是先把通知看看吧！”

不远处，陈二正认真跟一只肥猫对峙着。

此猫体形大小跟陈二相差不多，全身几乎都是白色的，弓着背，脊背上一大团棕色的毛，显得更加醒目。

这是猫婆婆家的那只将军挂印，一只公猫。这只猫，既不怕人，也不怕狗。除了猫婆婆，谁都拢不了它的身。哪个人想强行去摸它，十之八九手上会留下它的爪痕。

果然，将军挂印施展开了无影爪，以迅雷不及掩耳之势，抓到了陈二湿润润的鼻子。陈二惨叫着，一路狂奔，转眼就没有了踪影。

杨小玉边走边对刘梅说：“哪天猫婆婆不在了，谁会管她的猫呢？”

刘梅说：“猫婆婆真的不在了，她的猫，十之八九会成了野猫！”

社工们边走边检查，边检查边分发通知。店铺开门的是少数，绝大多数都关了门，通知大多是从门的底缝中塞进去的。

中午碰头的时候，大家突然发现，准备的一百份通知，已经所剩无几。想想还有一些地方没有走到，便又赶印了五十份。

一天下来，给整个社区大大小小的各类企业和店铺分发的通知竟然超过了一百二十份。

快下班的时候，居委会悄然走进一个戴着口罩的男人。

来人自报家门，说是组织部门的，按上级要求，前来督查。

对上级部门的“四不两直”，也就是不发通知、不打招呼、不听汇报、不用陪同接待、直奔基层、直插现场的暗查暗访，社工们早已是习以为常。

组织部门的同志，进屋后做了三件事。

才进门时，他东看看，西看看，发现有一个社工没戴口罩。

他非常严肃地指出：“为什么不戴口罩？万一出了问题，谁负责？”

大家全都保持沉默，一句话也不说。

正要推门离开时，组织部门的同志突然问：“你们都在值班？值班表呢？拿给我看看！”

杨小玉说：“贴在这里呢！您要的话，给您打印一份？”

组织部门的同志说：“那倒不必了！有就好，有就好。”

第三件事则是，他一只手抓着门把，侧着身子问：“你们有什么困难吗？”

大家自然是七嘴八舌，立即说了一大堆。

“口罩，口罩快没有了，最需要的是口罩！能不能支援一点？”

“温度计，扫一下就能测出体温的那种温度计，社区一支都没有！领导帮我们想想办法，弄一支给我们？”

“消毒液，这么多人到社区，消毒是必需的！用起来快得很！”

“对了，护目镜、防护服，有些特殊对象，接触时不能不防啊！”

“还有……”

“这个嘛……”来人说，“放心，迟早会解决的。”

第九章

老陈

四十三

初八是2月的第一天。

一大早，清丽的阳光洒在满地的霜花上，空气清冷而纯粹。这样的天气，会让宅在家里的一部分居民，产生出门遛弯的冲动。

从上午开完会开始，杨小玉就有种心神不定的感觉，总觉得要出事。

前一天，也就是初七，社区接到通知，要求立即把居家自我隔离的22户涉鄂人员，重新梳理一遍，而且，必须逐一上门，入户填写统一格式的《居民健康登记表》。在此之前，除了每天电话了解情况外，居委会已经上门摸排核查过一次。

社区的涉鄂人员，都是武汉封城前返回的，一半以上的人是两周前回来的。总体上来说，这些人的自律意识都比较高，全部待在家里，生怕再给别人增添一些不必要的麻烦。这些人，还没有被列为社区定点蹲守的对象。

由于女儿的咳嗽还没有好转，杨小玉的心情并不是太好，有点郁闷。贾名扬不经意间对她说，他妻子小孙也感冒了，咳了一个晚上。他今天吃早饭时，觉得嗓子有点痛，不知道是不是被传上了。听贾名扬这么一说，杨小玉也觉得自己的嗓子不是太舒服，用手摸摸，还真的有点痛。

虽然心事重重，上午待人齐了，杨小玉还是根据上级的要求，传达了前一天市里的会议精神，进一步部署社区疫情的防控排查工作，看看还有哪些潜在的疫情隐患可以“挖”出来。

杨小玉告诉大家，即日起，社区要做好这样几件事：

“一是要做好自身防护，自己都防不住，就不要防别人了；二是情况要日日清，重点地区过来的，与确诊或疑似病例有过接触的人员，春节期间外出返镇的人员，要全面见底，动态管控；三是要继续做好社区宣传，特别是对老年人容易聚集的广场，一点都不能放松；四是要想办法弄一些防护装备，做好与特殊对象近距离接触的准备工作。”

她要求大家一齐努力，下午下班前，一定要弄出一张民情工作图来。这张民情工作图，要标明网格长、楼幢长，标明哪家有残疾人、哪家有老人，标明哪家有涉鄂人员、哪家有外地返镇人员，标明哪家有党员、哪家有社区志愿者。

刘妍问：“臻美源的老太和老陈要不要标上去？”

杨小玉说：“他们作为重点观察对象，都要标上去！”

下午两点钟刚过，杨小玉的手机突然响了起来。

她抓起手机一眼瞄去，显示的竟然是老陈老伴的电话号码。

杨小玉的心跳骤变，突然就有了一种窒息感。

恍惚间，她听到老陈的老伴说："老陈昨天晚上发烧了，今天一个上午过来，烧还没有退。刚刚量过，是38.8℃！杨书记，你快帮帮我吧！"

杨小玉的大脑一片空白，人僵立在原处，不知道如何回答。

她听到老太太继续说："我一夜都没睡个安稳觉，担心老陈，担心老陈是不是在医院被感染了。虽说老陈跟那个人不在一个病区，要命的是，给老陈看病的医生、护士，都是一批的，也是给那个人看病的！杨书记，那个人会不会传给老陈啊？你说，我要不要叫120来接老陈啊？"

杨小玉终于回过神来，问："儿子呢？"

老太太答道："儿子在泰州，过不了江，回不来了！"

"女儿呢？"

"女儿在单位，已经隔离了。"

杨小玉的手一抖，手机差点掉到桌上。

"你女儿隔离了？"她有点不相信。

"说是密切接触者，不能出来了。"老太太回答得有点无可奈何。

老陈的女儿是密切接触者，老陈自己不就是密切接触者的密切接触者？

事已至此，是福不是祸，是祸躲不过。一念至此，杨小玉反倒镇静下来。

老陈虽然没有被列入密切接触者名单，但他确实有被传染的可能！何况现在发烧了，肯定不能掉以轻心！

杨小玉让老太太不要着急，说："你先把电话放下，我过会儿就打过来。"

四十四

杨小玉从二楼下来，问大家："老陈发烧了，要到医院去，谁愿意送一下？"

一楼大厅里一片死寂。

杨小玉追问："谁愿意送一下？"

大家都望着刘梅。

刘梅知道大家的意思，便对杨小玉说："要在平常，谁都会送老陈。今天，谁都不能送。"

杨小玉其实知道是什么原因，但还是追问了一句："为什么？"

刘梅说："大家家里都有老小，用自己的车送老陈，万一老陈真的有问题，麻烦就大了！这个险，绝对不能冒！杨书记，你只能另外想想办法了。"

杨小玉沉默下来。其实，她心里明白，社区所有人都只戴着无纺布的一次性口罩，真的遇到新冠病毒的感染者，近距离根本防不住。

她站在大厅里，望了望贾名扬。

贾名扬只好硬着头皮，说："我开车陪老陈去医院吧！"

刘梅反对说:“贾书记,现在还不到当英雄的时候!不是平时,也不是咒老陈,万一老陈真的感染了,你这样陪他去,最好的结果就是在家自我隔离14天!你想过没有,你隔离了,其他事情是不是就不要做了?千万不能感情用事!”

杨小玉想了想,说:“刘姐说得对,我打电话给街道领导吧。”

街道的值班领导也是头一次遇到这种情况,也不知道如何处置,但态度很明确,命令社区千万不要轻举妄动,等个几分钟,等回话。

不到十分钟,街道的电话来了,说是联系了几个有关部门,答复是没有跟湖北人员有接触的或没有湖北旅行史的,就自己去发热门诊,120不免费接送。

杨小玉只好把情况跟大家介绍了一遍,希望众人一起想想办法。

经过一番激烈讨论,大家终于取得共识,叫出租车。

特殊时期,出租车也不好找。

好不容易联系到一辆出租车,车也到居委会门口了,司机一听说是去接发热病人,二话不说,掉头就走,喊都喊不住。

又是一番折腾,大家又联系到了另一辆出租车。

这辆出租车的司机一露面,众人便松了一口气。

司机基本上是全副武装,除了口罩,竟然还戴着护目镜,手上套着胶皮手套。

隔着一条街,陈二对着司机狂吠不止。

不要说陈二对司机的这身装束惊悚不已,就是社工们,也是头一回面对面地接触。

出租车司机只说了一句话:“特殊时期,打表归打表,钱看着给哟!”

大家便说:“都像这样防护的话,绝对安全。”

司机也有点得意,说:“花了血本啦!”

四十五

老陈被送到医院后,一切复归于常态。

民情工作图已经汇总好了。

杨小玉仔细地跟大家把图讨论了一遍,见没多大问题,就说:“修改后,复印一下,每人一份。”

贾名扬的茶杯在楼上,他先上了楼。

杨小玉正准备上二楼,刚转过身来,就看见有三个人的身影遮住了社区的大门。

来人都戴着口罩,其中一个戴着的是N95。

来人不紧不慢地走进大厅,自报家门,说是多部门联合督查组的。

他们认认真真地做了三件事情。

第一件事情,看看社工们是否都戴了口罩。

一楼的人都戴着口罩。他们便上了几步台阶,朝二楼望了望。当他们发现二楼的贾名扬没戴口罩时,就严厉地批评说:“不知道特殊时期吗?为什么不戴口罩?出了问题,后果谁来承担?”

贾名扬赶紧解释说:“我刚刚喝了两口水,楼上就我一个人在……”

其中的一人厉声喝道:“辩什么辩?没戴就是没戴!”

贾名扬只好鼻子一捏,一声不吭。

第二件事情,督查组认认真真地要来社区的值班表,还用手机拍了照。

拍完照,他们把值班表又还给了居委会。

杨小玉说:“你们带走吧。”

来人有点奇怪地看着她,说:“纸质的怎么上传存档?”

第三件事情,临出门时,他们态度诚恳地说道:“有什么问题尽管说!”

社工们便说:“能不能解决点口罩、温度计、消毒水?”

其中一个人回道:“这个困难,现在是大家的困难,一定要想办法克服,一定要千方百计尽快克服!请放心,我们一定会把你们的困难,带回去向领导汇报的!”

当天晚上,老陈的老伴打电话告诉杨小玉,医院初步检查后,说老陈肯定是肺炎,但到底是复发还是什么别的原因,还要进一步诊断。医院说,由于情况特殊,医院不能安排老陈住院,也不能放他回家。医院最后叫了辆120的车子,把老陈送到了传染病医院,说是一定要做个核酸检测。

杨小玉问:“老陈现在在哪里?”

老陈的老伴说:“住进了传染病医院的病房。”

杨小玉又问:“你自己呢?”

老陈的老伴说:“让我回来了,在自己家里。”

杨小玉叮嘱道:“你就待在家里,哪里也不要去!”

老陈的老伴说:“我哪里都不去,就蹲在家里。”

放下手机,杨小玉顿时觉得自己的咽喉痛得更加厉害了。

平时,杨小玉一觉醒来,天就亮了。这个夜晚,她醒过来几次,仍然没有看见天亮。

她想,必须要跟上级要防护服了。

四十六

杨小玉跟上级提出要防护服的要求后,上级答复说:“困难肯定是有的,但请再坚持坚持,努力克服克服!我们也都在努力想办法解决。”

整座城市,已经连续一个星期都没有出现新增病例了。这就让不少人的安全感膨胀了起来。出门散步遛狗的人多了起来。广场上,人来人往,呼吸新鲜空气的男女老少,竟然已有摩肩接踵的势头。个别棋牌室,虽然还不敢公开营业,但已经把门打开了。要不是社区的人前来劝导,很有可能就做起了生意。地方网站上的不少帖子,得意之情溢于言表,竟然有人感叹自己生活在“一座稳得令人吃醋的城市”里。

这天,不断有人把电话打进社区,问:“今天是2号,还好不好领结婚证了?”

刚开始,居委会的人还觉得奇怪,说:“应该打民政部门的电话啊,怎么打到我们这里来啦?我们是社区呀!”

对方便不好意思地说:“找不到民政局的电话号码,你们消息准,只好麻烦你们了!”

社工们只好一遍又一遍地解释:“民政部门原来的通知已经作废,今天他们不办理婚姻登记了,大家就不要扎堆了,明天去吧,明天再去吧。”

这样的电话接多了,居委会上下免不了就有些怨言。

也就是从这一天开始,人民网的一则帖子在七里甸社工群里迅速传播:“基层需要的是口罩,而不是口号;需要的是消毒水,而不是口水。”

上午扫街结束,已快到午饭时分。

大家打开手机,歌手柏文演绎的《你有多美》,正在网络上流行:“今天阳光明媚,外面轻风在吹……我不知你的口罩后面,脸上是否藏着泪水……”

还有一个让人有点沮丧的信息。江苏省卫健委通报,镇江新增1例确诊病例。

大家一边吃着自带的午餐,一边议论:“这人是谁呢?跟社区应该没有多大关系吧?”

陆陆续续有居民的电话进来,询问刚刚确诊的病例是不是跟七里甸有关。社工们只能回答:“政府会有通报的,到时候就知道了。”

杨小玉下意识地再一次打了电话给老陈的老伴。一个上午,她已经跟老陈的老伴联系了好几次,问老陈的检测结果是阴还是阳。

这一次,老太太还是很无奈,说还未接到通知,也打电话问过医院了，说医院也在等结果。

对杨小玉来说，老陈的肺炎，已经像一根鲫鱼尾巴上的毛刺，扎在咽喉上，咳又咳不出来，咽又咽不下去，想起来就难受，一用力就锐痛。

从老陈老伴那里得来的消息，终究没有减轻杨小玉的焦虑。

老太太说，老陈还发着烧，检测结果还未出来，还得继续观察。

第十章

炉火正红

四十七

2月3日，周一，一个晴朗的日子。

上班时，刘梅带给吉倩倩两袋包子，一袋梅干菜肉的，一袋萝卜丝肉的，各六只。

前一天吃午饭时，吉倩倩说了句，老公的老家没有去得成，儿子过年连只包子都没有吃到。

刘梅把包子塞给吉倩倩，说："这包子味道很好，正宗的淮扬细点手法包出来的，给你儿子吃的。"

吉倩倩有点惊喜，说："这小东西，肯定高兴死了！"

从除夕到现在，每天的日子，吉倩倩都过得比较粗糙，就没好好给老公和儿子做过一顿丰盛的饭菜，基本上是一菜一汤对付了事。

吉倩倩是北方人，要让她静下心来做上一桌南方风味的菜肴，本来就不是一件容易的事情。

她老家是泰安东平老湖的。老湖小镇，东为泰山，西邻梁山泊余绪，可谓山承岱宗脉络，水袭汶水风韵，有“岱下江南”之称。

在北方山水之间长大的吉倩倩，内心喜欢江南，性格却像条汉子。

她上有姐，下有弟，排行老二。

半岁的时候，有一木匠到她家打家具。她睁着大眼睛，朝木匠天真地一笑，木匠便很喜欢她，问她父亲：“妮叫什么名字？”她父亲老实回木匠：“没名字，叫二妮。”

木匠肚里有些墨水，就说：“巧笑倩兮，美目盼兮，就叫她倩倩吧！”

长大后的吉倩倩，丰腴而健壮，浑身洋溢着劳动之美，并不喜欢别人叫她倩倩，而是喜欢自称吉倩，自报大号时，一概回答：“吉祥的吉，倩女幽魂的倩！”

庚子年的春节，吉倩倩原来的计划，是要过一个轻轻松松的春节的。她年前早早就购置好了礼物，准备好了红包，计划一家三口，跨过长江，去老公苏北的老家，面朝里下河小村前的水塘、村后的鱼塘，快快乐乐地游玩一番。

她是一个非常喜欢旅游、向往自由的人，但工作不满十年，每年只有五天年休假，只能当探亲假用，回一趟山东老家，探望一下父母。结婚之前，还走过南闯过北，成家之后，除了单位安排的不过夜一日游，她就基本上没有去过远方。山东和江苏虽都毗邻大海，她却从未见过蔚蓝色的大海。

她一直怀揣着一个梦想，就是和老公带着儿子，漫步于某个海岛的大榕树下，看碧波连着碧空，白帆载着白云，听钢琴声在海涛声里回旋，然后她对着老公大喊一声:“我如果爱你，绝不像攀缘的凌霄花，借你的高枝炫耀自己。”

她告诉刘梅，为了这个浪漫的梦想，她真想丢下工作，什么都不顾，拖着老公，直奔南方的海边。

当年，在南京读大学，军训时英武帅气的教官，是众多女生心目中的白马王子。很多比吉倩倩更加苗条秀丽的女生，都在教官面前吃了板糕，唯独她，就是靠着什么都不顾的劲头，以自身的盛世唐韵之美，拿下了教官，把教官变成了自己的老公。

平时聊天的时候，刘梅总是会半真半假地回吉倩倩:“为了爱情，你来到了镇江；为了家庭，你变成了大妈；为了自由，你可以奔向远方。那你去呀！”

吉倩倩也总是无奈地摇头说:“切，我要是去了远方，家里的一大一小，就只好天天吃泡面喝光汤了！”

吉倩倩把包子收好后，对刘梅说:“昨天不是回去晚了点吗？老公一时兴起，竟然下起了厨房，煮了一锅肉汤韭黄，把做汤的食材和韭黄炒肉丝，一锅炖了。我回去一看，炖就炖了，将就吃吧！吃着吃着，儿子说，想吃饺子了。我哪有时间给他包饺子？回他，上街买现成的吧。嘿，儿子竟来劲了，说街上买的不好吃，就要吃我包的猪肉大葱馅的！我说:‘等妈妈空下来了再给你包。’小东西竟发起脾气来，哭了，淌起猫尿来了！我气得牙痒痒的，恨不得上去抽他两大嘴巴！”

吉倩倩人虽然大大咧咧的，但胆子其实很小。每天回去，除了全身上下消毒好几遍外，还单独一人睡沙发，怕万一有个意外，牺牲自己不要紧，绝对不能够连累到老公和儿子。为了家，她觉得自己什么都可以牺牲。

刘梅笑着对吉倩倩说："还带巧了，正好给你儿子解解馋。对了，就隔水蒸，不要用微波炉打！"

吉倩倩也笑了起来，说："哎呀刘梅，你不提醒，我真的会用微波炉！"

两人聊了一会儿天，就各自开始给居民打电话。

已经很多天了，居委会的每个社工，平均每天要打出去二十多个电话，搜集和核对各种情况。

老陈老伴的电话是必打的。

老太太说，第一次检测结果出来了，是阴性的，但人还有点发烧，第二次检测结果还不知道。

四十八

下午两点多钟，一则《关于疫情期间全面做好人员管控工作的通告》出现在社工群里。

通告说，从2月4日零时起，城市住宅小区要实行封闭式管理。

看到这则通告，大家都有点傻眼。半天时间不到，完成这样的工作目标，谈何容易？

杨小玉请大家商议一下，有没有好的思路。

集思广益的结果是众人有了一个基本共识：

七里甸社区的住宅小区，除了一个刚建成的美的城二区能够进行完全封闭管理外，其他的小区和街区，都不具备完全封闭式管理的条件，只能先搞相对封闭，先实行24小时全天候的巡查，尽量劝阻居民走动，及时发现外来和发热人员。

在人员的配置和满足上，大家意识到，即便是封闭实施难度和强度相对低一些的小区，仅靠居委会的几个社工，显然也无法完成。他们只能动员和依靠志愿者的力量，来支撑起这道防线。

也就是说，如果不动员起社区的志愿者，全面做好人员管控的任务，根本就无法完成。

四年前，开展群众路线教育实践活动时，七里甸社区党总支，立足于坚持全心全意为社区群众服务的宗旨，设立了一个“炉火正红”党员微信群，并以微信群中的社区党员为主体，建立了一个“炉火正红”志愿者服务站，成立了一个老年行动支部。

大家心里非常清楚，“炉火正红”，在帮助老年党员补足“精神之钙”，提升为民服务能力上，确实做了许多活动，诸如开展“清洁家园我在行动”清扫楼道活动、观看廉政故事展、走进国防园重温部队生活、联合大学生志愿者开展绿植领养、“粽香情浓”包粽子比赛等。这些活动对增强社区党员的凝聚力，提高社区群众的综合素养，起到了实实在在的促进作用。平时，社区有什么创卫生城市、文明城市之类的活动，前来扫地、维持秩序的志愿者，也确实踊跃。但，战疫时刻，完全自愿的觉悟和勇气兼备的志愿者，究竟还有多少呢？

在来势汹汹的疫情面前，希望“炉火正红”的志愿者能够成为真正的平凡英雄，于情于理，是不是太过于苛求了呢？

杨小玉的内心非常犹豫。她跟大家说出了心里的不安，众人也觉得现在不比平时，号召志愿者出来，确实有点于心不忍。就在大家议而不决的时候，陈小军忍不住了，说：“你们再不定，我就直接在群里发征召令了。”

居住在七里甸社区的党员，大致有三类：一类是退休老党员，都是最易感人群；一类是个体工商业者，忙了上顿操心下顿的；一类是机关和企事业单位的，组织关系都在各自单位。

杨小玉分析说，响应社区号召的，只会是前两类党员。机关和企事业单位的党员，虽然居住在社区，但原则上只听自己单位的党组织的号召，基本不会直接参加社区的各种活动的。

刘梅说：“我们都是上有老下有小的，将心比心，我是不忍心看到那些退休老党员出来的！”

杨小玉问贾名扬：“贾书记，你的意见呢？”

贾名扬说：“响应的不会都是老弱病残吧？杨书记，我是分管党建的，这事你就让我来负责操办吧！”

十分钟后，贾名扬在“炉火正红”微信群里，向社区党员发出了志愿战疫的号召。

半个小时后，开始有人前来报到。

路边停车位收费员老冯夫妇前来报到，身有残疾的陈平前来报到，失独的陈建国前来报到，做过癌症手术的罗素琼前来报到……

虽然多多少少有些心理准备，但前来报到的志愿者的身份，还是让大家有些吃惊。

贾名扬有点不敢相信，首批挺身而出的社区志愿者，果然都是些老弱病残！

除了罗素琼是名得过癌症的退休老党员外，其他人竟然还都不是党员。

疫情如同一面人性的凸透镜，立竿见影地放大着每个人的长短和明暗。

老陆前来社区。他是来为小陆请假的。

老陆原为江北人，是到这个城市拾荒谋生的。刘梅当年所在的制罐厂，有许多废弃物品，跑冒滴漏在边边角角。老陆在收购废品时，也会把这些东西给捎带了。若干年下来，老陆竟在这个城市顽强地扎下根来，在七里甸买了房，两个儿子也茁壮地成长起来。

大儿子桀骜不驯，闯过大纰漏，因此，提到老大，老陆就直摇头。小儿子则跟大儿子完全不一样，正直而善良，当兵时入了党。从部队回来，自谋出路，开了家面馆，刘梅也约着社区的人前去捧过场。春节前，有在浙江工作的亲戚，说有一个机会，人辛苦点，但收入比较高，竭力动员小陆试一试。在老陆的支持下，小陆把面馆转了手，去了浙江。

见社区在“炉火正红”里发出志愿者的征召令，小陆人在外地，无法参加，便只好请父亲前来解释，顺带把党费也缴了。

天已经黑下来了，不再有人前来报到。

贾名扬有点生气，恶狠狠地说：“陈小军，你把社区党员名单拿过来，我一个一个给他们发！”

杨小玉拦住了他，冷静说道：“贾书记，还是不要搞道德绑架了！志愿志愿，本来就是靠自告奋勇、心甘情愿，强求别人出来，让人家被自愿，就没有什么意思了！”

她问陈小军：“总共有几个报到的？”

陈小军数了数，回道：“老冯，老冯的老婆老郭，陈平，陈建国，还有一个老罗，就五个人。”

杨小玉说：“兵不在多，关键还在于精。这五个人，都非常熟悉片区的情况，人头很熟，有人来，只要瞄上一眼，就知道是不是外来的。”

她跟大家打招呼说：“大家要饿一下肚子了。我们马上开个会，赶快决定一个管理方案。所有的小区，明天一定要按上级的要求管起来。”

四十九

用兵要用在刀刃上。人少，人海战术想用也用不起来。

刘梅建议，沿路的街区门面都是完全开放的，人来人往，不能作为管控的重点。管控的重点，还是几个大敞四开的住宅小区。这几个小区的出入口有好几个，必须关掉其他的出入口，只保留一个进出。

贾名扬说：“我同意刘姐的想法，确实要根据具体情况，进行不同类型不同层次的管控。”

讨论的结果，大家一致同意，必须进行分类分层管控。

见大家想法一致，杨小玉便说：“就把分类分层管控作为一个基本原则。我的意见是，把整个社区的封闭管理分成两类。铁路桥南我们代管的美的城，算是一类，可以督促物业公司，进行全封闭管理，居委会的重点是巡查，就没有必要安排专门的人去蹲点了。铁路桥北的四个老的小区，可以当作一个大的小区来整体管控。这一片，物业管理人员的力量，大家心里都清楚，就没几个人，是居委会的重中之重，必须定点定人强化。”

吉倩倩插了一句：“幸亏这几个小区还有围墙！”

对杨小玉桥南桥北的分类，大家没有什么意见，分歧主要集中在桥北如何分层管理上。

众人的共识是，第一个层面，必须扼守住社区门口的路口。这是一个关键节点，守住了这个关键节点，就可以监控到所有进出社区的车辆，掌握全面的情况。

沪宁铁路，封闭了整个七里甸社区的北面，形成了一道天然屏障。东北角上是广场和区政府大院，形成了一个封闭空间。“Z”字形的街巷，确保了进出这四个小区的车辆，只能走两头：要么从北面的御桥巷进，要么从东面的政泰路进，没有第三个走法。社区居委会正好处于御桥巷和政泰路的交叉口，站在路口，朝北，光明新村和江南茗苑两个小区的出入口，一目了然；朝东，臻美源和城南映象两个小区的进出通道，尽收眼底。

分歧比较大的是第二个层面的管控，也就是如何进一步管控住直接进入四个小区的外来车辆。

贾名扬有点沮丧:“四个小区，一个小区定点包干两个人，起码需要八个人。”

刘妍比较担心:“我们居委会的人全部扑上去？肯定行不通的。”

吉倩倩则叫了起来:“志愿者不休息啊？其他事情，我们都不做了啊？别的不说，刘妍天天不要忙那么多报表啊？她根本就脱不开身！”

众人讨论了一会儿，也没讨论出个什么所以然来，就是觉得人手不够。

刘梅说:“这样开会开下去，今天晚上就不用回家了。我看啊，还是就着上面要求完成的任务来考虑。我又看了一下通知，上面实际上说了两种情况。一种情况说的是有条件的小区，居委会要严格实行封闭式管理，外来车辆一律不得进入，外来人员进小区一律实名登记、体温检测；还有一种情况说的是不具备条件的小区，居委会只要实行24小时巡查，引导居民加强自我防护，控制人员走动就可以了。”

陈小军说:“我们肯定是第二种情况了！”

刘妍解释说:“通知上的外来人员，说的是从外地来的人员。外来人员的情况，现在每天都要上报，一直就没停过。”

杨小玉说:“一点不错。封闭管理，管的主要就是外地来的人员。”

贾名扬补充说:“说穿了，当前最紧迫的，最低限度是要把外来车辆管好管到位。”

抓住问题的关键后，解决问题就容易多了。

众人反复讨论的结果，认为最具可操作性的方案只有一个：

扎住两头，兼顾中间。

具体思路是：

进入社区只有两条路，西边只能从御桥巷进来，进来必须先经过光明新村，才能依次抵达江南茗苑、臻美源、城南映象；东边只能从政泰路进来，进来必须先经过城南映象，才能依次抵达臻美源、江南茗苑、光明新村。因此，守住了光明新村和城南映象进出口及进出口前的路口，也就守住了江南茗苑和臻美源。

晚上七点半，具体方案终于成型。

最后形成的方案是“1+2”：

在社区门口的路口设置1个监控点，在光明新村和城南映象门口设置两个管控点，即可达到封闭管理四个小区的效果。

具体的人员组织安排上，还强化了网格长机制。

平时网格长都是由居委会社工兼任的，封闭管理时，网格长就是指挥长。每个指挥长，负责整合指挥现有的物业服务人员和志愿者，其他支援人员，也统一由网格指挥长负责安排，在确保24小时全天候巡查到位的前提下，尽可能地强化小区的封闭力度。

如此一来，六名社区工作人员，加上五名志愿者，再加上几名物业工作人员，确实可以一战了。

杨小玉仍然没有排上刘妍。事实上，刘妍已经根本没有时间和精力再兼顾其他的事情了。

上级要求填报的各种表格，接踵而来。刘妍花在报表上的时间，急剧增加。安全生产、劳动和人力资源保障、社区会计、统计、卫生，都属于她分管。社区工作说是分管，其实手下无兵，都是光杆司令，都事必躬亲。不知不觉，她已成为每天最后一个离开社区的工作人员。

会议结束的时候，杨小玉少有地对大家进行了一番动员。

她说："封闭管理，需要我们做什么？需要真正的'双全'！我归纳了一下，一个'双全'社工，就必须是指挥员、战斗员、办事员、宣传员、联络员、统计员、辅导员、协调员、勤杂员、消防员、记录员……现在最关键的，就是一定要当好守门员！我们不是机关，只能分工不分家，大家一起上！定员定岗不定人，有职有责没有官！每个人都要成为桥梁，每个人都要成为堡垒！我们就是先锋队，就是敢死队，就是突击队！"

门外，一个路过的骑车人按响了电动自行车的喇叭，随即传来了陈二阵阵愤怒的狂吠。

杨小玉跟大家打招呼说："开会开得这么晚，我应该请客的……"

刘梅笑道："还有几个在外面吃饭的？赶快回家吧！"

第十一章

立春

五十

立春了。

御桥港的两岸，温暖在悄悄地生长，生机在静静地萌芽。

扫完街，七里甸的社工们，陆陆续续地返回了居委会。

雪白的云朵，羊群般地在湛蓝而悠远的天空中，缓缓地移动着。斑驳的阴影，在地面上懒散地行走，在树丛上随意地游荡。深绿浅绿的大小树冠，承受着东风的嬉戏，轻轻摇晃着，窃窃私语着。

“好吃春饼了。”吉倩倩对刘妍说。

“好吃萝卜了。”刘梅对大家说。

江南风俗，立春咬春，不问男女老少，都以吃萝卜为顺遂，所谓“萝卜进城，药店关门”。疫情期间，由于萝卜易于储存，加上具有润肺祛痰、解毒生津的功效，全国各地大批萝卜捐赠、支援给了武汉及湖北其他地区。镇江本地的萝卜，一时倒也跟口罩一样，成了紧缺货，尤其是红萝卜，更是踪影俱无。

萝卜可以不吃，但疫情未了，口罩却不能不戴。

前天上午杨小玉打电话提出要防护服未果后，当天下午，街道还是打来了电话，说："急基层所急，打破常规、特事特办，不惜血本，又高价搞到了一批物资，赶快来拿。"

贾名扬当时就驾着自己的私家车，兴高采烈地去了街道。回来的时候，大家围上来观看，可谓战果辉煌：20只一次性口罩，10副乳胶手套，1副护目镜，1瓶75度的酒精，2瓶84消毒水。除了口罩，其他都是破天荒才见到的战疫物资啊！

也许督查组反馈的意见立竿见了影，才隔了一天，街道便又打电话来通知社区，说又分了50只口罩和20副乳胶手套给七里甸居委会。

吉倩倩把东西从街道拿回来，将送至刘梅手中的时候，陈平正好一瘸一拐地来了居委会，"口无遮拦"。

刘梅问他："口罩呢？"

保管口罩的她，实行的是战时配给制，有工作需要，才给上一只。对于志愿者，同样如此。她每天只给志愿者一只口罩，一天一发。

陈平老老实实回答："有人跟我要，送人了。"

刘梅很是诧异："戴过了，怎么送人？"

陈平憨厚地一笑："还没戴，就给人要了。"

刘梅赶紧抽出一只口罩递给他，说："戴上戴上！"

陈平是个残疾人，很小的时候，腿部就落下了残疾。

他单身一人，独自居住。父亲去世早，他一直跟母亲相依为命。嫁出去的两个姐姐，母亲在的时候，自然经常回家看看，母亲不在了，并没有法定的抚养已成年的残疾人弟弟的义务。

他母亲生病去世前，知道自己活不长了，放心不下的，就是这个唯一的儿子。在生命的最后阶段，陈平母亲几乎把剩下的时间都用来做一件事，就是拼命地打毛衣。他母亲打了一件又一件的毛衣，边打边流泪。陈平哭着请求母亲别打了。他母亲只是眼泪汪汪地盯着他看，一句话也不讲，手却一刻也没有停，一针也没有停下。陈平说，他母亲打的毛衣，他这辈子都穿不完。

他知道母亲意味着什么，送走了母亲，他越发体会到什么叫作刻骨铭心。

他母亲走后的第一个冬天，社区专门送给他一双棉皮鞋。两百块的棉皮鞋，说贵不贵，说便宜也不便宜，许多人并没有穿过。陈平也是第一次穿上棉皮鞋。那种从脚底升腾起的毛衣般的温暖，让他情不自禁地流下了眼泪。

他母亲走后的第二个冬天，居委会已经给他办好了低保。春节之前，杨小玉安排刘梅特地把陈平的情况整理成了一份材料。随后，两人专门跑了一趟有关部门，帮陈平申请配备了一台彩电，让他热热闹闹地看上了春节联欢晚会。元宵节那天，居委会又组织了好几个人，到陈平家包起了汤圆。

那天，在杨小玉的组织下，光明新村陈平的家里，左邻右舍的大爷大妈都来了。糯米粉、黑芝麻和白糖是刘梅一大早买来的。为了包好汤圆，刘梅还特地找了住在城南映象的李阿姨来帮忙。李阿姨也是社区的一名志愿者，听说大家要去陪陈平过元宵，立马放下了手中的家务活，高高兴兴地张罗开了。

吃汤圆的时候，陈平说，这是他过得最开心的一个元宵节。

吃着吃着，陈平竟然抽噎起来。

在场的人都被吓了一跳，赶紧问他怎么了。

陈平哭着说："我妈妈要是晓得我今天吃上了现包的芝麻圆子，肯定高兴死了！"

母亲不再需要他的回报，社区上下也对他相当关心，陈平总觉得，他得给社会回报些什么。

做一名社区志愿者，便成了陈平最好的选择。

他住的光明新村御桥巷西小区，是个老小区，规模很小，只有三幢多层。只要站在最北面一幢楼的巷子口，就能守住进出七里甸社区西边的唯一一个通道，不仅对光明新村御桥巷西小区的居民进出一目了然，还可以一夫当关，一个不漏地看到进入社区的陌生人。

巷子口上用砖砌着一只长宽各两米的垃圾箱。从垃圾箱往南，便是将近四十米长的一段空地，停放着各种大大小小的机动车辆。这片区域原来是块路边杂草丛生的边角地，一到雨天，便泥泞不堪。为了平息居民的抱怨，杨小玉多方求援，筹集了一点钱，把这块地进行了硬化。附近的居民就把这块地当成了停车场。

紧邻垃圾箱的巷子中间，砌筑有一块四四方方的混凝土路墩。只要站在这个路墩上，一只苍蝇从外面飞进七里甸社区，也能看到和听到。

一排高大笔直的水杉树，把巷子分成了东西两半。水杉树的树冠上，搭有两只刺猬模样的喜鹊窝。一只黑白相间的喜鹊在枝头上喳喳叫了几声，扑棱着翅膀飞过了楼房黛灰色的人字屋顶。

陈平站在路墩前，从脸上取下了刘梅给他的口罩。

没有陌生人经过他身边的时候，他觉得自己根本不需要戴着口罩。

五十一

上午，有关部门公布了两名确诊患者在全市公共场所的活动情况。

杨小玉发现，其中一个人竟然来自自己的老家，是来看望在这座城市打工的儿子的。患者是一位母亲，年纪跟自己的母亲差不多。

她叹了一口气，又开始对父母牵肠挂肚起来。

有一个好消息是，老陈的老伴打来电话，说老陈昨天夜里就退烧了，今天早上精神已经恢复，第二次检测的结果还是阴性，中午就可以回家了。

老陈的老伴还发来一张老陈的照片。照片上，老陈笑嘻嘻的模样，让社工们觉得非常可爱。

老陈的平安无事，是最好的耳鼻喉科医生。喉咙里的那根无形的鱼刺，突然消失得无影无踪，爽快和轻松，让大家难以言喻。尤其是杨小玉，上下楼梯时，竟有一种飘飘欲仙的感觉。

杨小玉从楼上下来，跟刘梅和吉倩倩说，老陈从传染病医院归来，虽然两次阴性，也不发烧了，但病根还是肺炎，还属于重点关心对象，来不得半点大意。

她强调说：“从2月1日晚上住进医院，到2月4日中午回家，老陈毕竟前后在传染病医院住了三天，你们一定要跟踪一段时间。”

十一点刚过，社区医院的医生给居委会打来电话，说下午要去老陈家，测量一下体温，老陈免不了还要居家观察一段时间，请居委会给予协助。

下午两点多钟，刘梅和吉倩倩两人，专门去了一趟老陈家。

也就是从这一天开始，街道要求七里甸居委会配合好其他部门，对社区所有的特殊对象，一律执行“三包一”管控机制。

“三包一”是城市社区联防联控的一个重要机制，由社区居委会、社区卫生机构、派出所三方联合派出人员，形成任务包干小组，不间断跟踪观察一个特定对象。

在任务分工上，居委会的社工负责领路到户，社区医护人员负责现场问答，片警则负责维持好秩序，预防意外情况发生。这个临时组成的工作小组，医生和警察当然不需要24小时工作，全天候管理的事情完全由社区的工作人员负责。

从老陈家出来，刘梅和吉倩倩顺便在小区里跑了几户独居或空巢老人。社区卫生中心的人回去了，警察怕出意外，仍然在两人边上不紧不慢地跟着。

一名刚走出楼栋单元门的口罩男，见到三人，稍稍犹豫了一下，便踏着八字步过来，右手朝楼顶一指，说：“顶楼的一户人家，是武汉的，一大家子，有六七个人。”

刘梅有点奇怪，问：“年前不是回武汉了？什么时候回来的？”

口罩男赶紧说：“还未回来，还未回来。”

立在边上的警察，哈哈笑了两声，说：“暂时肯定回不来了！”

口罩男愣了一下，立即反应过来，也笑了起来，附和道：“回不来就好，回不来就好！省得大家提心吊胆的！”

口罩男是名老国企的退休工人。这座城市一些比较老旧的社区里，仍然居住着不少全民所有制时代的退休老工人。那个时代的退休老工人，因为捧的是“铁饭碗”，在单位的主人翁地位比较显著，普遍具有比较强烈的主人翁意识。这些集体主义意识比较浓厚的工人退休后，与社区共荣共损共命运的纽带意识，也相对强烈些，在年轻人看来，属于在某些方面觉悟高，比较爱管闲事的一群人。

非职业化的居委会时代，这些退休老工人，都是居委会的主要后备力量。进入社区工作者职业化时代后，这些老工人中的一部分，成了真正的志愿者；还有一部分，则跟口罩男一样，演变为了社区的“啄木鸟”。如果说志愿者主要是在做公益上的加法，以锦上添花为主，那么，“啄木鸟”做的则是减法，啄掉社区里的不良行为和隐患因素这些“害虫”。

正是由于许许多多的志愿者和无名的“啄木鸟”的存在，七里甸的社区，才变得更加平安和祥和。

每次跟“啄木鸟”们告别的时候，刘梅都不会忘记说一声：“谢谢啦！”她知道，“啄木鸟”们是社区联防联控链上重要的一环，是社区群防群治网上不可缺少的一格。

刘梅和吉倩倩上到三楼，敲开了老戴家的门。

气喘吁吁的老戴说:“进来坐坐吧。”

刘梅说:“顺道过来看看你，就不进来了。”

老戴已经八十多了。他早年在矿山工作，后来患上了尘肺病，动不动就咳嗽，还伴有老慢支。自打杨小玉当上社区书记后，社区人员就时不时地过来看看他，跟他说说话、聊聊天。老戴八十岁生日那天，杨小玉特意让刘梅准备了蛋糕和蜡烛，上门给了他一个惊喜。

老戴和其他一些独居、空巢老人，是自封的社区义务治安员。

因为岁数比较大，加上身体不太好，老戴们虽想加入社区志愿者行列，居委会却坚决回绝。这帮老人自己也心知肚明，知道当了志愿者，果真有个三长两短的话，社区岂不是要吃不了兜着走了？他们也不为难居委会，就自己当起了义务治安员。他们也不要居委会管，早晚有空，就自己在社区里四处走走，遇到面生的、形迹可疑的，便上前问问。

刘梅和吉倩倩关照老戴:“疫情期间，保重身体要紧，没事就不要朝外跑了。”

老戴边咳边说:“不跑不跑，天气暖和了再出门！”

五十二

七里甸社区事实上已经出现了两个需要跟踪观察的重点户。

杨小玉觉得，原先的社区管控方案有必要进行一个调整。

听完刘梅和吉倩倩的情况汇报，杨小玉对他们说："老陈是个老党员，有着很高的政治觉悟，应该给予充分的信任，就是自己人，不需要专人'全天定点'。臻美源的老太太，一个人住在车库里，也没有'全天定点'的必要。"

刘梅建议说："老陈那里肯定没有太大的问题。老太太那里，是不是把定点工作坚持到最后？"

杨小玉说："就按刘姐的意思。原来不是分人分时段吗？我看这样，就改为单人包干负责，性质跟'三包一'也差不多。"

吉倩倩便笑了起来，说："这样最好最科学最合理了！"

杨小玉就转身对坐在一边的陈小军说："臻美源的定点还有两天，你就专门负责这件事。"

陈小军也不多说什么，起身出门，开着自己的私家车，直接蹲点去了。

这是件不需要什么体力，却极需耐力的活。他还不是党员，他知道书记在借机磨炼自己的性子。他干脆把车停在小区里，坐在车里看看手机上的新闻，或者闭目养神，困了，就从车上下来晃上一圈。几步路远的地方，就是老太太住的自行车车库。

很快，他就对单调和枯燥有了更加深刻的理解。

他给未婚妻发了一条短信，说："哥很寂寞。"

让陈小军意外惊喜的是，他的未婚妻竟然找了过来，陪着他坐在车里。

时间相对论立即显效，陈小军觉得杨书记这样安排他蹲点，倒是照顾了他，公私都兼顾到了。

陈小军是名退伍武警，神似《水浒传》里的行者武松，人称帅哥。他在部队干过，人又年轻，安排工作时，大家认为他最适合干城管、信访、人武、共青团、司法法治、综治工作。两年干下来，他觉得当年部队的首长管得都没他宽。

陈小军喜欢去健身房健身。正是在健身房，他把一名女健友，发展成了自己的女朋友。

去年国庆过后，陈小军把女朋友变成了未婚妻。双方父母见了面，商定了两人的婚期。举办婚礼的日子选定的是3月5日，春暖花开，惊蛰的那一天。他自己也搞不懂为什么要定在惊蛰。双方的父母只是告诉他，已查过老皇历了，这一天是二月十二，是搬家、开业、开工、结婚的吉日。

见陈小军对惊蛰这个日子有些不喜欢，刘梅便对他说："日子好坏，都是自己心理上的作用。我当年结婚的时候，选的还是5月14号。皇历上说，这一天不宜嫁娶，不宜结婚。也有人提醒我说，这日子不好，谐音'我要死'。你一言他一语的，最后说得我心里都有点毛毛的。我老公一概不理，说：'要讲谐音的话，明明是"我要喜""我一世"呀，读成"我要死"更好，从这一天开始，只为一个人而死，不就是海誓山盟了！'"

陈小军就求刘梅，说："刘姐，回去问一下你老公，给我点力量！"

第二天一上班，刘梅便给陈小军吃了一颗定心丸。

她对陈小军说："我老公说了，这一天好得不得了，让我告诉你四句话。这四句话是，微雨众卉新，一雷惊蛰始。田家几日闲，耕种从此起。"

居委会的其他人跟着陈小军，一起认真琢磨了一下这四句话。大家是越琢磨越觉得意味深长、气象万千，琢磨到最后，全都莫名其妙地大笑起来。

贾名扬一脸坏笑，对陈小军说："这日子好，这日子好！只可意会，不可言传，简直是深不可测！"

见众人都说好，陈小军自是释疑，也就一门心思奔着3月5号这日子去了。

春节期间，陈小军原来最宏大的计划，就是精心布置好新房，准备迎接他美丽的新娘。两情相悦的耳鬓厮磨，侵占了他太多的原先留给健身的时间，脂肪已不知不觉地填满了他八块腹肌之间的缝隙。

春节还未过完，初六那天，饭店销售经理打来电话，沮丧地跟他商量，婚宴是延期，还是退钱给他。

面对不可抗力，无可奈何的他只好回答说："退什么退？我这是办婚宴啊，还作兴退？"

这两年，陈小军曾谈过几个女朋友，但都谈不长，女方很快就跟他说再见了。起初，他也弄不清楚是怎么一回事。父母跟他说："不是人家女孩子不好，是人家父母没看上你。"他想想也是，自己收入这么低，啃自己的父母就算了，难道还要去啃丈母娘的？

陈小军的社龄很短，月实际可支配收入只有1 900元，当地的最低工资标准则是2 020元。拿到第一个月工资时，他有点发怵，忐忑了一个晚上，第二天还是忍不住问了问负责社保的刘妍。

刘妍叹口气，告诉他："养老、医保，都是单位缴大头，个人缴小头；单位缴的，不算在工资里，个人缴的这一部分，都要从你自己工资里扣的，养老按8%扣，医保按2%扣，扣完了，实际拿到手的，也就一千八九的样子。"

陈小军懒得去计算，追问了一句："扣钱大家都是同一个标准？"

刘妍觉得他问得有点奇怪，回他："当然一个标准。"

后来，他见贾名扬屡败屡战，一根筋似的考公务员，也能够感同身受，深表理解。

有一天，他跟贾名扬吐槽，说："再这样下去，恐怕要打光棍了！"

贾名扬不以为然，安慰他说："你这是缘分未到。缘分到了，挡都挡不住！我不是还娶了个研究生吗？"

陈小军说："不一样，你那是大学生村官。"

贾名扬说；"什么不一样？还不都是社区的社工？"

陈小军说："你不还在拼命考公务员吗？"

贾名扬说："我这是有一个更高的奋斗目标，是对更美好生活的向往！你也可以考公务员呀！"

陈小军便泄了气，说："算了吧，我一拿起书，看不了几行，就打瞌睡了，没公务员的命！我还是扎根社区，吃苦不讲，争取入党，有钱没钱，娶个老婆过年吧！"

婚礼的推迟，在陈小军的心里，多多少少还是留下些阴影的。他不知道下一个好日子究竟在哪里。

见他有些纠结，他未婚妻倒显得很开朗，对他说："结婚证都领了，人都是你的了，煮熟的鸭子，还怕飞了不成？"

五十三

下午，在太阳的照射下，室外的气温升高到了十度以上，居委会里，也逐渐热闹起来。

随着扫街宣传力度的加大，主动前来社区登记的居民越来越多。刘梅和吉倩倩开始把一部分精力用在接待填表格上。

一个口罩男来社区登记。他属于暂住人口。

此人正值不惑之年，是苏北人。他说："我是大年初二晚上跑回镇江的。自己开车，一家四口。当时就觉得情况不妙，怕封城，赶紧回镇江。"

他正说得兴高采烈，接待他的吉倩倩，突然打了个非常响亮的喷嚏。

口罩男吓了一跳，往后蹦了一下。

他惊魂未定，说："我喉咙痒，早想咳了，硬是活生生地忍住了！你打喷嚏，招呼都不打一个？"

吉倩倩也后退了一步，用手捂住口罩，反怪他："你竟然是从武汉跑回来的？喷嚏就是被你吓出来的！"

刘梅在边上看了，觉得好笑，心想，吉倩倩胆小，这个男人的胆子也不比她大。

刘梅不放心地问口罩男："武汉23号就封城了，你25号怎么还能跑回来？"

口罩男哈哈大笑起来，说："武汉？开什么玩笑？我是从老家跑回来的！"

口罩男告诉刘梅和吉倩倩，从1月24日开始，他老家就盛传有人确诊了新冠肺炎，还有人传他家对面卖奶的老板也被隔离了。他当时就很着急，有点后悔回家。25日上午，确诊了一个患者的消息一公布，他便立即全家总动员，三十六计，走为上策，连夜跑了回来。

他不无得意地说："还是这里放心，稳得一塌糊涂！"

刘梅回他："跑回来就绝对安全了？老老实实待在家里才是最安全的！"

她递给口罩男一纸粉色的《居家留观须知》，对他说："认真阅读一下，有好处。"

口罩男还真的从头到尾小声读了一遍：

1. 居家隔离观察应单独居住(单独房间)，并有独立卫生设施，日常活动与家属至少保持1米的距离。

2. 活动区域应和其他家庭成员尽可能不产生重叠，产生重叠的区域应该做好通风和日常消毒。每天通风次数不少于3次，每次二三十分钟。户外空气质量较差时，通风换气频次和时间适当减少。

3. 房间不应使用空调，尤其不能使用和其他房间共通的中央空调。如需取暖应使用取暖器。

4. 食用肉类和蛋类要煮熟、煮透。处理生食和熟食的切菜板及刀具要分开。处理生食和熟食之间要洗手。

5. 每日上午和下午各测量体温至少一次，同时密切观察自身是否出现发热、咳嗽等急性呼吸道症状或其他相关症状，如乏力、头痛和胃肠道症状等。

6. 哺乳期母亲可以继续母乳喂养。

7. 观察期间如出现发热、呼吸道感染或其他不适症状，应及时与社区联系或拨打120。

8. 拒绝一切探访。

读完，口罩男自言自语："还可以喂母乳啊？"

刘梅没好气地回他："你们家还有孩子吃奶啊？"

口罩男赶紧解释："没有没有，随口说说，随口说说！"

口罩男走后，贾名扬从二楼下来。心情有点郁闷的他，倚靠在柜台上，对刘梅说，小孙打来电话，说下班后，要去一趟江滨医院，让他回去后，把女儿带到奶奶家吃晚饭。

大家跟贾名扬的妻子小孙很熟悉。小孙是天桥社区的副书记，天桥跟七里甸同属一个街道。她是硕士，也是大学生村官，还比贾名扬大上两岁。两人走到一起，纯属工作为媒。

贾名扬说:“小孙已经咳嗽了好多天,去医院看过一次。医生说不发烧,就是感冒。按理,感冒七天就差不多要好了,小孙反而咳嗽得更厉害了。她刚才在电话里说,她决定去医院拍一下片子。”

贾名扬叹口气,继续说:“想陪她一起去医院,这个人却坚决不同意,不知道她心里怎么想的!”

刘梅安慰他:“不让你陪她去医院,是医院更危险。女人的心更细,她想的肯定是你和全家人,万一她自己有什么问题,这样对你们也更安全些。”

两人正说着,就听得门外吱的一声。贾名扬掉头一看,一辆车斜对着大门停了下来。汽车前脸上“鄂J”的字样,非常尖锐地刺进了他的眼睛。

湖北的车?贾名扬心里未免有点紧张:七里甸社区怎么这么多人跟湖北有关系?

来人戴着口罩,进门时显得有点犹豫。

贾名扬警惕地问:“哪里的?”

“黄冈的。”声音很低,刘梅和吉倩倩都没听清楚。

嚯?!贾名扬浑身一哆嗦,下意识地重复了一句:“黄冈的?!”

他的声音很大,惊得刘梅和吉倩倩都站了起来。

此时,黄冈的知名度,已直追武汉。

登记,询问,发放《居家留观须知》。

来人离开后,吉倩倩叫了起来:“刘梅,我要穿防护服!我要戴护目镜!”

大家的情绪刚刚平复下来，又有一个人闯了进来。

此人是一名中年男子，竟然没有戴口罩。他闯进来的时候，大声嚷嚷着，口水直飞，称得上是惊心动魄。

中年男子直奔吉倩倩而来，噔噔噔的脚步声因柜台的阻挡，戛然而止。

他跟吉倩倩还隔着一张桌子，吉倩倩就吓得赶紧站起来，迅速后退，直到后背贴在墙上不能动弹为止。她的双手早已护盾般地举拢起来，遮捂住自己的额头。

吉倩倩朝对方大叫："口……罩……！"

中年男子被吉倩倩的叫声惊得一愣，随即把右掌在柜台上猛拍一下，吼道："口罩？你给我？没有，戴什么戴？"

十足的中气，用强大的气流，把飞沫向吉倩倩喷射而去。

贴在墙上的吉倩倩，好像凝固住了，一动不动，只剩下两颗无比惊恐的眼球。

第十二章

应急

五十四

居委会里，出其不意的心惊肉跳，越来越频繁。

由于辖区内出现疫情，区里和街道也越发强调严控的重要性。2月5日上午一上班，就有两名区里的工作人员来到居委会，说是广场上老人聚集的现象比较严重，领导看不下去了，派他们前来增援。

杨小玉说："太好了，还是领导关心我们基层，支持我们社区工作。广场上的事情，就辛苦两位领导了！"

两人说了句"应该的"，便高高兴兴地前去广场维持秩序了。

一般情况下，社区广场人群的聚集是有规律的，从三三两两地停下来聊天拉家常，到越来越多的人拥聚在一起天南地北地议论国事天下事，大致要有两三个小时。因此，巡街只要把人群劝散开了，便可暂时告一段落，并没有必要在广场上死守到底。

两个小时过去了，区里的两名工作人员一个都没有回居委会。杨小玉觉得奇怪，就对刘梅说："刘姐，你去广场上看看吧。"

刘梅到了广场一看，两名工作人员已经跟休闲的老人们打成了一片，谈笑正欢。

刘梅气得掉头就走。一回到居委会，她就对贾名扬叫道："贾书记，赶快拿上你的小喇叭上广场！"

事后，这两名区里的工作人员可能也觉得群众路线用错了方向和地方。

这种有点帮倒忙的事，也还谈不上让居委会烦什么神。

五十五

社区的口罩是由刘梅统一保管的。

从大年三十到正月十三，两个星期了，整个社区，求爷爷告奶奶，四处筹措，总共才弄到一百八十只口罩。最初几天一人一天一只就行了，形势紧张后，上门入户多了，每天也尽量省着，每人最多每天用两只。志愿者的口罩总要保证的。能够机动送给居民的，实在是没有几只。刘梅决定，不到万不得已，她就绝不松口。

一个原来单位的老同事打电话给她。刘梅估计是跟她要口罩的，还未等对方开口，就抢先问："你那里有多的口罩没有？"

同事"啊"了一声，然后苦笑说："本来还以为你们社区有多的口罩呢，你倒好，先跟我要了。"

同事就拍了张照片发在群里。照片上是一只3M的白色口罩，说是老存货，从箱子底好不容易翻出来的，有总比没有强。原来，同事使用的竟然是那年“非典”时候生产的口罩，没用完放在家里，虽然早已过期，却终于派上了用场！

为了口罩，刘梅甚至跟贾名扬拉下了脸。

就在上午，贾名扬把一个社区居民领到刘梅面前，非要三只口罩不可。该居民说是家里有急事，必须出去一下。

贾名扬毕竟是社区副书记，刘梅也不好黄他的面子。

她在抽屉里折腾了好长时间，终于拽出一只口罩，慢慢放在桌子上，一声不响。

居民看看口罩，又看看贾名扬，最后盯着刘梅说：“一只？不是说好三只的呢？”

刘梅用眼光狠狠地盯着贾名扬，还是一声不吭。

贾名扬只好说：“答应的三只，是我答应的，就给他吧！”

刘梅这才费了老大工夫，极不情愿地又拽出了两只。

居民走后，刘梅很不客气地对贾名扬说：“老好人谁不会当？你知道还有多少天疫情才结束？口罩送光了，我们怎么出去？怎么工作？开了头，大家都来要，给还是不给？不给，最后还不是得罪人？没有下次了！”

面对老大姐的批评，贾名扬只有苦笑：“我家里还有几只，不够，我就用自己的吧！”

刚吃过自带的午饭，刘梅的手机就响了。

她有点奇怪，这个手机号码很少有外人打的，这个时候家里人也很少会打呀。

接通电话后，是一个老人的声音：

“刘主任，实在不好意思，麻烦你了！我们家没菜了！”

原来是居民老周，社区的一个画家。

老周老伴的身体一直不是很好，老两口无儿无女，都过了八十了。春节前，刘梅上过门，代表社区给老两口送过大米和豆油。没想到他们家里没菜吃了。

刘梅便笑着说：“周师傅，是不是要我给你买菜呀？”

老周急忙说：“不是的不是的，我自己想出去买菜，没有口罩，你能不能送一只给我？”

刘梅有点犹豫，上午刚刚说过贾名扬，难不成下午自己就给别人送去了？

也许是觉察到刘梅有些为难，老周在电话里叹了口气，说：“刘主任，难为你了，为口罩的事，我给12345打过电话，他们要让我等，等到什么时候啊？我想不到别人了，只好打给你了！”

刘梅鼻子一酸，说：“不要着急不要着急，我马上就过来，千万不要乱跑！”

挂了手机，刘梅瞅了一眼正收拾饭盒的贾名扬，不声不响地拿了两只口罩，悄悄叫上了吉倩倩。

两人出门的时候，贾名扬疑惑地问：“又干什么去啊？”

刘梅没好气地回他：“女人的事，别管！”

五十六

刘梅和吉倩倩刚从老周家回到居委会，街道的通知就到了：

七里甸街道辖区内，已经出现两名确诊患者——患者7和患者8，全体人员立即进入战时状态。

杨小玉问刘梅和刘妍："不会是老陈吧？"

刘梅和刘妍相互望望，说："不可能是老陈，老陈很正常啊！"

很快，群里消息图片都有了。

患者是隔壁新城花园社区的。

杨小玉跟大家开了一个短会，只强调了一件事：坚决保持低调，防控工作，必须坚决做到战战兢兢，如履薄冰。

大家想到了广场上的老人。社区跟广场上聚集的老人们的持久战，还没有分出胜负。新城花园二期离这里直线距离也就500米，老人们再这样不听劝，就真的危险了。

杨小玉望望贾名扬，说："贾书记，我看你还是请罗书记跟你一起去吧。"

她说的罗书记，就是罗素琼，既是志愿者，也是社区退休党员第一支部的支部书记。

接到贾名扬的电话，罗素琼非常干脆地说："好，我叫一下郭朝华，马上就去广场。"

郭朝华是老冯的妻子，已年过五旬，正跟老冯在政泰路东端的城南映象门口监控着外地的车辆。

退休老党员罗素琼，跟“红睡衣”一样，因癌症做过手术，但她生性乐观，讲话中气十足，让人很难相信她得过大病。她老家是四川的，在这个城市工作生活了近四十年。她比“红睡衣”大了将近二十岁，却从未打过什么“保命针”，见谁都会笑嘻嘻的。

有不少老人都认识她，至少是面熟，见到老罗出来，多少还得表示一下尊重。

老罗吆喝道：“好散了好散了，赶快回家吧！万事听人劝，不要跟自己的身体过不去，退一步海阔天空！真的有个病，久病床前，保证个个都是大孝子？新冠肺炎，真的碰上了，你不嫌儿女，儿女一定就不嫌你？我看啦，早就离你八丈远了！”

郭朝华跟在老罗的后面，一边走一边应和着：“身体是自己的啊，钱财是子女的啊！没病没灾百子笑啊，久病床前无孝子啊！病毒不长眼睛啊，管你姓王还是姓张啊！天作孽没办法啊，自作孽死透透啊！”

“两只老乌鸦，整天呱呱呱！”老人们嘴里七个八个地低声咕哝着，极不情愿地慢慢散开，最终还是三三两两、陆陆续续地离开了广场。

面对眼前发生的这一切，一直跟随在老罗和老郭边上的贾名扬，觉得有点不可思议。

他对老罗说：“我用大喇叭喊，他们都不听我的！罗书记，你们真的厉害，三下五除二，就把他们劝走了！”

老罗笑得很开心，说：“不要看他们都是老屁眼，其实，怕死得很呢！”

她用左手朝老郭一指：“你问问老郭怕不怕死？身边的张三李四真的有个天花肺痨杨梅大疮，一个个还不是躲得远远的，跟个兔孙似的？”

贾名扬谦虚地说：“你们这些一套一套的话，我是真的说不出来，真的跟你们差远了！”

老郭在边上说：“没事，贾书记，随叫随到！”

贾名扬说：“哎，老难为你们，那多不好意思！”

老郭笑了起来，说：“贾书记，要真的不好意思，三八妇女节，就给我们送一捧花吧！”

五十七

贾名扬从广场回到居委会的时候，陈小军扔给他一包鸡块。

上午，市里的一批居民被解除了医学观察，其中就有臻美源的老太太。做定点包干的陈小军很开心，一大早就到了社区，得意扬扬地对大家宣布：“任务顺利完成，今天中午一定要好好犒劳自己一下。”

中午，陈小军果真出了门。他说，他要去一家连锁快餐店，大吃一顿套餐。

贾名扬招呼他：“真去啊？记得给我带一包鸡块啊！”

不到两点，陈小军回来了。

吃得满面红光的他，刚心满意足地在自己的办公桌前坐下，听说隔壁社区有了大情况，立即警惕地说了句："定点的事，不要再找我了啊，让我歇上个两天再说啊！"

他把鸡块给贾名扬后，贾名扬一边用鸡块蘸着番茄酱，一边讲着广场上发生的事情。两人正交谈得兴高采烈，街道打来电话，点名通知陈小军，从当天晚上开始，定点包守新城花园的隔离单元。

陈小军有点傻眼，想不通街道怎么会直接指定他，直接派个任务给他。

陈小军见贾名扬吃鸡块吃得津津有味的，忍不住冲他说了一句："亲兄弟明算账，要钱的啊！"

见陈小军有些郁闷，贾名扬便悄悄打电话跟街道有关人员打探了一下。

原来，新确诊的患者7、患者8是一对夫妻，两人轨迹所至的新城花园里的一栋高层，楼栋的一整个单元，除了集中隔离的密切接触者外，其他人都需要进行居家自我隔离。单元里共有67户人家，男女老少177人，一半人还是外来租赁户，比单独定点一户行动不便的老人，自然要复杂许多，光每天生活用品的接驳，就叫人头大。光靠一个社区的力量，自是吃力。新城社区不得不放低身段，请求街道紧急支援。街道当然是上下一盘棋，除了安排干部下沉，很自然地就想到了新城隔壁的七里甸社区，认为七里甸社区已经定点过两个地方，积累了经验，正好又腾出了人手。

把打探来的情况跟陈小军交底之后，贾名扬拍拍陈小军的肩膀，鼓励他说:“这是街道对你的信任,别给大家丢脸!”

陈小军朝他望了望,叹口气,没好气地回他:“我不去你去?”

贾名扬把声音放低了八度,点了陈小军一把,说:“别怪我没提醒你,这是个机会,争取火线入党!”

见陈小军有点不相信,贾名扬索性跟他挑明了说:

“你想啊,白天的定点,是由新城花园社区自己负责的;晚上的定点,是由你跟一个街道的负责。街道的是一个下沉干部呢!你们时间上,是晚上12点到早上8点。你想想,晚上非要两个人一起在现场吗?明摆着,你要晚上值班白天睡觉!街道的领导还不知道你辛苦?还不帮你说好话?”

陈小军若有所思,说:“反正这样了,不去也得去了!跟杨书记说一声,我先回去睡觉了!”

五十八

陈小军回家之后,刘妍也去街道领口罩,一楼大厅里只剩下刘梅和吉倩倩两人。

街道的口罩是刚从南京禄口机场运回来的。街道刚从有关部门领了回去,就立即通知各个社区,赶紧到街道党政办来领取,每家50只。

刘梅和吉倩倩正商量着事儿,就有一个40多岁的女人从门外闪了进来。

这个中年女人直奔正对门口坐着的吉倩倩。

吉倩倩腾地站起来，下意识地往后退了一步，身体靠在了墙上。

女人戴着口罩，迸出来的声音怨恨交加：“我来报备一下，我是患者8的密切接触者！”

吉倩倩一时没转过弯来，问：“咋回事？咋回事？”

女人的声音更大了：“患者8就是患者7的老婆！”

吉倩倩还是没醒悟过来，继续问：“老婆咋啦！”

旁边坐着的刘梅忍不住了，立起身来对吉倩倩喝道：“不要再问了！”

女人便脸朝着刘梅说：“患者8在第一人民医院上班，前段时间都是我负责给她送东西。昨天医院通知我跟社区报告，我打了电话，就是打不通。”

刘梅奇怪道：“不可能，你是不是打错了？”

女人掏出手机，就又打了一遍。

居委会的电话没有响，果然弄错号码了。

刘梅说：“不要心急，把身份证给我登记一下。”

吉倩倩凑过来，问：“又咋啦？”

刘梅转过脸狠狠地瞪了她一眼，继续登记身份证号码。

登记好身份证，刘梅对女人说：“你在医院做事，注意事项不用我多说了！你先回去，等我们的通知。”

中年女人走后，吉倩倩仍在追问刘梅：“咋回事？”

刘梅已经顺手拿起盛满消毒液的喷壶，说：“先别问，消一下毒再说！”

吉倩倩闪电般地往后一退，惊叫起来：“喷了会褪色！衣服可贵了！”

“喷不喷？”刘梅大声喝道。

“咋回事？咋回事啊？”吉倩倩还是一根筋似的问。

“那人是×××的密切接触者！”[①]刘梅的声音又高了八度。

“×××又咋啦？”

“×××就是今天刚公布的那个肺炎患者！”

砰的一声，吉倩倩兔子般蹦到了刘梅的面前：“快喷，快喷！”

刘梅忍不住笑了起来：“衣服不要了？”

“衣服诚可贵，生命价更高！”吉倩倩叫道。

刘梅上下望了望，安慰道：“你衣服染色染得好，不容易褪色，不影响你臭美！”

消毒完毕，两人立即把事情汇报给正在外面扫街的杨小玉。

杨小玉很快从外面赶了回来。

她听完详细过程，二话不说，拿起电话就报告给了街道。

街道叮嘱杨小玉：“此人是否是密切接触者，是否需要集中隔离，需要请示一下区里。社区赶紧安排一个专人，确保此人先做好自我隔离。”

杨小玉说：“这个人是帮医院做事的，自我保护意识很强。”

街道的人说：“最好不过了。区里一有回复，我就通知你。”

十几分钟后，街道的电话来了。

---

① ×××，指患者8的名字，此处作虚拟处理。

打电话的人告诉杨小玉，区里说了，既然这个人说自己跟患者8有过接触，就把她送到定点宾馆，暂时不要跟外界接触了。

杨小玉放下电话，刘妍恰好从街道领了口罩回来。

文教卫条口的负责人正是刘妍。她自告奋勇地说："我去送那个密切接触者吧。"

刘梅说："我和倩倩都跟她照过面了，要送就我们去送吧，少一个接触的，就多一份安全！你老公还在老家，儿子还要你照顾，就不要多事了！"

刘妍便叹了一口气，不再作声。

刘梅跟中年女子联系后，中年女子对她说："定点宾馆我知道在哪里，我自己骑电动车去就行了。你们人手少，就不用陪我去了，给我写张条子就行了。"

十分钟后，中年女子骑着电动车，停在了居委会的门口。

她按了一下喇叭，陈二立即蹿了出来，朝她狂吠起来。

刘梅、吉倩倩和刘妍一起出了门。

中年女子的电动自行车上驮着一只旅行包，鼓鼓的。

她接过条子说，她在医院帮了这么长时间的忙，规矩都知道。为了家里人，集中隔离，是她最好的选择。她一个人去饭店，不要家里人送，不要社区人陪，也是为了大家好。

望着中年女子远去的电动自行车，吉倩倩突然有点感动。

她对刘梅和刘妍说："真没想到，我们社区还有自觉性这么高的居民！"

五十九

中年女子的事情，带给大家的震动很大。一种难以预测的不确定性的增加，显然给居委会的几个女社工带来了更加巨大的压力，不知不觉就放大了她们的焦虑感。

强烈的焦虑感让她们觉得，小区虽然进入了相对封闭式管理，外来人口也能管控住了，广场上的老人们也不再聚集，但如果不能及时地把发热人员找出来，社区里仍然是危机重重。

几个女社工不约而同地想到了一样东西——非接触式红外体温仪，俗称“额温枪”，也叫“额头枪”，一种简便可携的测量体温的工具。

额温枪的生产厂家，当地就有一家，而且是中国最大的家用医疗器械生产厂家。理论上讲，这家企业每天可以生产出全国额温枪产量的一半，但受制于关键零部件，十天内已经生产了近三年的量，无法再继续扩大生产。

此前，省、市有关部门与该家企业商定，所有武汉及湖北其他地区的订单都属于S级，也就是第一时间全量发货级别。就在一天前，这家企业已经累计向湖北发出各类体温检测产品15万件。如此一来，本地人要想购买一把这家本地企业生产的额温枪，只能靠捡漏。

杨小玉跟街道领导通了电话。

街道领导问：“有什么事情？”

杨小玉说:“有人到社区来,要开健康证明……”

街道领导马上说:“先不要开,最迟晚上会通知你们。”

杨小玉就继续汇报说:“我们五个需要封闭的小区,至少需要五把额温枪,哪怕有一把也好啊……”

街道领导立即说:“晓得了!我们正在想办法!这两天,保证会有一批乳胶手套,额温枪嘛,肯定要迟几天!”

街道领导说完,就急急忙忙把电话挂了。

一旦意识到了一件事情的重要性,如果不能把这件事情迅速落实的话,杨小玉的焦虑感就会变得越来越强烈。

她只好再次向“三结三定”单位求援。

接到杨小玉的电话后,老蒋一点犹豫也没有,只说了句:“啊,不要着急,不要着急,面包会有的,一切都会有的!”

老蒋没有找政协的领导,没有把问题上交,而是自己四处打探求人,终于弄到了一把。他不敢怠慢,下午四点不到,亲自把额温枪送到了居委会,送到了杨小玉的手上。

拿到额温枪,杨小玉如获至宝,对老蒋是千恩万谢。

老蒋昂首挺胸离开后,大家便迫不及待地拿起额温枪,轮流对准,相互“开枪”。

谢天谢地,所有人的体温都在37℃以下。

下班进家门的时候,儿子像往常一样迎了上来。

刘梅大叫:“别碰我,离我远点!”

她的声音很大,惊得儿子呆立在原地,不知道发生了什么事情。

刘梅直奔自己的卧室，冲进卫生间，足足沐浴了半个小时。她把里里外外的衣服全都换了。

也就是从这一天开始，刘梅回到家里的第一件事情，不是吃晚饭，而是洗澡换衣服。在洗澡换衣服之前，严禁家里任何人跟她接触。她心里清楚，老母亲70多岁了，不能有任何闪失。老公承包了洗碗的家务活，儿子则每天专门烹制菜肴，他们都在默默地全力支持她的工作。她绝不能够让哪怕一点点的病毒的危险，威胁到这个家庭的安康。

当天晚上，社工群里，信息不断，让人心烦意乱。

有关部门开始发布每日督查情况：

“七里甸社区：工作人员在岗；臻美源小区对外来车辆询问，但对进出人员不询问不登记；光明新村小区有志愿者在出入口对进出人员询问登记。”

杨小玉在群里给大家发信息，要求立即按照督查通报进行整改。

《新闻联播》结束后不久，街道在社工群里发了一则通知，针对健康证明做了说明。

街道领导同时群发了另一段关于摸底排查的文字，明确了下一阶段的重点任务。

刘梅关照正在客厅里看电视的母亲，最近都不要出门了。

她母亲便有点愤愤不平地诉说：“下午，想去看看儿子，小区的保安竟然不让我进去了。保安明明认得我，就是不让我进，翻脸不认人了！”

她越说越生气：“房子是我儿子的，我怎么就不能进了？保安回我：‘你平时又不住在这里，这是规定，就不要为难我们了。’好玩哩，我怎么为难他们了？儿子的家我都不能去了？”

刘梅只好劝母亲:“全市都是这个规矩,你就老老实实、安安定定地待在家里吧！”

她知道母亲白天一个人待在家里多少有些无聊,她已下定决心,疫情过后,时间一到,就立即办理退休手续,绝不返聘。还有什么比亲情更重要的呢？跟家人平平安安地在一起,不愁吃不愁穿不愁住不愁医的,还图什么呢？老母亲不就图个有人在她身边说说话吗？

大约晚上八点钟,杨小玉在群里告诉大家,明天起,就有机关志愿者前来社区报到。

六十

一夜过来,阴雨绵绵,气温骤降,给人感觉要下雪的样子。

街道辖区内有人确诊新冠肺炎的消息,比政府公布的消息还快,一夜之间就传遍了社区的千家万户。确诊的患者是一对夫妻,都是本地人,拐上几道弯,就是个熟人,给社区居民心理上带来的冲击,自然是相当巨大。特别是早不来迟不来的寒雨,比小喇叭的作用不知道放大了多少倍,让人在心寒胆战的同时,更加身寒骨冷。

早上上班的时候,社工们发现,以往爱在广场上聚集的老人们,竟然一个都没有出现。

不过,还未等到社工们为广场上的冷清说声侥幸,患者9的确诊,就再次在七里甸社区激起了一阵波澜。

居委会接到街道的一个紧急通知，要求把社区里的一名密切接触者，立即送到定点宾馆集中隔离。

这名密切接触者是光明新村的居民，也是一个中年女子。她在一个加油站工作。五天前，患者9去加油站加油，当班给患者9加油的正好是她。

患者9被确诊后，这名女子也接到了有关部门的通知，要她先在家做好自我隔离。

居委会跟她联系后，中年女子非常镇定，自己打理好了生活必需品，戴好口罩，站在居委会的大门外面，听候安排。

贾名扬站在门外陪她，问："你就给他加个油，也算密切接触者？"

中年女子说："我不认为自己会被感染，他和我当时都戴着口罩，离得又那么远，不可能有什么问题的。但既然有规定，我就坚决执行规定，不让政府为难。"

贾名扬忍不住夸了她几句："还是老大姐觉悟高，大局意识强！"

有了当初送老陈去医院的经验，杨小玉便叫了辆快车。

疫情期间，当地城市公交基本上停止了运行，虽然并没有要求出租车停止运营，但还是发布了两条加强管控的举措，要求乘客严格执行实名登记。

如此一来，还在街上坚持跑着的出租车，不到平时的五分之一，很难等到，倒不如叫快车来得干脆利落。

快车停在了居委会的门口，杨小玉、贾名扬两人却产生了分歧。

两人站在社区门口，嗓门不太大，但神情严肃，语气严厉。

贾名扬建议说："跟昨天一样，让大姐自己坐车去宾馆吧。"

杨小玉断然拒绝，说："昨天那个人是主动要求去隔离的，今天这个人是上级要求我们送过去的，必须有人陪着一起去！"

贾名扬便亦真亦假地说："你作为书记，一定要身先士卒。你不去，别人会有想法的！"

副书记突然将了书记一军，居委会的其他人一时都呆住了。

杨小玉的声音有点大，说："你这人真有意思！我说过不去吗？"

贾名扬没吭声。

杨小玉返回屋里，开始找护目镜和其他防护用品。

贾名扬跟进去，笑她："杨书记，没必要这么如临大敌吧？"

杨小玉也没看他，边穿防护服边回他说："全家老人小孩都住一起，我不能有事。我平安了，全家就平安了。对自己负责，就是对全家负责，就是对大家负责！"

贾名扬愣了一下，说："杨书记，还是我去送吧。"

杨小玉边朝外走边回他："我一个人去就行了。"

贾名扬紧跟在她身后，也出了门。

最终，贾名扬和杨小玉两人都坐进了快车。

贾名扬坐了副驾驶座，杨小玉则和中年女子并排坐在了后排座位上。

一路上，他们都保持了沉默，但清晰地听到了自己的喘息声和其他人的呼吸声。

从定点隔离的宾馆回来，上上下下消毒完毕后，杨小玉召集大家开了个短会，讨论社区特殊人群日常菜品采购的保障。

会议正式开始后，杨小玉抛出了问题。

她说："老周这样的居民，总不能让他三天两头往外跑吧？往外跑口罩也不够用！居家隔离的户数那么多，五个小区，每个小区都有，都待在家里不能外出。自我隔离，用的东西可以拖一拖，每天总要吃点新鲜的吧？谁来买？又让谁给挨家挨户地送上门？"

最初的思路，准备套用其他社区的经验，打算先建立个微信群，由居民每天报清单，社区工作人员再去超市按户按品种采购，最后再一户一户送上门。

这个办法好像也没有什么不对的地方，工作人员比较多的社区，每天上午专门安排一两个人，也能够完成任务。不过，大家总觉得有什么地方不对劲。

刘梅说："居民户数少，还可以应付，户数多了呢？隔壁的社区，才封闭了一个楼栋一个单元，就上了三个人，一个人负责二十几户人家，一天要买八十多个品种两百来斤的东西，从早上八点忙到十一点，哪个不是叫苦连天的？我们社区人最少，陈小军每天已经累得像狗，刘妍要看家，剩下的四个人，一个人包一个小区，再每天去买菜，时间长了，能不能支撑下来，真的要打个问号！"

有人提议，发动志愿者，送货上门。

贾名扬不以为然。他分析："我们已经号召过一次，响应的有多少？再发一次号召，还是解决不了问题。上级下沉的志愿者，今天到了几个，在小区门口把把门、登记登记还可以，总不能让他们一家一家去送货吧？”

讨论来讨论去，大家觉得，最科学可行的办法，还是找一家专门配送的单位，直接送上门去，把专业的事交给专业的单位去做，不能总以为自己能够包揽一切。

最后，杨小玉一锤定音。

她总结说：“我们不搞人海战术，也不搞疲劳战术。我们社区一个人都不能少，也一个人都不能垮。倒下一个，没有人可以顶上。买菜的事，我们自己去挨家挨户送上门，绝对不行，肯定也干不好。让群众每天吃到新鲜的，也绝对要保证。这样吧，我们就找一家做配送的，跟他们商量商量，请他们建一个‘管家’群，由我们通知社区里需要服务的住户，加这个群，走线上买菜的路子。请配送的店家，每天一大早就发布当天的品种啊价格啊什么的，大家再根据发布的信息，自家列出清单发送过去。搭配啦送货啦，就让他们全权负责。每家每户的，写好门牌号码，送到小区门口。从小区门口到住户家里，转送还是自取，灵活掌握。”

居委会的会议刚开完，社区就接到街道的一个最新通知。

通知要求，七里甸所有的小区，全部实行封闭化管理。

第十三章

通行证

六十一

上级要求强化居民小区疫情防控的通知一个跟着一个下到了社区。

大小饭店自是不能营业了。除此之外，这些通知要求的任务很明确，所有开放式和无物业管理的小区，一律配足力量，确保封闭管理到位。

一时之间，各个社区是八仙过海，各显神通，纷纷联系施工人员，落实建筑材料。实在找不到施工人员和建筑材料的，只能自开脑洞，暗出奇招。一夜之间，所有的路口和缺口，竟然都被封闭上了。只不过，不少都是软隔离，临时先拉上彩条布，彩条布上再贴上一纸告示，宣布暂时禁止通行。这样的举措，也只能是临时的，防得了胆小的，但防不了胆大的。

对七里甸社区来说，小区其实早已封闭，需要做的只是结合需要完成的各项任务，如何使用好志愿者，更加合理地明确分工，进一步强化管理而已。

为此，元宵节的一大早，杨小玉不得不再次召集会议，进行详细布置。

各人除了原先在手的事情必须去做外，还有一些新的任务必须完成。

从元宵节当天开始，返回镇江的务工人员，无论原来有没有工作单位，一下火车，都必须登记清楚在本地的居住地址。登记好了，就有电话直接打到社区，社区必须立即派人到火车站，进行身份甄别。甄别完了，就由社区工作人员点对点地从车站直接送到住处，进行自我隔离。每个社区都必须安排一个专门人员牵头负责此项工作。

大家讨论来讨论去，一致认为还是陈小军最为合适。一者他是男的，哪怕晚上出门也比较安全；二者他是武警部队下来的，力量比较大，帮人拎个行李不费事；三者他自己有私家车，接人跑起来也更加方便。

另外一项重要任务，就是对居民小区公共空间的集中消毒。

通过以前的若干次会议，七里甸的社工们，已形成了不少共识。

他们觉得，能否把特殊人群隔离到位、服务到位，就是社区联防联控、群防群治工作的一个痛点。

结合居委会的实际情况，他们认为，在不断的随机应变中，七里甸社区的战疫防线，必须是一个“三个一”体系，也就是：织紧一张防控网，拉好一条警戒线，筑牢一道保护墙。

防控网是面上全覆盖：对14天内来镇、返镇人员，以及疑似密切接触者，也就是密切接触者的密切接触者，一律登记在册，追踪到人，上门摸清情况，不留死角，不留盲区，做到网格不漏户，住户不漏人，应隔尽隔，为早发现、早报告、早诊断奠定坚实基础。

警戒线是线上全时段：24小时对小区进行封闭式管理，出门两人交会必须戴口罩，公共活动空间禁止人员聚集，关键场所进行定时消毒，最大限度地斩断飞沫传播的渠道和可能性。原来打算在居民进入小区时进行身份验证和体温测量，考虑到人手不足，额温枪只有一把，只能缓一步再说。

保护墙是点上全方位：以“三包一”机制为依托，第一时间掌握重点人员基本情况，第一时间上报发现的问题，第一时间采取有效处置措施，从而能够确保第一时间实现对重点对象的应检尽检、应收尽收、应治尽治。

大家觉得，这“三个一”，点、线、面全考虑到了，只要落实到位，就可以尽可能地保住社区的一方平安。

方向决定道路，思路决定出路。会议仔细梳理出了涉及居民小区的11个方面的重点工作内容：

1. 每个小区只保留一个进出通道，至少安排2人值守。有物业公司的，由物业公司全权负责；没有物业公司的，由社区干部、网格员和志愿者负责。

2. 所有小区居民进出小区，100%凭有效证件或临时出入证

(由社区或物业统一制作分发),100%接受体温测量,100%佩戴口罩。对小区住户车辆100%进行登记、发放临时出入证。

3. 与小区无关人员一律不得进入。对所有进入小区的车辆及车内全部驾乘人员进行核查,非居住本小区的疫情重点地区来镇人员一律不得进入小区。其他非本小区人员和车辆一律严控,特殊情况经小区住户确认后,由管理人员做好登记备案后方可放行。

4. 快递、外卖人员一律不得进入小区,由业主到大门外自行领取物件,物业应做好快递包裹消毒工作。

5. 对小区居民100%排查到位,小区居民尽可能留在家中,出门及在小区内部活动必须全程佩戴口罩,小区物业及社区应加强巡查、严格管理。倡导每户家庭每2天安排1名成员外出采购生活用品。

6. 凡14天内有疫情重点地区旅居史、途经史、接触史的小区居民,以及即日起从镇江市外返回的小区居民,须立即向社区报告,并严格落实居家观察措施;严禁任何聚餐、打牌、打麻将、跳广场舞等聚集活动,做到不串门、不聚集;“红事”一律停办,“白事”一律从简;居民发现违反上述要求情况的,应及时向社区报告。

7. 居民出现发热、咳嗽等症状,必须及时就诊,并第一时间向社区报告。居家观察人员出现发热、咳嗽等异常情况,及时向社区和社区卫生服务中心报告,呼叫120将患者转运至定点医疗机构或患者签订“两点一线责任书”后自行前往,治疗结束后患者应及时将诊断结果报告社区。

8. 做好小区清洁消毒、垃圾规范处理，公共厕所、楼道、单元大厅、健身器材、电梯（内外按钮）等公共区域每日消毒2次以上，加强通风，做好消毒记录。小区业主应主动将废弃口罩投放到定点收集桶。

9. 出租房房东、房屋中介机构要加强对承租人员的管理，原则上劝导疫情重点地区承租人员暂不返镇；对确需返镇的市外承租人员，其本人应自觉严格落实居家观察措施，并主动或由出租房房东、房屋中介及时向社区报告相关情况。

10. 超市、药店等场所要合理安排营业时间，定期消杀，进入人员一律测温、佩戴口罩、禁止聚集。

11. 小区内业主装饰装修、小区基础设施改造等工程一律暂停施工。水电气、通信、路灯等需要应急维修的，应报社区同意，并对施工人员测温、登记。

会上，杨小玉强调说，事情虽然看上去很多，比较烦琐，但关键的抓手只有一个，就是核发临时通行证。没有通行证，会把大家累死；有了通行证，不熟悉社区情况的志愿者，也能轻松守住小区的大门。

经过一番讨论，会议的最后，终于对人员分工有了一个优化的结果：

消杀事宜督促物业服务人员去做，要求早晚各一次，对楼梯口、电梯等公共区域必须集中消毒；测量体温和通行证的查验，由物业上的保安全权负责；登记和核发通行证，则由社区工作人员和志愿者来做。

重点仍然是四个开放式的小区。

杨小玉进行了具体分工：

吉倩倩负责臻美源，贾名扬负责光明新村，刘梅负责城南映象，杨小玉自己负责江南名苑。陈小军统筹负责居家隔离的观察对象，刘妍则专门留守社区。

六十二

通行证的格式和内容，没有现成的模板，只能自己设计。

会议结束之后，就如何制作通行证，吉倩倩、贾名扬、刘梅和杨小玉四人又聚在一起碰了个头。

按人还是按车发放？如果人车分别发放，显然工作量过大，跟倡导的每户家庭每两天安排一名成员外出采购生活用品的本意，更是相去甚远。

经过讨论，大家觉得，还是按户发放更加贴合封闭管理的初衷。

社区最后定型的通行证设计方案，非常简洁，省掉了一切花里胡哨的修饰，就是白底黑字。全部文字如下：

×××小区临时进出门证

少出门　不聚集　勤洗手　戴口罩

×栋×单元××室

本小区居民出小区时每户领取本卡一张

凭本卡进出小区

请妥善保管，若有遗失，到七里甸社区补办

杨小玉用右手摇着通行证的样板对大家说：“时间比较紧，中午大家加一下班，下午就开始发放。”

按照轻重缓急的次序，首先印制好的是臻美源小区的通行证。

当天下午，吉倩倩就全副武装，在小区门口搭了个阳光篷，篷子下放张桌子，屁股下塞一张塑料方凳，开始忙碌起来。

两名市级机关下沉的志愿者也搬了张桌子，离她五米远设了另一个登记处，帮着一起填写发放通行证。

小区仅有的四个物管员，是由社区承担工资的，一个物业经理，三个管理员，把守着大门，招呼着来来往往的小区居民，吆喝得热热闹闹的。

俗话说，冷了溲多，饿了屁多。才登记了一个多小时，吉倩倩就尿急。

居委会里虽有卫生间，但当初建的时候，不知道什么原因，没有预留污水管道，根本用不起来，大事小事都要到别的地方解决。社区也向有关部门报告过，要想彻底解决历史遗留问题，就必须修筑一个化粪池。杨小玉向街道打了几次申请，改造费用却一直没有批下来。

吉倩倩的习惯，尽量不在单位解决个人问题，水少喝，憋着回家解决。但在小区门口填发通行证，有两件事她没有料到，一个是要不停地问话，口水浪费比较多；另一个是露天气温低，比不得室内，一冷就要喝热水暖和一下。她不知不觉就喝多了水，新陈代谢比往常快了好几倍，憋到下班回家已不可能！

点上的两名志愿者，年轻的是个女的，岁数大一些的是个男的。女的叫那个男的科长。男的看上去总是和蔼可亲的样子，手里托着一只茶杯，不停地走来走去，也没有闲着。他经常会晃过来问一声吉倩倩：“登记了多少啦？”还会晃到物管员那里，问候一句：“辛苦你们啦！”

吉倩倩觉得这个男人挺好的，又是个领导，自然不好意思安排他做事。那个女的，正在填发通行证，如果把她叫过来填自己的塘子，那不明摆着要让人家科长干活吗？想来想去，吉倩倩只能向刘梅求援。

她压低声音，悄悄录了一段语音，给刘梅发过去。

正在例行扫街摸底调查的刘梅，接到“鸡毛信”，点开后，是吉倩倩鬼鬼祟祟的声音：

“刘梅，我要上厕所！”

她又好气又好笑，打个电话不就得了？要是有事耽搁了没听到，活人岂不是要被憋死了？

解决了吉倩倩的燃眉之急后，刘梅在物业点也找了张塑料方凳坐下来，陪着吉倩倩一起登记发放通行证。手头的摸底调查工作正好告一段落，刘梅怕吉倩倩事多，决定暂时不回社区了。

忙到傍晚收工的时候，让刘梅和吉倩倩觉得诧异的是，好像也没多少时间闲着，审核登记发放出去的通行证，竟然七十张还不到。她们算算，按照这样的速度，没有三天，根本不可能把通行证发放完毕。

六十三

城南映象小区通行证的登记发放，是2月9日上午开始的。

跟臻美源小区一样，刘梅自己一张桌子，两名志愿者一张桌子。一天下来，通行证只发了一百多张，刘梅一个人就发了八十多张。

她终于发现一个问题，就是志愿者的发放速度，比她要慢上许多。慢的原因在于，志愿者根本不认识小区的居民，每办一个，都得从查验身份证开始，有忘记带身份证的，还让人家回去拿。有好几次，居民都直接跑到她这边来了。她之所以快，是因为她基本上不用看居民的身份证，也不会弄错登记对象的住址。

晚上，她回家把自己的苦恼跟老公说了。她老公扑哧一笑，说："这还不简单，按流程分段包干不就行了？一个人从头到尾什么都要做，重复的次数越多，效率越低！"

刘梅说："听不懂你说的意思。"

她老公便一脸的不耐烦，说："一只碗，一刮二洗三冲四消毒五保洁；二十只碗，还是只需要来一遍一刮二洗三冲四消毒五保洁就行了。你如果重复二十次一刮二洗三冲四消毒五保洁，岂不是慢得发疯了？"

刘梅自己也笑了，立即有了一个提高志愿者登记效率的办法，就是一个志愿者专门负责查看证件、登记、签收，另一个志愿者专门负责填写通行证具体地址。

第二天一早，刘梅到了小区门口，发现志愿者竟然换了新面孔。

她这才猛然想起，下沉的志愿者，执行的是轮换制，来社区做三天志愿者，便回去休息隔离七天。第一批志愿者的三天期限已满，已轮到第二批志愿者上岗了。

刘梅忍不住苦笑一下。

三天来，她对这批志愿者的印象相当不错。这批非常时期被分派到七里甸社区来的志愿者，在刘梅他们的眼里，称得上是有史以来表现最好的下沉志愿者了。

短短三天，刘梅已经感觉到了三点：

首先，他们能够做到服从社区的工作安排，不自以为是。俗话说，人怕仰头的，狗怕背手的。社区人最怕的就是官僚。其次，他们也能够做到早上准时到岗，基本按时离岗，形式主义色彩不浓。最后，他们不搞特殊化，知道社区中午没有工作餐，都能够事先请假，提前半小时回原单位吃饭。

这样的下沉志愿者，社区上下，确实打心眼里热烈欢迎。

城南映象轮岗新来的两名志愿者，都是男的，一个青年，一个中年。两人的悟性都很高，听刘梅简单一介绍，立马铺开桌子，配合默契地忙碌起来。

时间已过了9点。

两名志愿者喝住了一个匆匆往里走的青年男子。

刘梅认识这个年轻人，是区政府某个机关的，人称牛二。

她朝牛二打个招呼，说：“两分钟，耽搁一会儿，立马办好。”

牛二非常不耐烦:“又不是不认识我,搞什么形式主义?”

刘梅有点不高兴了,说:“上级规定的,请领导配合一下我们的工作!”

牛二脸色变得非常难看,粗暴地说:“好了好了,下午回来的时候再办!”

刘梅心想算了,下午办就下午办吧,跟这种人不得计较头。不料,两名下沉志愿者站了起来,厉声指责牛二说:“你这人是什么态度?还要不要规矩?”

牛二张了张口,不再说话,走到桌边,报出了自己的居住地址。

牛二走后,两名志愿者仍有点愤愤不平之意,倒弄得刘梅反过来劝他们说:“基层这样的事情太多了,跟着气,还不早就给气死了?退一步海阔天空,两位千万不要放在心里!”

六十四

上午的天空,还是白云朵朵,中午一过,天就变得阴沉起来,还时不时飘些若有若无的牛毛细雨。到了下午,办证的人明显少了起来。

快5点了,一个挺着大肚子的女人,独自一人蹒跚前来,要办通行证。

刘梅对她只依稀有些印象,平时没有打过交道,并不知道她的底细,也叫不出名字。

刘梅问她身份证号码，她便报出42多少多少。

刘梅吓了一跳："你湖北的？怎么没到社区登记？"

杨小玉老家是湖北的，整个七里甸居委会的人对"42"都相当敏感。

怀孕的女人便不是很开心，大声反问刘梅："我是湖北的怎么啦？多少年不回去了，为什么要登记？"

刘梅看看她的肚子，知道她体内的雌激素和孕激素水平都比较高，便尽量不跟她争辩。

刘梅问："居住证呢？"

女人便从随身携带的一只小坤包里拿出居住证，啪的一声，丢在桌子上。

刘梅看了一下，说："居住证上写着你明明是住在旁边的社区，为什么要到这里来办通行证？"

女人又从包里拿出一张纸来，用手重重地压在桌子上。

这是一份城南映象小区的房屋租赁协议，是2017年签订的，协议到期时间2018年年底。

刘梅说："协议到期了，不能证明你还住在城南映象。"

女人不耐烦了，怒气冲冲地叫道："你们就是歧视湖北人，你们就是在故意刁难湖北人！"

刘梅也不高兴了，说："你大肚子几个月了？叫什么叫？不怕吓着肚子里的小孩子？现在是什么时候了？要不要认真点？换了你坐在这里，你会马马虎虎吗？说什么歧视刁难湖北人？我们社区的书记就是湖北人！管得认真一点，还不都是为了大家好？”

被刘梅一连串的问句一炸，女人便有点气弱，说：“后来的协议没有签，房租一分不少，都交给房东的。”

刘梅便对她说：“你先坐下，我跟房东核实一下，没什么问题，就给你办通行证。”

刘梅认识房东，很快就弄清楚了情况。她在电话里批评房东说：“把房子租给人家，不是把钱一收就没事了！这种事，至少要跟居委会报备一下吧？没事便罢，真的有什么事，大家都要吃不了兜着走。”

办好通行证，女人眉开眼笑地回去了。

两名志愿者走过来，对刘梅说：“幸亏她来办证，要不，谁知道她是湖北的？”

刘梅笑了起来，解释说：“怎么会呢？她有居住证，派出所早就把她的信息告诉居住证所在的那个社区了，情况早就核实过了。我们社区也有不少这样的人要了解情况的，人明明不住在这里，摸底登记还是要我们负责。”

两名志愿者若有所思，说：“不到社区来，还真不清楚下面的事情这么复杂，要管得这么细！”

再有一天，小区的通行证发放，就基本可以告一段落了。

但第二天，2月11日这一天发生的事情，让她有点五味杂陈。

第十四章

志愿者

六十五

刘梅没想到志愿者会在居委会门口等她。

一大早刚到社区，两名志愿者就过来告诉她，上午领导要来检查。

他们建议她，最好早点在小区门口做好准备。

她望了望两名志愿者，心里突然冒出了一个想法。

这次下沉到七里甸的志愿者，都是市级机关的。街道告诉大家，支援七里甸街道的，是由海关、史志办、人民银行中心支行三家单位组成的工作小组，每天固定分派给七里甸社区四名志愿者，街道另外安排一名下沉志愿者。

如何用好市级机关下沉的志愿者？当时街道的建议是，安排志愿者做比较固定的日常程式性的工作。

出于慎重考虑，杨小玉还请大家发表过对如何安排好志愿者的看法。

有人提议，让机关干部在社区坐班，安排他们接接电话、打打电话，做一些居民的摸底工作。

此提议当时就遭到其他人的一致反对。

反对的理由是，居民一个电话打来，说家里有事让去一趟，志愿者怎么应付？张三李四都对不上号，接电话人的身份都搞不清楚，摸底电话怎么打？结论是，值守社区需要上传下达，疫情时期，一定要非常熟悉社区情况的人才行，需要联系上下游的，需要跑东跑西的事情，一律不安排志愿者去做。

最终的方案是，要把志愿者用在刀刃上，一律安排在小区门口维持秩序。

社工们后来发现，歪打正着，这样的安排，还真让市级机关的志愿者有着不小的新鲜感。

微雨的天气，确实有些阴冷，但坐在小区门口的两名志愿者，服装统一，臂膀上佩戴着鲜红的志愿者袖标，左胸口别着党徽，精神状态非常饱满。虽然口罩严密遮住了半个脸庞，昂扬的斗志，仍然从他们一双眼睛里迸射出来。

随着时间的流逝，两名志愿者变得有点焦躁不安。他们频频起立，来回走动，时不时朝东面的路口张望。

刘梅望着他们，心里突然有一种怜悯的感觉。

过了十点钟，路口才孤零零地驶进来一辆米色的面包车。

面包车跑了一个弧线，缓缓停在了小区门口对过广场的路边。车上陆陆续续下来六七个人，朝小区门口压来。

两名志愿者早已伫立原地不动，目光凝视着来者，显得有点激动。

领导模样的人走在最前面，个子不高，估计一米七不到。他朝两位志愿者说："你们辛苦了！"

志愿者的声音显得有点受宠若惊："不辛苦不辛苦，领导辛苦！"

嘘寒问暖完毕，领导模样的人问："有困难吗？还有什么困难，尽管说！"

此时刘梅对行长说："你好，请问你是行长吧？"

志愿者赶紧向刘梅介绍说："这是我们张行长。"

刘梅自我介绍说："张行长，我是七里甸社区的，有件小事情想请张行长帮个忙。"

张行长再次把询问的目光移向志愿者。

志愿者说："这是七里甸社区的刘主任，副主任。"

张行长便把头转向刘梅，脸上带着微笑，点点头说："啊，好，好，好的。"

刘梅说："我们社区需要温度计……"

"噢，"张行长马上说，"没问题。"

刘梅赶紧把话说完："我们有四个小区，现在只有一个温度计。"

"你的意思是要三个？"张行长立即明白了，说，"三个，恐怕有点难度。干脆，我们捐点钱给你们吧！"

刘梅没吭声。她心里嘀咕：要钱有什么用？现在能买到温度计，我们自己还不早就买了？

张行长毕竟是个领导，对形势还是了如指掌的。他随即话锋一转，说:“嗯,不行,这还不是钱的问题,现在有钱也买不到啊!”

张行长自言自语:“有钱能解决的问题都不是问题,有钱不能解决的问题才是真正的问题。”

他转过身子,对一同来的一个中年人说:“没想到社区这么困难!这样吧,季主任你回去想想办法,从行里面匀出三个。我看行里留一个就够了,下午就送过来!”

一下子就承诺送三个,确实让刘梅喜出望外。

“谢谢张行长!谢谢张行长对我们社区的关心支持!”在刘梅发自内心的感谢声中,微笑着,张行长一行人离开了。

刘梅是个很少求人的人,不到万不得已,她不会轻易向别人求援。她之所以向张行长开口,源于前一天的一件事。

就在2月10日的一大早,刚到社区,臻美源的物业经理就冲进居委会,闹着要温度计,说物业公司买不到温度计,社区有责任帮着买,难道非要逼着物业去买六百块钱一个的吗?大家好说歹说,才把物业经理劝出了门。

本地虽然有个企业生产温度计,但这个企业生产的温度计都运去支援重点省市了,当地反而得不到有效供应。几天前,银行给这家企业发放了低息贷款,刘梅觉得,银行一定有办法从这家企业弄到一些温度计。既然有银行的领导来慰问志愿者,她就决心试一试,想让银行来上一次雪中送炭。

六十六

午饭后，刘梅来到城南映象门口。

让她有点意外的是，下沉的青年志愿者，正不亦乐乎地和小区的物业经理调试着一把额头枪。

张行长的形象在刘梅的眼前闪了一下，有点像姚明，非常高大而清晰。

刘梅问:“这么快就送来啦？”

青年志愿者吓了一跳，目光跟刘梅只接触了一下，便迅速移开，声音有点飘移，说:“我自己从行里拿来的。”

刘梅随口问了一句:“还有两把呢？”

青年志愿者低着头，把玩着手里的额头枪，说:“就一把。”

刘梅想了想，自己应该知足了。她觉得，一把总比没有强。再说了，额头枪本来就是人家银行的东西。

她不再说什么，拿着手机，对青年志愿者和物业经理说:“来，交接一下，给你们拍张照！”

两个年轻人，立即认真地摆好了姿势。

拍完照，物业经理走过来，用手抓抓头，有点不太自然地说:“刘主任，想请你办件事……”

刘梅诧异地望望他:“请我吃饭啊？饭店也没开门啊！”

物业经理尴尬地笑笑，说:“下午，我们物业公司的老总，要和住建局的领导来检查，我们人少，还请刘主任陪同。”

刘梅叹了口气，说:“又是检查啊！”

两点半的时候，从东边路口慢悠悠晃荡过来三个陌生人。

三个人在小区门口停住踱着的方步，问刘梅:“你们在做什么？”

刘梅心想，都是不长眼睛，问的废话。

她冷冷地回道:“在登记，发放临时通行证。”

“你们测不测体温？”

刘梅指指志愿者手中的额头枪，说:“测啊！”

问了几句，三个人就不再说什么，走到一边抽烟聊天去了。聊了一会儿，就自行离去。

大家都以为他们是物业公司跟住建部门的人。

见检查结束，物业经理说有点事，也离开了。

物业经理刚离开没几分钟，一个中年妇女骑着电动车，飞驰而来。

车到小区门口，中年妇女一边刹车一边心急火燎地朝众人喊叫:“经理呢？快叫他来拿体温计！”

这女的原来跟物业经理是一个物业公司的，是隔壁社区另外一个物业点上的经理。她那里刚刚检查过，说一会儿就到这里了。

刘梅说:“体温计我们社区已经帮着配了，不需要了。”

那女的便说:“啊，怎么不早说？有了就算了，我赶紧走了！”

中年妇女飞驰而去。

刘梅给物业经理打电话。

电话那头，物业经理惊叫起来："坏了坏了，完蛋了完蛋了，赶不回来了！刘主任，一定帮帮忙，我拉肚子，刚刚上厕所！有情后补，有情后补！"

不到五分钟，就又有三个人晃晃悠悠地走了过来。

三个人里，有一个刘梅有些眼熟，是街道的，和住建部门一起来的。原来，这才是真正来检查小区物业的人。前面那三个人到底是谁，就谁也不清楚了。

六十七

下午三点半以后，天上又飘起了若有若无的牛毛细雨。坐在车里或者室内，还不觉得太冷，但在露天里时间待得长一些，寒意就会浸润进皮肤。时间再长的话，一种阴冷就会逼得你禁不住抖上两抖，不由自主地站起来走上几步。

除了偶尔有人来登记申领通行证外，街道上也少有来往的行人和车辆，一时倒显得冷清起来。志愿者的精神状态与上午已有天壤之别。他们不再精神抖擞，因抵抗不住寒冷，不得不走进了保安室。

除了中午吃饭，上了几趟公共厕所，整整一天，刘梅都守在城南映象小区出入口的桌子旁。她从来不进保安室。一者，她平时就注意保暖；二者，她非常讨厌别人抽烟。站在保安室的门口，那种排山倒海的烟臭味，会让她立即落荒而逃。

下午四点多钟，贾名扬骑着电动车回社区，正好路过城南映象门口。他自己的私家车是油电混动的，昨天就没油了。上午有事多跑了几趟，怕电再没了，就借了吉倩倩的电动车。

他在刘梅的桌前停住车，叫道："靠，就你一个人忙？志愿者呢？"

刘梅站起来，对他笑了一下，隔着口罩，他又看不见。

她说："天冷，他们穿得少，在保安室，暖和些。"

贾名扬把腿一抬，准备下车，说："我去叫他们出来！"

刘梅急忙拦住他，说："不要去！人家本来就是志愿者，冻成感冒事小，隔离起来不得了！赶快走吧！人家已经帮了大忙了！"

贾名扬离开时，说："刘姐，你心肠太好了！"

望着贾名扬的背影，刘梅心想，虽然当了副书记，还是有点书生气！

张行长的雪中送炭，迅速带来了一个小小的蝴蝶效应。

听刘梅汇报说银行送来了一把额头枪，杨小玉就继续打电话向街道提出申请，请求上级支援测温设备。这一次，街道竟然爽快地答应了，同意给社区两把额头枪，而且，让社区立即就派人去拿。

挂掉电话，杨小玉在群里发了一条信息："终于配齐了！每个小区都有额头枪了！"

下班的时候，七里甸社区每一个社工的脸上，都绽放着微笑的花朵。

有喜鹊喳喳叫着，由远而近，又由近而远，让仍然显得清冷的街区，多了几分热闹和喜气。

最后一天的早上，第二批下沉志愿者提前了一刻钟上岗。

难得的阳光明媚的一天，天高云淡，待在露天里，就有了几分暖洋洋的感觉。广场上的老人们不知不觉地就多了起来。

有点意外的刘梅，跟两名志愿者打招呼："今天这么早啊。"

中年志愿者说："上午要到单位开个会，要提前一刻钟走。"

刘梅以为下午两人不会来了，结果，一点半钟，两人还是来了。

直到三点过后，两名志愿者才向刘梅说，没事就先走了，还要回单位交接一下。

两人离开之前，接待了最后一名领取临时通行证的居民。

在填报沟通时，两人有点急，声音大了点，居民便立即沉下脸，责问两人："声音这么大干什么？"

青年志愿者说："声音哪里大了？我们平时讲话就这样！"

刘梅赶紧过来打个圆场，说："对不起对不起，都是过来帮忙的！批评得好，批评得对！一定改正，一定改正。"

居民走后，两名志愿者问刘梅："我们跟他辩了几句，就怪我们声音大，真是'岂有此理'！"

刘梅说："声音是大了点。"

两人有点想不通，说："他们怎么这样？"

刘梅笑道："平时都是他们声音大，我们声音小！"

两人相互望望，不再吭声。

第十五章

情人节

六十八

从某种意义上说，情人节是属于“80后”和“90后”的。

随着2月14日的临近，贾名扬决定，一定要在这个不同寻常的年份，送给小孙一份不同寻常的情人节礼物。

2月13日的上午，向第三批下沉志愿者交代完具体事项后，刘梅在小区门口一直忙碌到11点半，便准时回到社区，参加杨小玉召集的会议。

正月二十能够在居委会逸逸当当地开上一次安稳的会，在七里甸社区的历史上算是少有的。这一天，正是七里甸狗儿庙庙会的会期。

近几年，虽说赶狗儿庙庙会的人越来越少，但祈愿孩子“狗头狗脑”的家长，借势庙会摆摊设点做点小生意赚点小钱的人，还是会有一些。为了维持好秩序，社区总要安排一两个人，在现场待上一天。

一大早，贾名扬去狗儿庙转了一圈，既没看到摆摊设点的，也没看到烧香祈福的，只看到一大群因他而惊起的麻雀，对着他叽叽喳喳叫个不停。

小黑的形象在贾名扬的脑海里闪了一下。

他随即就想到了另外的事情。

居委会的这次会议，正是应贾名扬的提议而召开的。

会议的焦点其实只有一个，就是从今天开始，七里甸居委会晚上需不需要名正言顺地加班。

允许企业复工后，外地返回社区的复工人员一天比一天多。按照规定，这些返回的复工人员，上班前一律需要自我隔离14天，社区“三包一”的工作量，自然是陡然剧增。

贾名扬向杨小玉提出建议，把“三包一”放在晚上，通过加班的方式来完成。而且，从今天晚上就开始。

杨小玉一时不清楚贾名扬葫芦里卖的什么药，但还是决定，让大家来讨论怎么做。

会上，贾名扬慷慨激昂地陈述了立即加班的重要性。

他说：“一些涉农社区晚上已经加班了，在群里发了不少工作照；七里甸社区的事情不比人家少，如果再不加班，上级可能会觉得我们没有做什么事情。会哭的孩子有奶吃。”

出乎贾名扬的意料，除了陈小军表示无所谓外，其他人，全都表示了反对。

第一个反对的，是刘妍。

突如其来的疫情，在除夕就已打乱了刘妍一家春节期间的安排。

她老公小马回到河南后，就被困在了老家，暂时无法返回。她每天汇总填写大量的报表，她老公也动不动就发个消息，即时报告河南老家的疫情。

退伍军人小马，俨然成了“战地记者”。每次报告完前线战况，小马总忘不了说一句：“压力太大，危险太多，真想回家！”

时间一长，一边忙着工作，一边还要忙着照应儿子，刘妍已懒得搭理小马。

自小马去河南老家后，她每天中午都要赶回家，给儿子乐乐做点吃的。晚上回去再晚，乐乐也总是会等着妈妈回来做饭。

两天前，刘妍汇总表格，一直忙到晚上快9点才回到家里。

路上，她还在想，今天晚了，回去赶快下面条，别把儿子饿着。

中午离家上班的时候，她把一包水面放在桌子上，还跟儿子说了一声，这是晚饭。

那天晚上，回家推开门，刘妍发现桌子上的水面不见了。

水面是生面，怎么会没有了呢？

她有点奇怪，便问乐乐：“面呢？”

乐乐胆怯地看着她，小声说：“全吃完了。”

刘妍不信：“那么多面，你一个人全吃了？”

乐乐使劲地点点头，没有作声。

她和颜悦色地跟乐乐说：“乐乐，你上六年级了，不应该说谎。”

乐乐说：“妈妈，真的，我自己做的面条。”

刘妍问：“你自己会做面条了？”

乐乐便告诉她："我见妈妈老不回来，就想自己先把面条做好，做好了等妈妈回来吃。我把面条分成了两份，放在了两只大碗里，用水瓶里的开水泡上，还放了酱油和麻油。做好了之后，自己尝了一下，不知道为什么，吃起来不好吃。因为不好吃，怕妈妈回来骂，就把两碗面条全吃了。"

听完儿子的话，刘妍呆住了，鼻子酸酸的，眼睛胀胀的。

见妈妈不吭声，乐乐以为刘妍生气了，低下了头，有点紧张地说："妈妈忙了一天，我就想做碗面给妈妈吃！没做好，妈妈，对不起！"

刘妍再也忍不住了，一把抱住儿子，紧紧地搂在怀里。

她的眼泪哗哗地直往下掉，一颗一颗地全掉在了儿子的衣服上。

半夜，乐乐爬起来吐了好多次。刘妍也惶恐不安了一夜。

早上，乐乐又拉起了肚子。

刘妍不停地给儿子测量体温。还好，没有发烧，只是从36℃降到了35℃。

当过幼儿园老师的刘妍，知道儿子是吃多了，消化不良。

第二天上班出门的时候，她一再关照儿子，就在床上好好躺着，中午等妈妈回来，不要再自己弄吃的了。

幸亏乐乐平时的身体比较健壮，躺了一个上午，就又能吃能喝了。

这两天脸色刚刚由阴转晴的刘妍，确实很难无条件地再支持搞什么额外的加班。

贾名扬望望吉倩倩。

吉倩倩眼睛红红的，大声发表意见："我反对再搞什么专门的加班了！”

一个星期以来，吉倩倩的老公一直在城市新区做志愿者，中午还要赶回去给儿子忙点吃的，让她实在是心痛。自打老公做了下沉志愿者，吉倩倩对刘妍的心情是感同身受，自然也不可能无条件地支持加班。

贾名扬只好把最后一点希望放在刘梅身上。但他没有料到的是，看起来没有什么家庭负担的刘梅，也没有完全赞同他的建议。

刘梅说：“白天能做完的事，晚上就没有必要刻意再加班了。涉农社区人员多，财力足，还可以临时花钱找人，我们城市社区不能跟他们比人海战、突击战，只能在时间安排的合理性上跟他们比拼。‘三包一’的事情真的做不完，晚上加班也不是不可以，关键是要得到警察和医生的同意。我们想加班，人家是不是也打算吃过晚饭再来加班呢？偶尔可以，常态化可能不行。”

杨小玉最后发表意见说：“‘三包一’的医生晚上不加班，其他人加班有什么用？就我们加班，还不是搞形式主义和花架子？做到户不漏人、一人一档、日报日清，才是目的，不能为加班而加班！”

贾名扬欲言又止，终于，心有不甘地长叹一声。

六十九

会议结束的时候，杨小玉告诉大家，下午三点钟，区领导要来做个口罩交接仪式。交接的口罩来自市疫情防控指挥部组织的第二批口罩，专门免费发放给困难群众的。

杨小玉关照吉倩倩："你下午抽空跑一趟街道，早点把口罩领回来。"

下午一点五十分，杨小玉接到电话，说区领导下午有其他要紧的事，口罩交接仪式提前到两点一刻。

此时，口罩还在街道。

她赶紧打电话问吉倩倩："口罩领到了没有？"

吉倩倩说："街道还没分发好，还得等一等。"

杨小玉追问："两点一刻赶不赶得回来？"

吉倩倩说："差不多吧，应该可以！"

两点一刻，领导一行七八个人，准时出现在了居委会的门口。

陪同领导的一位工作人员问："杨书记，口罩呢？"

杨小玉只好老老实实地说："口罩还没到。"

区领导的态度非常和蔼，抬腕看了看表，微笑着说："迟个几分钟，没关系。"

三分钟后，区领导再次抬腕看了看表。突然，大家都兴奋起来，叫道："来了来了……"脚踏板上放着一只纸盒子的吉倩倩的电动车，拉着长而刺耳的吱吱声，终于停在了居委会的门口。

吉倩倩显得相当窘迫，嘴里不停说着"对不起对不起"。

区领导却非常宽宏大度，依旧是微笑，相当平易近人，说："还好还好，不迟不迟！"

两点二十分，口罩交接仪式正式举行。

区领导从吉倩倩手上接过装着口罩的纸盒子，郑重地交给杨小玉。

交接完，领导扬了扬手，跟大家说了声："你们辛苦了！"

杨小玉的双手捧着纸盒子，只能连连点头，说："领导辛苦领导辛苦！"

挥完手，区领导便赶去处理更重要的事情了。

目送着领导一行人离开后，杨小玉就把纸盒拿给吉倩倩，自己独自到江南茗苑门口值守去了。

七十

给困难群众派送口罩的任务，具体落到了吉倩倩和刘梅的身上。

纸盒里共计26只纸袋，每只纸袋里盛装着5只口罩。装口罩的袋子上，用绿字印着这样的内容：

"温馨提示：常通风，勤洗手，戴口罩，少出门，不聚集，讲卫生。镇江市新型冠状病毒感染肺炎疫情防控指挥部赠。"

七里甸社区的困难群众不算多，只有22户26个人，涉及三类居民：低保对象、特困对象、优抚对象。口罩都是按人头配发的，一份不多，一份也不少。

吉倩倩领口罩时，街道经办人员再三关照，给困难群众的口罩，必须在2月14日下午4点半前赠送到位，更不得以任何理由截留挪用，否则将从严问责。经办人还特别强调，为避免交叉感染的风险，千万不要让困难群众到一个什么指定地点领取。

通知几十个人到一个地方取东西工作量不能算大，但要从一个地方把东西送出去，送到几十个家庭的门上，就不是一件简单的事情了。

让吉倩倩和刘梅头痛的是，这22户困难群众，现在还住在社区的只有3户，其他19户都属于空挂户和拆迁户，分布在全市东南西北的各个角落，一户一户上门去送，显然不太现实。为困难群众送温暖是件大好事，但社区里事实上存在着大量的拆迁户和空挂户。

陈平是第一个拿到口罩的困难群众。

自从有了下沉的机关志愿者，陈平在点上义务服务的时间就调整到了下午5点到晚上7点。

刘梅和吉倩倩敲开陈平家门的时候，他有点发蒙。接过纸袋，听清楚怎么一回事后，他的嘴唇抖动了几下。

吉倩倩赶紧叫道："好了好了，别自己感动自己了！在这签个名，我们还要跑下家。"

送完了3户，已是下午3点半。

吉倩倩说："刘梅，不能两个人一起送了，我们一人一半，分头送吧。我要赶紧先把花山湾的老周家给送了。"

老周是拆迁户，拆迁后便在城东花山湾的一个老小区里租了一套房子。老周的女儿二十多岁了，是一名唐氏综合征患者，智力跟五六岁的儿童仿佛，身高则如同小学生。老周的妻子为了照顾女儿，一直在家。全家的收入，基本上就靠老周一人。早几年，七里甸居委会曾专门给老周家捐赠了一台双缸洗衣机。每年的中秋节和春节，居委会都会带着水果、糕点什么的，前去看望。

刘梅想了想，对吉倩倩说："你一个电动车，能跑多远？老周家就不谈了，还有住新区的，汽车来回还要一个小时，你电动车跑一趟，估计半路上就没电了！剩下的，我看还是寄吧！"

离居委会最近的一个邮政支局，要走上800米远。

下午3点45分，当刘梅和吉倩倩站在邮局柜台前的时候，工作人员的眼睛一下子瞪得圆溜溜的，脱口而出的是："我们4点下班，不急的话，明天早上来吧。"

两人赶紧求爹爹告奶奶，说："很急很急，无论如何，帮帮忙帮帮忙！"

弄清楚了是给困难群众寄口罩，邮局工作人员的眼睛恢复了正常大小，隔着口罩，嘟囔了一句："就不能早点来？"

19户20件，EMS每件12元，总共240元。

交了钱，一一填写好人名、地址，工作人员开始登录系统输入信息。操作到4点25分，不知道什么原因，电脑竟然死机了。工作人员对两人说："还有5个没输进去，只好明天再说了。"

刘梅和吉倩倩返回社区，已快5点了。

她俩刚进门，刘妍就急匆匆站起来，比画了一下手势，出门直奔公厕而去。杨小玉在江南茗苑值守，贾名扬下午在美的城"三包一"，陈小军定点新城花园，刘梅和吉倩倩再不回来，刘妍就只好请居民来临时照看一下居委会了。

这几天，刘妍又多了一件事情。每天上午，社区都会收到一份由各个药店汇总的购买退烧药人员名单，甚至连买咽喉片的人也会列在名单上。根据这份名单，她当天要把核查的情况及时汇总起来，上报给有关部门。她已经成了不折不扣的“表姐”。

七十一

居委会里，陆陆续续有人进来，以报备者居多。

快6点的时候，所有的人，都从点上回来了。

下班前的会议上，杨小玉跟大家通报了几件事情。

她说：“有人向街道告了一状，说城南映象发放通行证不及时，业主意见很大。街道给我打电话，要求城南映象最迟到15日，必须把剩下的通行证全部发放完毕。”

杨小玉望望刘梅，问：“这事我觉得有点奇怪，刘姐，你知道什么原因吗？”

刘梅自然不是太开心，说：“还不是牛二告的状？这个人心眼最小了！城南映象整个小区还有70多个人在外地，什么时候回来都不知道，剩下的通行证，怎么发出去？”

杨小玉朝刘梅笑笑，让她看一下手机。

有人在群里转发了一篇文章。文章是由新华视点记者所写，题目叫作《令基层不堪重负！揭一揭抗疫中的“形式主义”》。

杨小玉说：“各个小区通行证的办理，还是根据居民的需要，随时需要随时办理就行了，暂时没有需要的，也不准备出门的，就不要画蛇添足了。”

她转向贾名扬，提醒他：“贾书记，你下午没去光明新村吧？”

贾名扬回道：“全在忙美的城的‘三包一’，没来得及去。”

杨小玉说：“老龚打电话给我，说差点被你们吓死了。”

贾名扬觉得莫名其妙，问：“把谁吓死了？”

杨小玉说：“老龚老夫妻两个去超市买东西，回来的时候，志愿者测体温，老太太体温正常，老爷子的则到了38度。又测了一遍，还是38度。志愿者很紧张，说要赶紧汇报，要把老爷子送到医院去。老爷子哪里肯去？急出了一身汗，站在原地不动。过了一会儿，再测，就正常了。算是虚惊一场。”

贾名扬说：“他穿得多，走了点路，体温有点高是正常的，歇一下就好了。”

杨小玉说：“那两个志愿者可能没有经验，你有空跟他们交流一下，不要把居民弄得一惊一乍的。”

贾名扬说：“明天一大早我就跟他们沟通。”

杨小玉便举起自己的手机，说：“今天下午，红十字会专门来给完爱华送捐赠证书，我拍了照片，发在群里了。”

完爱华是社区的一名退休老党员，80多岁了。他身体好的时候，非常热衷于志愿活动。近几年，虽然不能做志愿者了，但每逢关键时刻，他还是会以各种方式来表达对社区工作的支持。

照片上，完爱华手捧证书，笑得非常慈祥和满足。

证书的内容是：

“尊敬的完爱华：我们已经收到您所捐赠的人民币壹仟圆整，此笔捐款将定向用于镇江新冠肺炎疫情防控。您的捐赠对需要的人来说，具有非凡的意义。对于您热心公益、关爱他人之心以及高度的社会责任感，谨表示我们最诚挚的谢忱和敬意。谨呈此证，留作纪念！镇江市红十字会。2020年2月13日。”

杨小玉说：“社区的退休老党员都这么高风亮节，我们还有什么理由不把工作做得更好更细更实呢？”

七十二

情人节这一天，陈小军得到了一份特殊的“礼物”。

上午9点多钟，新城花园一个被要求居家隔离的老人，竟然大摇大摆地从外面回来了。

他在进单元楼栋门的时候，被定点人员发现了。

定点人员大惊失色，赶紧叫住他，问老人是怎么出去的。

老人也不隐瞒，说，一大早就睡不着了，惦记着要到银行拿养老金，早上6点多钟的时候，偷偷溜出去的。出去的时候，也没人拦他。

定点人员说了老人几句，责怪老人不该坏了规矩，到处乱跑。

老人不乐意了，跟定点人员大吵起来，还扬言：“你们自己没有把门看好，还怪我？打12345投诉你们！”

不管怎么说，这件事既然发生了，大小也是个事故。定点的人不敢怠慢，立即汇报街道。街道有关领导听报后，勃然大怒，要求立即追查此事，查一查谁是责任人。查到最后，便查到了陈小军的头上。

被狠狠批评一顿，陈小军自然是无话可说。关键是，事情一出，把来下沉的街道同志也连累了。

街道责令社区，好好跟陈小军谈一次话，要上升到诫勉谈话的高度。

杨小玉把谈话的任务交给了贾名扬。

陈小军跟贾名扬诉苦，说，6点多钟的时候，他在车里，确实有点困，就小眯了会儿，也就鸡眨眼的工夫，谁知道这个老头会来这一出呢？

他已打了入党申请书，此事一出，自觉火线入党的事肯定没了指望，便多少有些泄气。

贾名扬跟陈小军谈完话后，把他的思想动态一并作了报告。杨小玉就又亲自和陈小军聊了会儿。她安慰他说，组织上入党固然重要，思想上入党更重要，一定要放下包袱，轻装前进。

如果说陈小军的情人节是意外的沮丧，那么，贾名扬的情人节，则是精心策划的惊喜。

当天傍晚，网上发布了一篇新闻稿，题目叫作:《最好的爱情，就是我与你并肩战“疫”》。

撰写人目的很明确，就是，“在今天这个甜蜜的日子里”，跟大家分享一些“舍小家，保大家”的“一对对夫妻，上演了‘抗疫第一线，上阵夫妻兵’的感人事迹”。

因为是为情人节所写，稿子的开头是这样写的:“所爱隔山海，山海不可平；海有舟可渡，山有路可行；此爱翻山海，山海皆可平。”

第一个故事的主人翁，便是贾名扬和小孙。

晚上9点49分，贾名扬把这篇新闻稿转发到群里，自己特意在后面附上了一句话:“只要爱对了人，每天都是情人节。”

于是，七里甸社区所有的工作人员，都阅读到了这样的文字：

他们和社区工作人员一起张贴疫情防控最新通告、发放宣传单、登记外来人员信息、入户排查重点人员等，每天加班加点是他们的常态。两人的女儿今年2岁多，懂事的孩子已经知道了爸爸妈妈的辛苦。孙萍说，整个春节都是自己的妈妈在照顾孩子，没有好好陪伴女儿，让她心存愧疚。“昨天回家，女儿拍拍床让我坐下来，给我端来一杯水，说:‘妈妈你辛苦了，喝水！’当时眼泪就忍不住了。”

“‘大家一起加油！’最近孩子常说这句话，我就录了一个小视频。”中午用餐的短暂休息时间里，贾名扬常常翻看自己朋友圈的一条小视频，里面是女儿喊着“大家一起加油！”，开心比出胜利的手势。“她说我们在外抗击疫情，是大英雄！”贾名扬说，“这段时间虽然辛苦，但是大家众志成城一定可以打赢这场防疫战！”

刘梅点了赞，杨小玉点了赞，刘妍点了赞，吉倩倩点了赞，最后，陈小军也点了赞。点赞之余，大家终于明白，一天前，贾名扬为什么要提议并执意于晚上的加班了。

不过，情人节这一天，社区也发生了一件令人难过的事情。

猫婆婆突然脑梗了。

就在下午，天空骤然滚过三声炸雷，大家都被吓了一跳。

雷声在没有喧哗的城市上空，响得比任何一年都更加惊心动魄。在惊燕惊蛇的春雷，轰隆隆远去的尾声中，由远而近，竟然传来一阵救护车急促的鸣笛声。

上午11点钟刚过，已经响过一次同样的鸣笛声。

当时，120救护车竟然停在了社区门口附近，吓得大家几乎是魂飞魄散，不知道发生了什么事情。只听得社区外面一阵七零八落的声音，又是一阵七嘴八舌的声音，最后是一阵七手八脚的声音。

随着一阵急救车鸣笛的再次响起和远去，众人七上八下的心跳才得以平复下来。

奇怪的是，当大家走出大门查看时，街道上竟然空空荡荡的，看不到一个人影。而在平时，哪怕街上有两个人讲话声音大了点，都会有不少人出来围观。

尤其让大家觉得诡异的是，救护车的鸣笛声，竟然没有引来陈二的狂吠。

下午4点多钟，当救护车的鸣笛声再次由远而近地直奔社区而来时，正在社区接听电话的杨小玉，赶紧挂掉电话，屏住呼吸，凝神去听。

让她惊恐的是，120救护车竟然又停在了社区的附近！她和刘妍冲出门外，终于看清，真的是一辆急救车！

她眼睁睁地看着全副武装的救护人员抬着一个人下来，又把这个人用担架车推到附近的沿街门面，推进了猫婆婆的家里。

杨小玉只觉得自己四肢无力，心里冰凉，对刘妍脱口而出："完了完了！"

但很快，她就回过神来。不对呀，出了事应该把人接走啊，怎么把人给送回来了？

她只戴了个口罩，不敢靠近，只能跟刘妍两人，远远地看着。

待救护车走后，杨小玉方才走到猫婆婆家门口，战战兢兢地问："到底发生了什么事情？"

猫婆婆的儿子悲切地告诉她，今天早上，发现老太太没有起床，去看的时候，老人已经不能说话了。赶紧叫了120把老人送到医院，检查下来，是脑梗死。抢救到下午，说是不行了，就又赶紧送了回来。

杨小玉一边为老人难过，一边又暗自为虚惊一场而庆幸。

回到居委会，杨小玉和刘妍正为猫婆婆的病叹息着，一个戴口罩的小伙子，用肩膀把门顶开，走了进来。

他左手握着一把拖把，右手拎着一只很大的装满东西的塑料袋。

小伙子是刚从徐州自驾回来复工的，到社区报备自我隔离事项。

徐州返回的小伙子，来之前已经通过了本地健康申报平台的登记。这个健康申报平台，其实就是个微信小程序，为应对复工返镇的人流所开发的，四天前刚刚上线。审核通过后，申报人会得到一个只能使用一次的二维码。

这个健康申报平台上线后，社区不再需要安排专人去车站卡口接送返镇人员了，算是少了一个心思，陈小军的压力顿时减轻了不少，但社区“三包一”的责任和工作量，却丝毫没有减轻。

这是一个对宅在家里已做好充分准备的年轻人。他拎起塑料袋放在柜台上说，这些都是刚买的东西，已经买了不少水果蔬菜放在了家里，家里还有50袋方便面、40只鸡蛋，吃喝拉撒都不要出门了。

刘妍对小伙子说：“你这样一来，倒帮了我们大忙了，不要给你送吃的送喝的了！”

小伙子说：“将心比心，你们也不容易啊！”

最后，他提了一个要求，不要在门上贴告示，什么都不要贴，不要吓着左邻右舍，他保证不迈出家门一步。

刘妍望望杨小玉。

杨小玉丝毫也没有犹豫，说：“你这么自觉，自律意识这么强，根本就不用贴了！”

也就是当天晚上，杨小玉老家的疫情防控，已转向全面总攻，形势的发展，越来越让人放心。

情人节的夜晚，杨小玉睡得特别踏实。

她做了一个梦，梦到老家的疫情已经结束了，她正陪着父母，在熙熙攘攘的人流簇拥下，缓缓移步于珞珈山的樱花大道。两位老人的笑容和阳光一样灿烂，头顶是粉红色的花海，身边是一眼望不到尽头的人海……

第十六章

复工

七十三

2月15日这一天，天气变得越发寒冷阴沉。再过两三天就是雨水了，再过一个星期就该龙抬头了，寒气却变得比整个冬天还要彻骨。

僵持了整整九天，区里同意居委会可以开具居家隔离证明和实时情况证明了。

社区去外地的人，逐渐多了起来。有精明的人，为了证明自己的低风险性，便到社区来索要证明，要求社区证明自己已经居家隔离过十四天。社区当然不能随便出具此类证明，多次向街道反映。

上午，街道终于有了明确指示，并发来了实时情况证明模板：

情况说明

××××：

××，身份证号码：××××，根据本人自述，经××社区初步核实，其人自×年×月×日至×年×月×日一直在本市范围内活动。

2020年×月×日×时，体温×（摄氏度）。

特此说明。

社区（盖章）

2020年×月×日

注：只作其人14日内在镇行为轨迹和当时身体状况说明，不作他用。

令居委会工作人员喜出望外的是，与模板同时发给社区的，还有一则指示，即可以根据相关要求取消部分隔离观察了。

杨小玉开心地对大家说："好了，现在'三包一'上门的，一大半都可以取消了。"

大家自然也都非常高兴，纷纷问她："企业复工的呢？"

杨小玉说："也有要求，我刚刚在群里转发了，你们仔细看看。"

要求也很明确，凡有固定单位的返回人员，管理观察的具体事务，就以相关单位为主了，又给社区减轻了不少负担。

大家正议论着复工的事情，有一位穿着时髦的女子推门进来。

她说要去上海办事，请社区出具一个证明。

她的身份证是扬州邗江的。大家对她都没有印象。

刘梅便问她住哪儿。

她说住在光明新村。

刘梅说:“你肯定不住在光明新村。”

女子便又拿出一些证件给大家看。

原来,若干年前,她在光明新村买了一套房子,户主是她父母。她自己并不住在七里甸,一直住在另一个城市社区。

刘梅说:“你这情况,最好到实际居住的社区去开,情况他们最清楚。”

女子说:“我昨天去过了,他们说不好办。”

刘梅笑了起来,说:“昨天是不好办,今天好办了啊!”

女子便丢下狠话,说:“老娘今天哪儿都不去了,你们不开我就不走了!”

刘梅不想跟这个女子吵架,想了想,便对女子说:“用你的手机发个短信,看看你是不是离开过镇江。”她不久前刚刚收到短信提示,用手机发送“CXMYD#身份证后四位”至10010,就可以查询机主近30天的全国漫游地信息。

女子按照她的提示做了一遍,并没有得到什么回复。

女子有点恼怒,对刘梅说:“你拿我开玩笑?”

刘梅说:“谁跟你开玩笑?你手机是联通还是移动的?”

女子说:“移动的。”

刘梅便问刘妍:“移动的轨迹怎么查?”

刘妍回道:“直接发‘CXMYD’到10086。”

女子低头拨弄了一会儿手机,脸上终于有了笑意。

她把手机递到刘梅的面前。手机上显示:“尊敬的××客户,您好!根据您的授权及号码通信情况,截至昨日,您查询的号码于1～15

天内曾到访江苏(镇江); 16 ～ 30天内曾到访江苏(镇江)。此业务为公益服务,漫游信息仅供参考,不作为最终判定论据。”

刘梅对站在一旁的杨小玉说:“这一个月,她没到过外地。”

杨小玉便说:“把证明现在就开给她。”

女子拿着证明前脚离开,后脚就进来另一个中年女子。

大家都认得她,患者9的密切接触者。这位加油站工作的女工,是专门前来社区,向社工们表示感谢的。

大家围住她,纷纷恭喜她平安度过了集中隔离期。

她还是那么冷静和自信,笑着说:“当时大家都戴着口罩,加油的时候,都在一米开外。如果有什么问题,就是加油卡。”

她特别强调了一下,说:“用完卡,我都会洗一下手,肯定也不会有什么问题的。”

吉倩倩快人快语,问她隔离时的感觉如何。

女加油工显得比较开心,说:“吃住都是免费的,一人住一个标准间,一天三餐都有人专门送到房间门口,荤素搭配比平常家里还要好,不是看电视就是上网,什么心思都不用想,人都长胖了是不是?”

吉倩倩忍不住叹息一声:“吃得这么好啊!”

七十四

下午,气温变得更低,风也更大。

刘梅跟刘妍一起，把有关部门都盖了章的同意复工的材料，送到了一家餐饮店店主的手里。

这也是春节后，社区第一家复工的餐饮店。

这家餐饮店，其实就是家门面不大的早餐店。

早在情人节的前一天，城区已有不少饭店开始提供外卖，但不得堂食。七里甸社区的商家，都是些小微企业。复工后，物资虽然比较短缺，特别是口罩、测温仪、消毒水之类的，但因为规模比较小，反而没有太大的问题。对社区的商家来说，最大的问题，还是客源。餐饮店，本来客人就少，还不允许堂食，更是雪上加霜。铺面拿的是公家的，还有个一免两减半的优惠政策，也就是免租金一个月，租金减半两个月；但如果租赁的是私人的铺面，租金则少一分都不行。

为了尽快营业，多增加些营业额，有些商家因为复工复产的审批手续比较烦琐，没有得到正式的批复之前，就悄悄地做起了买卖。

就在13日的一大早，这家早餐店不声不响地开了两扇门，做起了外卖。九点钟刚过，店门口竟然停了五六辆汽车。人民群众的眼睛是雪亮的。有好事者早把电话打到了社区。

接到举报后，刘梅和刘妍便跑过去告诉店主："外卖是往外送啊，你把门开得这么大，大家都拥过来，不就造成人群聚集了？"

店主嘴里嘀咕道："昨天不就把材料都给你们了？"

前一天，刘妍已上过门，初步查验了一下，店主也填写了一系列的表格，由社区帮着跑腿，确实已经把材料报给了区疫情防控指挥部。

刘梅说："你也不能这么心急啊，手续齐全了，不是少给自己添麻烦吗？"

店主有点不情愿地关了一扇门，还留着一扇门。

他边动手边嘟囔道："开门通风啊。"

正说着，一辆黑色的面包型警车直接朝早餐店驶来。

刘梅说："有人报警了吧！"

店主吓得赶紧把剩下的一扇门也一起拉上。刘梅和刘妍也跟着店主进了店内。

车上下来一名警察，身上标着"特警"二字。特警直奔小店，拉开门，径直走了进去，冲店主喊道："来份早餐！"

早已大惊失色的店主，这才知道是个乌龙，赶紧照办。

刘梅和刘妍二人看着好笑，便不再过问，转身离开了。

回到居委会，刘妍就给街道经办人员打了电话，问早餐店的手续到了哪一步了。街道的人很快回复，说跟区疫情防控指挥部联系过了，没有问题，后天上午就能批下来。

早餐店店主拿到了手续，自然是眉开眼笑，跟刘梅和刘妍打招呼说："明天早上过来吃早饭啊！我请客！"

傍晚，忙了一下午的社工们，陆陆续续地回到了居委会。虽然没有空调，温暖仍然立即笼罩了他们全身。大家正在七嘴八舌地细数着今天难得碰到的熟人时，突然传来一声撕心裂肺的尖利哀号，刺得每个人都禁不住颤抖了一下。他们随即反应过来，臻美源脑梗的猫婆婆，已经走了。

社区早已公告，疫情特殊时期，“白事”一切从简：不吊唁、不待客、不搭棚、不吹鼓。

他们默默地相互望望，各自神色黯然。

杨小玉对刘梅说：“刘姐，给猫婆婆送只花圈吧！”

猫婆婆之所以被大家叫作猫婆婆，是因为她收养了许多只流浪猫。

每天晚上八点钟左右，从四面八方，会准时跑来各式各样的大猫小猫，聚集在猫婆婆家门口。此时，猫婆婆就会端出一只上面印有“为人民服务”字样的搪瓷脸盆，脸盆里盛满了鱼汤拌饭。时间长了，三天两头有人送她小毛鱼，还有人用塑料袋给她拿来鱼的内脏。傍晚从她家门前经过，总会闻到特有的烹制猫食的味道。

这两天，街上不再飘来猫食的气味。社工们偶尔会议论一下猫婆婆的猫，不知道这些猫会不会饿着。如今猫婆婆不在了，这些猫，又会神出鬼没成野猫了吧！

一辆电动自行车响着喇叭驶过了居委会的门口。

陈二疯狂地奔跑吼叫起来。

街道上，不知何时，路牙上竟然已冒出了绿油油的嫩草芽。密密的，柔柔的，如同婴儿头上的胎毛。有了这刚刚萌发的小草，空寂的窗外，就仍然流动着一股不息的生机。在这氤氲的生机中，一片一片地，飘荡着什么，越来越多，越来越密，越来越大……

下雪了！真的下雪了！庚子年的第一场雪，注定是个令人难忘的日子！

七十五

第二天，雪后初霁，整座城市，显得格外安详宁静。

贾名扬早早就来到社区，把车停在早餐店的门口，买了个煎饼。

过了春节，他就没有吃过早餐店的煎饼了。他觉得自己都快忘掉煎饼的味道了。

他花了18块钱，特地买了一个加料的煎饼，培根、里脊肉，全都加上了。

回到居委会，跟大家打过招呼，贾名扬猛虎下山般地大咬一口煎饼。室外的气温刚刚过了零度，煎饼热乎乎的香气升腾成乳白色的雾气，温暖地在他的眼前缭绕。他有点爱怜地看着煎饼，禁不住感叹："民以食为天啊！"

自打上次吃了陈小军给他买的鸡块后，他就再也没有吃过餐饮店里的美食。

狼吞虎咽之后，意犹未尽的他，一边用餐巾纸揩嘴，一边对大家说："什么是幸福？这才叫幸福！"

但大家对他的饕餮之兴反响并不热烈。

他自己也觉得无趣，只好坐在一旁独自享受。

还未吃完，他便听到猫婆婆家传来的哭声，时断时续，若有若无，一种压抑，硬生生地穿透进来，滞留在居委会的空间里。

一个女人的哭唱，声音虽然不太响亮，但飘荡在寂静社区的上空，仍然是一种非常清晰的撕心裂肺。如诉如泣的哀歌，有一种无比凄楚的苍凉："娘啊……我的娘啊……苦命的娘啊……"

贾名扬愕然地张大了嘴，问："谁哭得这么吓人？"

刘妍说："是猫婆婆的小女儿，刚从苏北宝应赶到镇江的。"

特殊时期，猫婆婆的丧事没有吹喇叭，没有哀乐，门口只有几只直系亲属的花圈，其中有一只还是社区送的。也没有吊客，只有几名戴着口罩，臂膀上套着黑纱的亲属，站在家门口。

正因为如此，冷清而寂静中的凄厉的哭唱，才让人听得更加魂飞魄散。

就在这个天高云淡的上午，新城花园三区的自我隔离户，67户居民，早就迫不及待地走出了自家的楼栋。现在，他们是最安全的人，也是最幸福的人！整整14天，他们太需要呼吸一下室外的新鲜空气了！太需要在蓝天白云下自由自在地行走了！有人站在小区的绿地上，大叫起来："我—们—都—是—好—好—的—！"

阳光灿烂的新城！清新宁静的花园！喜笑颜开的人们！

现场还有一个简单的仪式：街道安排的有关人员，给居民代表送上鲜花，感谢他们的配合，祝贺他们顺利结束医学观察期。

远远地，坐在自己车里的陈小军，也笑了起来。

这么多天来，他和其他五个人一起，一天分成三班，24小时，不敢麻痹，不敢大意。他仅仅因为打了个瞌睡，就已捅了个不大不小的娄子。

他后来进行了认真的反思，终于想明白了这样一个道理：

他曾经是名战士。退伍之后，他从没想过自己还会成为一名战士。没有硝烟的战场，让他深深感到，更加不可捉摸，也更加需要坚强的意志。

没有告别，也没有人跟他打招呼。阳光自由而温暖地涌进车里，刺得陈小军的双眼有点酸胀。

他驾车离开了新城花园。此时，他最想做的一件事情，就是赶紧回家，好好睡上一觉，睡他个昏天黑地。

在回家的路上，有一辆车跟他的车，擦肩而过。

这是一辆殡仪馆的车，接走猫婆婆的专车。

陈小军第二天才知道，没有吹鼓手，没有吊唁的人，没有亲朋好友，连邻居都不能有，只有猫婆婆两个女儿的哭声，陪着猫婆婆，断断续续呜咽了最后一程。

送走猫婆婆的当天下午，猫婆婆的两个女儿来居委会开死亡证明，她们的眼睛还是红红的。大家不知道说什么是好，生怕勾起她们的伤心，都保持了沉默。

刘梅走过去，拉过一张椅子，对她们说："请坐。"

吉倩倩也走过去，拉过另一张椅子，对她们说："请坐，请坐。"

猫婆婆的两个女儿，悲哀地站着，并没有去坐。

刘梅又泡了两杯绿茶给她们，对她们说："这是我自己从家里带来的茶叶，一直放在冰箱里保鲜的，不太苦。"

猫婆婆的两个女儿接下了冒着热气的两杯绿茶，终于坐了下来。

刘梅说："基本丧葬费可以减免的，我们这里也有减免审批表。"

猫婆婆的小女儿说了句“谢谢”，眼泪便无声无息地从脸上流了下来。

猫婆婆的大女儿也说了句“谢谢”，喝了一口热茶，眼泪也流了出来。

猫婆婆无声无息地走了。也就几天，她喂养的猫，重新变成了流浪猫，鬼鬼祟祟蹿跳于各个住宅小区垃圾桶的上下。仍然按时在猫婆婆家门口出现的，只有一只猫，一只全身雪白尾巴漆黑的猫。大家都叫这只猫卖萌猫。

卖萌猫一点也不怕人，对谁都没有敌意。只要有人走近，它就会喵喵叫着，靠拢过来，贴着人的裤脚。

七十六

就在七里甸社工们叹息着猫婆婆的最后一程时，一家在当地很有名的超市，给社区送来了成箱的方便面和云片糕。

随着企业的逐渐复工复业，不少企业负责人突然发现，整个春节期间，社区的工作人员竟然就没停止过工作。感动之余，便想表点心意。此时，口罩等防护用品已不太紧张，餐饮店已经可以外卖，社区用的吃的都已不成问题。这家超市的负责人听说许多社区工作者因忙于防控疫情，很少有时间忙于家务时，当下就决定，为社工们的家属奉献一点爱心。

收下超市的爱心食品后，杨小玉召集大家开了个会，讨论如何处置这批物资。

七嘴八舌议论下来，大家觉得最需要这些食品的其实还不是自己，而是小区的物业管理和服务人员。除了社区工作者自己，每天能够全方位、全时段、全覆盖坚守在社区防控一线的群体，就只有物业管理和服务人员了。没有小区物业管理和服务人员的坚守岗位，仅凭社区现有的几个工作人员和有限的志愿者，根本不可能做到整个社区的封闭化管理。

杨小玉对吉倩倩和刘妍说："你们拿点方便面回去吧，小孩子喜欢吃。"

两人连连摇手，都说："不用了不用了，真的想吃，家门口的超市就有。"

刘妍说："杨书记，你们家孩子还小，你自己带点回去倒是真的！"

杨小玉笑了，说："小孩子不能惯。东西堆在这里，看起来很多，分到各个小区，再分给物业上的工作人员，一个人就没有多少了。也只能意思意思了！"

17日当天下午，超市捐献给社工们的爱心食品，就被社区转赠给了各个小区的物业保安和保洁人员。

让社工们特别开心的是，午饭后，社区就没有再接到过由各个卡口发来的人员名单。

最初，哪怕是本地人，凡是通过高速卡口来往的，都得报备并在家自我隔离14天。从17日下午开始，市内的自驾车就可以正式自由通行了。进入城区的无症状自驾车主，自己直接来社区报备即可。

最开心的自然是刘妍。杨小玉安排她早早就下了班。远在河南老家的小马告诉她，老家南阳新增的病例好几天都只有1例。村支部书记告诉小马，上面领导交代，从河南出去的人一定要干干净净的，只要南阳连续两个星期没有新增病例，就可以放小马走了。

离开居委会之前，刘妍告诉大家，从明天开始，社区所有的居家隔离人员，就只剩下18个人了。随着复工人员的陆续返回，这个数字虽然会有所增加，但再怎么增加，也不太会带给大家更多的压力了。

刘梅笑着问她："看把你轻松的！乐乐呢？还不给他做点好吃的？"

刘妍"啊"了一声，说："差点忘了！赶紧回去做几个菜，乐乐快馋疯了！"

夕阳半挂在紫褐色的楼群顶部，显得特别红，也特别大。也就一瞬间，万千耀眼的光芒竟然收敛成了半轮彤红。

春节以来，大家还是第一次看到这么大、这么美丽的夕阳，新奇之余，都忍不住赞叹起来，用手机拍下了庚子年的第一枚红润的太阳。

当天的报纸来得有点晚。

在当地日报的头版，刊登着一则题为《筑牢社区防控堡垒》的新闻报道。报道中写道：

"在七里甸街道疫情防控作战指挥部，记者看到一份街道居民区值守点分布图，街道12个社区58个居民小区77个值守点247个值守人员信息全部绘制成册，各类信息图文并茂、一目了然。"

第十七章

二月二

七十七

雨水这一天，江南无雨，风和日丽，晴空万里。

一夜之间，东风竟然让湿冷销声匿迹，有了春暖花开的感觉。镇江白天的最高气温迅速升到了12.2℃。梅花开得正盛，玉兰花树竟也绽开了蓓蕾，仿佛栖满了一树的蝴蝶。石楠一团团的墨绿之中，嵌满了赤红的叶芽，闪烁着玛瑙般的温润光泽。

九点半，除了一名留守人员外，七里甸居委会的人都离开了社区，开始向活动地点出发。

独自或两两走着的戴着各式口罩的行人，已经遍布城市的大街小巷。慢车道上，来来往往的电动车跑得特别欢快。快车道上的小汽车，川流不息。公交站台上，络绎不绝地有人走过来停下。除了每个人脸上的口罩，这座城市的风貌，看起来和一个月前几乎已经没有什么两样。

再过五天，就是二月二龙抬头的日子。

龙抬头，接活猴，剃毛头——江南民间的习俗，做媳妇的要回娘家了，大人小孩要理发了。

对许多当代的江南人来说，理发的民间隐喻在于，它已成了一种仪式，一种特殊时间节点上的仪式，不仅用于明志，还用于辞旧迎新，告别过去，走向未来，从头开始。无意之间，理发师竟成了新旧世界的摆渡人。

两天前，在给小区物业人员赠送方便面和云片糕时，杨小玉无意中听到一名保安说："过年前，兵荒马乱、手忙脚乱的，头发都没来得及剪，像个鸡窝，想想就马惶鸡躁①。"回到社区，她便跟大家商量，是不是搞个活动，找几个理发师，免费给物业上的工作人员理个发，算是表点心意。

大家都表示赞同，说："事不宜迟，要搞就马上搞起来。"

不过，事情虽小，一旦张罗起来，还真的挺麻烦。

首先是地点。

地点选在哪里？露天？肯定不行。人一围观，不是变相聚集群众吗，不利于严控疫情风险。到社区来？这么小的地方，摆个理发摊子，社区居民就别想进来办事了。到小区的物业服务中心？社区附近的几个小区，本来就是开放或半开放的，物业人员自己办公的地方都只有屁股大小。

讨论来讨论去，大家终于想到了一个好地方：美的城2区的物业服务中心。

---

① 马惶鸡躁，意为不舒服。

这是个新的小区，也是七里甸社区所有小区里，物业服务配套设施最齐全的。小区里有一个服务大厅，大厅的一面墙上还镶嵌着一大排镜子。包干小区封闭管理的任务时，这个小区并没有特别安排专人负责。

杨小玉笑着说，骑马找马地讨论了半天，偏偏一时就没有想到它。

有了地方，还得有理发师。

大家首先想到的是陈小军的父亲老陈师傅。

陈小军一口就回绝了，说他父亲的理发店刚开门复业，新年头月的，哪有才开就关的？太不吉利了！大家只好劝他，回去跟他父亲商量一下，行就行，不行也不勉强。

为了保险起见，杨小玉又联系了一位年轻的理发师，并告诉对方，社区也是做公益，做一天，只能给三百块钱，聊表心意，请大力支持。

这位年轻的理发师倒一点都没犹豫，在电话里对杨小玉说，自己的店农历二月一号才开门，宅在家里，闲也是闲着。

有了一位理发师给活动垫底，杨小玉便特地提醒陈小军："社区搞这个活动虽然是公益性的，但既然搞了，就一定要搞好，不能搞砸了。你父亲一起参加，双保险，服务的人更多，效果也更好，还是要尽量做你父亲的工作。"

地点和理发师都有了，便开始考虑活动的细节。

贾名扬建议，既然是公益活动，最好做一个会标，拉一个横幅，醒目，大家看了，也好找到地方。

经过一番斟酌，大家一致同意，活动的名称就干干脆脆用一句大白话：

“助力抗疫，为一线战‘疫’人理发。”

陈小军最终也不辱使命。第二天一上班，他便向杨小玉汇报说，他回去跟父亲说了，他父亲二话没说，当即就同意了。他因此向她解释，他把他父亲的觉悟想得太低，没想到这个老理发匠，关键时候，一点也不含糊。

陈小军给大家作了情景再现：

老陈推心置腹地对儿子说：“你每天的工作都是到很晚的，有时候夜里都要加班，我看到你们社区的人工作很辛苦，我也想为你们社区尽一份力量，就算我支持你工作吧！春节期间，出不了门，我自己心里也在想，是不是可以到你们社区去，帮居民理理发。”

得知陈小军的父亲已答应参加活动，分管社区宣传任务的贾名扬大喜过望，说：“好事好事，完全可以包装宣传一下！”他甚至把新闻稿的题目都想好了：《上阵父子兵——“90后”可以的！带着老爹上一线》。

上午十点，美的城小区的服务大厅里，相隔四块地砖的两张木椅上，已正襟危坐着两名捷足先登的保安。地砖是0.9米宽的，保持着3.6米的间距。一老一少两名理发师，年长的上身穿着白大褂，年少的则穿着黑夹克，黑白分明。两人完全一致的地方是，头上罩着蓝色的塑料头套，戴着口罩，左臂膀上都套着一个红色的“志愿者”袖章。

两位理发师相互望了望，打了个招呼，便不约而同地低下了头，弓起了背，一手拿着梳子，一手握着剪刀，目不斜视，像雕刻一样。嚓嚓声中，簇簇黑发，纷纷落地。

七十八

陈小军的父亲老陈师傅，祖籍扬州。

老陈十六岁时，刚在扬州跟师傅学了点剃头的手艺，便独自一人过江，在七里甸做起了“漂行”。

俗话说，不漂不流，不算剃头。以前的剃头匠，都是流动性的，定期走街串巷，在人家家门口出现，因此被叫作“漂行”。漂行也有高低之分：挑着担子行走的，被叫作“挑麒麟的”，算是高档的；不挑担子拿着“二斤十三两五钱四分”到处跑的，则叫作“挟包”，当然是低档的。

“二斤十三两五钱四分”是什么意思？这是清代江南明朝遗民的怀旧说法，由剃头师傅一直传承至今：“二斤”指代的是大明帝国的南北二京，“十三两”代表着大明帝国的南七北六十三省，“五钱四分”象征着大明帝国的五湖四海。

老陈师傅当年没什么本钱，只能“挟包”，每到一家，热水、板凳都由顾客自备，收费自是低廉。

除了有一门手艺，老陈师傅长得眉清目秀的，七里甸一带的丫头都说他长得俊。

几年剃头剃下来，晓得剃头的小陈师傅是个小光棍，好几个七里甸的丫头就动了心思。其中有一个胆子大的，就是陈小军的母亲，秋去春来，她就跟剃头匠小陈师傅好上了。

婚事是女方在七里甸一手操办的，不要说彩礼，就是一对新人的家当，基本上还是靠的女方家里，新房还是在老丈人家的猪圈上翻建的。

剃头匠小陈师傅在七里甸成家的时候，还起过一阵不大不小的风波。

当地的老观念，叫作“嫁出去的姑娘泼出去的水”，丫头成了家，要把户口迁到男方家里。剃头匠小陈的新媳妇跟小陈回了一趟扬州乡下后，就死活不同意迁户口了。

父母问一脸苦相的丫头：“嫁鸡随鸡，嫁狗随狗，嫁个乌龟王八也得跟着走，你还赖在家里做啥？”

丫头满是哭腔，回道：“一个穷得叮当响的地方，人都是往外跑的，我要是把户口迁过去了，笑就被当地人笑死了！”

“你就不走了？”

“打死我也不走了！”

丫头父母没有办法，说：“罢了，就把小陈的户口迁过来吧。”

小陈自是满心愿意，但女方所在的五里甸村上下却不乐意了，德高望重的纷纷站出来指责说：“想坏规矩搞特殊化呢？今天你家弄一个女婿来，明天他家弄一个女婿来，只进不出，田怎么分？宅基地怎么批？年底村里分红，还要给你家女婿算一份呢？”

丫头的父母先是觉得确实理亏，学鸵鸟埋着头一声不响，算计着别人埋怨一阵子，把女婿的户口迁过来也就算了。没料到的是，背后说他家的人越来越多，女婿迁户口的事却仍是遥遥无期。

老丈人终于忍不住了，蹦了起来，直接跑到大队发飙，叫道：“脑袋掉了碗大个疤，杀人不过头点地。你们说说，有哪条王法不让我女婿落户！欺负老实人是这样欺负的？”

闹到最后，村里勉强同意：“你家姑娘不走就不走了，女婿想来也就算了，只是宅基地不能再批给你家了，要单独砌房子，就在你家那个旧猪圈上砌吧！”

猪圈是早就不养猪了，但直接住人肯定不行。此时已经改革开放了，坐在街头巷尾剃头的人越来越少，挟包生意越来越难做，小陈师傅和丫头小两口商量了半天，觉得干脆一不做二不休，砌个二层楼，楼上住人，楼下开个理发店。

小陈师傅走街串巷，知道哪个人家门口堆着多余的砖瓦，有着便宜的建筑材料，压好价，自己找辆板车，就直接拖到猪圈来了。请来的瓦匠、木匠，都是剃头时熟识的，也不好意思跟他们多要工钱。吃了开工酒也就三天，就上梁放鞭炮撒馒头了。

俗话说，不争馒头争口气。上梁撒馒头之前，丫头特地蒸了三百六十只馒头，关照木匠师傅大浇梁。那天午时，木匠师傅特别卖力，在梁上压上六十六只馒头后，一边朝大梁上浇酒，一边说着喜话，一边往底下看热闹的人群撒馒头。在人们一遍又一遍的喊好声中，丫头和小陈师傅笑得嘴都合不拢了，觉得特别扬眉吐气。

后来，五里甸土地被征用，全村拆迁。此时的小陈师傅已被人叫作老陈师傅了。老陈师傅一家除拿了一套回迁安置房外，还特地在五里甸新建的沿街房里，弄了两小间门面，一间自己继续开理发店，一间让陈小军他妈开小超市。这样一来，日子过得倒比五里甸原来许多老村民的还要红火。

后来，老陈师傅对儿子说得最多的一句话便是:“人，千万不能忘本！”

让老陈没有料到的是，这次受邀为居民免费理发，竟然来了电视台报道，还专门采访了他。

陪电视台来采访他的是贾名扬。

贾名扬对他讲:“你就说说这次为我们社区做志愿者理发的事情，别忘了提一下你儿子。”

老陈一激动，便对贾名扬说了这样一段话:

“春节期间，因为疫情比较严重，出不了门，所以我就想到，是不是可以到你们社区里面，帮居民理理发。我把这个想法跟他说了以后，他也说，这是个很好的想法。我们俩也算一拍即合。”

电视台的人对老陈说:“说一说你儿子是怎么影响你的好不好?”

老陈就接着对电视台的人说:

“他每天工作都是到很晚的，有时候夜里都要加班，所以我看到他工作很辛苦之后，我也想为他们社区尽一份力量，就算我支持他工作吧。”

老陈的语境转换很快，一下就从“你们社区”切换成了“他们社区”。

电视台的人望望贾名扬，笑着说:“这是老陈在做小陈的后援了。”

服务大厅外排队的人越来越多，夹杂着笑声的喧闹声，也变得越来越热烈。除了物业管理和服务人员，小区的居民们也闻风而至。

事已至此，拒绝给小区内的群众免费理发，显然不妥。

杨小玉当机立断，迅速调整了分工：一位理发师主要负责物业一线人员，一位理发师则义务给居民提供服务。

七里甸社区“从头开始”的当天傍晚，准时下班的刘梅，去了一趟菜市场。

菜市场的人虽然很少，但鲜活农产品已经相当丰富：猪后腿肉和大排33.5元一斤，小排42元一斤，大白菜2.4元一斤，油菜2.1元一斤，芹菜4.7元一斤，洋鸡蛋3.6元一斤，草鸡蛋8.1元一斤，鲫鱼11.4元一斤，鲢鱼8.5元一斤，鳊鱼8.2元一斤……

这是春节之后，刘梅的第一次满载而归。

整座城市，在雨水的这一天，已充满了生机，像一个忍耐了很久的汉子，迫不及待地露出了自己的肌肉。

一轮红月，把“金地浮山”的城市山林的半个物理空间，都染成了微微的紫黛色。越来越稠密的人流车流，融入了这座江南古城的黄昏，融入了仲殊“清江晚渡落花风”的词句中。

七十九

七里甸社区的免费理发活动，不仅被当地的新闻媒体报道了，还受到了街道领导的表扬。

第二天上午，街道领导打电话对杨小玉说："这次活动组织得很好，效果非常好。事情虽小，意义重大，影响广泛，说明你们不仅做到了跟志愿者手牵手，还做到了跟居民群众心连心。"

杨小玉把领导的肯定跟大家说，众人都很开心。

高兴之余，刘梅便提到了老党员老许，说："不知道老许怎样了。"

老许以前是社区的一名志愿者，已经是肺癌晚期，一个星期前，就已命悬一线，气若游丝。想到老许以前对社区的许多付出，大家觉得，在做好防范的前提下，有必要一起上门再看望他一次。

上一次看望老许，除了慰问金，还送了些苹果、橘子。这一次，给老许送什么呢？大家商量了半天，一时不知道买什么好。

刘梅最后说："买一箱牛奶，再买一点刚上市的草莓吧。老许说他最喜欢吃草莓了。"

杨小玉、贾名扬和刘梅三人见到老许的时候，出乎他们意料，形同枯木的老许，精神竟出奇地好，还有力气跟大家讲上几句，面带微笑，吃下了一颗鲜嫩的草莓。

从老许家回到居委会，贾名扬跟大家说："老许这个老党员，生命力极其旺盛，看样子，撑过今年，应该不成问题。"

杨小玉和刘梅则默不作声。两个女人心里明白，老许生命的蜡烛已经燃烧到了最后——回光返照了。

2月21日一早，大家刚刚上班，便收到这样一条信息：

老许今天早上5点20分去世。

众人正嗟叹间，一个上级的通知也到了。

通知其实是个通告——《关于科学防治、精准施策、分区分级、尽快有序恢复正常生产生活秩序的通告》。

根据这个通告的具体要求，杨小玉对下一阶段的工作进行了安排。

她说："社区的交通监控点，今天就可以取消了。社区那些外地回来的，来自低风险地区和中风险地区，而且待过的乡镇、社区就没有疫情的，可以立即通知他们，通知他们在做好个人防护、健康信息登记后，就可以直接返工返岗了。请大家分头行动，逐一通知各个小区，通行证一律取消，车辆可以正常进出，所有居民进出自由，唯一的要求就是，进小区仍然要测量体温。"

吉倩倩问："沿街店铺呢？"

杨小玉说："小超市、餐饮外卖就不说了，小旅馆、理发店、食品店、水果店、五金店，只要保证控制住人流聚集，都可以恢复营业。至于文化场馆、娱乐场所、棋牌室、网吧、公共浴室、美容、室内健身、餐饮堂食之类的，暂时还不能放开，还要等上面的通知。"

她对贾名扬说："贾书记，广场就不要再派专人去管了。"

贾名扬说："确实不用再定个人去管了。老年人现在都很自觉，上广场的，都主动戴上了口罩。"

逐渐恢复常态的城市氛围，连狗们也感觉到了。夹着尾巴已有很长时间的狗们，已经理直气壮地出现在街头巷尾。它们紧跟着主人，或者把尾巴摇晃得像只拨浪鼓，或者把尾巴竖得像根旗杆。

物流并没有随着餐饮店的陆续营业和复工人员的增多而变得更加畅通，城市的物价暂时变得跟狗尾巴一样坚挺起来。

春天的蛋，好当饭。除了鸡蛋价格降了下来，其他的食品烟酒都涨了起来。猪肉价格涨得最多，翻了一倍，鲜瓜果价格也涨得比较明显。

逐渐恢复的人气虽然支撑住了物价，却还无法消化掉营业成本。租赁国有单位门面房的店主，幸福地享受着“一免两减半”的优惠政策，一个月免房租，还有两个月房租减半收取，但承租私人房屋的经营户，磨破了嘴皮子，得到的回答大多是：“我的房贷，银行一分钱利息都不免，给你减免了房租，我哪里有钱还银行？”

承租户的抱怨，越来越多地涌进了七里甸居委会。

八十

二月二这一天的上午，陈二在居委会的门外狂吠个不停。

随着一声“叫什么，叫魂呢”的叱咤声，“红睡衣”推门进了居委会。

找上门来的“红睡衣”，对着刘梅，大倒苦水。她说，从春节到现在，自己的麻将室就没开过门，她已退租了。

她拍拍自己的双手，说起来越发理直气壮：“收入一点都没有了，没有生活来源了，你让我怎么过日子？男人离了，姑娘不问我了，身体又是过一天算一天的，我低保的事，究竟到了哪一步了？”

待“红睡衣”数落得差不多了，刘梅对她说：“你的情况我们大家都清楚。你先回去吧，三天之内给你答复。”

“红睡衣”前脚刚走，刘梅后脚就打电话找房东核实。

房东说，确实没有跟“红睡衣”再续签合同。

新情况出现了，居委会不得不对“红睡衣”的低保资格问题再次进行专题讨论。

刘梅跟大家分析了“红睡衣”的现状及其跟低收入家庭、单人保对象之间的关系。刘梅说：“她这个人，现在事实上已经没有收入了，即使把她姑娘的赡养费从理论上算给她，根据现在的情况，她还是铁定的低收入。她本身就是一个大病重病患者，我觉得，已经完全可以为她单独申请最低生活保障了，而且，可以按照最低保障标准的百分之百申请。”

有人埋怨说：“就冲她对大家的一贯态度，就应该拖拖她！”

杨小玉说：“怎么好拖人家？她的态度是她的问题，真的符合条件了，办得好办不好，办得快办得慢，就是我们的问题了。”

吉倩倩说：“我印象中，最低生活保障实施细则里，好像没有规定她这种情况就一定能够拿到百分之百的保障金。”

刘梅说：“细则上确实没有规定，但是，两年前吧，市里的民政部门有过一个政策，对人均收入低于最低生活保障标准两倍的家庭，家庭成员大病重病的，可以当作单人户，申请大病单独保障。”

杨小玉说：“真的给她申请到了全额保障，百分之百，每个月就可以拿到七百五十元！”

刘梅说：“对的，就是这么多！”

刘妍说：“好处还不止这七百五十块。她一旦评上了低保户，还可以享受到市里的一个配套求助政策。这个配套求助政策的主要内容有四项，一是免费资助参保、参合；二是医疗费用减免——‘五免五减半’；三是享受二次救助，住院费用年个人支付五百元以上的部分，政府补偿60%；四是两年免费体检一次。”

陈小军问：“‘五免五减半’什么意思？”

刘妍解释说：“就是免收普通门诊挂号费，免收普通门诊诊疗费，免收门诊治疗费，免收住院诊疗费，免收医院基本医疗护理费；床位费、检查费、治疗费、手术费、放射检查费减半收取。”

陈小军嘀咕一句：“难怪这个人要拼命弄个低保呢！”

快到吃中饭的时候了。

杨小玉拍板道：“会后，立即跟踪对接街道和区民政局有关部门，完善社区居民的民主评议，尽快补充上报材料；从下午开始，大家再分头走访一下重点楼栋和重点户。”

八十一

臻美源这栋楼的二单元，楼上楼下，几乎都是社区需要重点关心的住户。

刘梅对贾名扬说：“贾书记，我下个月就要办退休手续了，陪你一起熟悉熟悉情况吧！”

贾名扬便叫上陈小军，说：“跟着刘姐，一起串串门。”

一楼有户人家，户主是名小贩，靠卖水果为生。天气好的时候，骑一辆三轮车，走街串巷，边走连吆喝，赚些辛苦钱。户主成家迟，孩子才上初中。妻子原来是农村的，人很勤劳，在狗儿庙附近的河边上，找了块边角地，按季撒下些种子，家里吃菜基本上就是自给自足。三年前，女主人查出乳腺癌，动了手术。手术后不多久，就又开始忙碌起来。

刘梅对贾名扬和陈小军说："这夫妻两人，从未到居委会来找过麻烦提过要求。"

她说："不能让老实人吃亏。他们家现在的情况，比低收入家庭好不了多少。如果有可能，社区还是要想办法帮他们申请低保。"

贾名扬问："他们家申请过低保没有？"

刘梅说："夫妻两个都硬气得很。女的手术后，我们上过门，跟他们介绍说，可以申请临时生活救助，写个委托书，居委会就可以帮他们跑。两个人死活就是不同意，说：'这点困难，咬咬牙就扛过来了，不能给孩子树个坏榜样，觉得父母没有骨气！'"

贾名扬感慨道："我父母当年也是教育我们要讲骨气！现在好像讲志气的遍地都是，教育孩子讲骨气的却真的越来越少了！"

204室独居着一个老人。老人已快70岁了。他无儿无女，只有个老母亲。

老人的老母亲已经90多岁，身体不是太好。老母亲原来和老人住在一起。春节前，老人觉得自己的精力已大不如从前，狠狠心，就把老母亲送进了敬老院。母亲在敬老院，老人的心也在敬老院。他每天都会坐公交车准时去看望母亲。疫情来了，公共汽车停运了，敬老院封闭管理了，无法看望母亲的老人，情绪就变得不太好。起初，老人偶尔还会跑来社区倾诉一番，后来见大家都很忙，便不再来了。

老人的楼上，304室，住着一户湖北籍的。

贾名扬和陈小军还有点诧异，问刘梅："湖北的？我们怎么不知道？"

刘梅说："老家湖北的，算是本地人了。"

十几年前，这户人家的老两口就从湖北来到了七里甸。最初，他们居住在此，只是带带孙子。后来家庭出现变故，老两口不得不承担起养家糊口的责任。他们找到一家物业公司，做起了保洁员，顺带拾拾纸盒子。孙子是"00后"，正在南京上大学，宅在家里，门也不出。疫情期间，一些物业公司的保洁员、保安员都辞职不干了，年过七旬的两位老人，却风雨无阻，从未放弃。普普通通的两位老人，离开小区的时候，很少被人注意，下班回来的时候，却常常被下沉的志愿者拦住。

四楼有一个住户，是刘梅当年在制罐厂工作时的同事，厂传达室的保卫黄金龙。

老黄最初是在郊县钼铜矿上当矿工。当年，为了能够分到房子，老黄曾跑到矿长的办公室，扑通一声，长跪不起。

后来钼铜矿关闭了，老黄也下了岗。他找到原来的老矿长。老矿长很同情他，问他有什么打算。他说七里甸的制罐厂现在发的钱最多，老矿长心领神会，就打了一个电话，他便到制罐厂当上了保卫。

当保卫的时候，老黄发现到厂里拖废品的人比较多。他便留了一个心眼，套了拖废品的不少话。很快，他就跟管废品处理的田科长提出，他也想弄点厂里的废品卖卖。田科长当然不会同意，说："决定权在厂领导，我只是执行领导的命令。”

老黄也不多说，便去找了厂领导。不知道他跟厂领导是怎么沟通的，反正厂领导最后跟他说，处理废品，就是田科长说了算。

老黄把厂领导的答复告诉了田科长，田科长说，厂领导没有关照，他不好把事情给他做。老黄便问田科长：“你是真的假的？”田科长说：“什么真的假的？都是真的！”老黄就说：“你玩真的是吧？那就别怪我也跟你玩真的了！”

当天晚上，就有人给田科长家里送了一只花圈。结果就是，黄金龙自此做上了卖废品的生意。

有了钱，老黄便闲不住，喜欢上了一个女人。这个女人是一个住宅小区物业管理处的主任。女人比老黄小个十几岁，风韵犹存。老黄只要在外面吃饭，都会把这个女人带着。他喊女人小邱。小邱有老公，还有一个女儿。小邱的老公原来在一家国企工作。国企改制后，小邱的老公下了岗，做生意不成功，精神上便有了一点问题。

小邱跟老黄好上后，老黄也不避讳，经常到小邱家里吃饭喝酒。每次去，老黄就会掏出一张一百块钱的票子，递给小邱的老公，说：“买几个熟菜，喝上两杯小酒。”小邱的老公便会兴高采烈地出去，买上点盐水鹅、猪头肉、素鸡、油炸花生米回来。此时，小邱早已把老公和老黄两人的酒杯斟满。每次老黄喝得酒气熏天离开的时候，小邱的老公都会把他送到门口，说上一句：“下次再来啊！再来啊！”

老黄确实很喜欢小邱，问小邱愿不愿意离婚。如果她离婚了，他也离婚。小邱跟他说，两个人结婚可以，但她女儿的婚事，他得给操办了。

老黄真的去买了一套房子，告诉小邱，他俩领了结婚证后，这房子就给她女儿了。

小邱有点不放心他，说："你先离吧，你离了，我就离。"老黄便回去跟老伴摊牌。他老伴没有跟他大吵大闹，很平静地跟他说："你在外面玩就算了，现在还要把这个家散了！我告诉你姓黄的，你要铁了心离，我会成全你的，但你会后悔一辈子的！"

老黄以为老伴会跟他一起去民政局领离婚证，但他老伴根本就不是这个意思。他老伴屁股一抬，转身就跑到居委会找到了刘梅。她跟刘梅说："他想跟我离婚，就死了这条心吧！他真的想跟那个女人在一起，我真的成全他！人总要死的！长江又没有盖盖子！"

刘梅吓了一跳，好好劝说了一番，待她走后，赶紧给老黄打了一个电话，说："好好看住你老婆，不要闹出什么事来。"

当天晚上九点多钟，老黄打电话给刘梅，说老婆不见了。刘梅问他怎么回事。老黄说，他晚上在外面吃完饭回来，老婆就不在家里。老婆晚上从来不出门，即便出门，也会打个电话告诉他。他就给老婆打电话，打通了，却一直没有接。他已经打了不少亲戚朋友的电话，都说不知道他老婆在哪里。

刘梅便提醒他："你老婆下午说过长江没有盖子之类的话，怕是到江边去了。"老黄便急了，说："江边那么大，到哪块去找呢？"刘梅说："你先去春江潮啊！"老黄便立马明白了。吓得魂飞魄散的黄金龙，果真在春江潮找到了自己的老婆。

经此一吓，黄金龙便断了离婚的念头。后来，黄金龙把那套房子卖了,给了小邱三十万现金。两人自此便断了来往。

贾名扬问:“后来呢?”

刘梅觉得奇怪,说:“什么后来?”

贾名扬不怀好意地笑了,说:“后来小邱的老公……”

刘梅却没笑,回他:“后来听说小邱老公精神正常得很。”

贾名扬“啊”的一声,也没了笑容。

再上面的504室,则住着医院里的一个女护士。

刘梅领着贾名扬和陈小军上门的时候,护士不在家,只有瑞穿着短袖汗衫,正在家里锻炼着,做着俯卧撑。瑞是护士的老公,是个英国人。一天后就是瑞的生日,虚岁正好五十。

瑞的汉语说得并不很流利,听起来很是费力。瑞说,他老婆已报了名,有可能去武汉。老婆天天上班,每天回来都要做饭菜,很是辛苦。他不会做中国的饭菜,做出来也没人吃得下。他的生日快到了,他想买一束鲜花送给老婆,给她一点惊喜,但不知道哪里可以买到。

贾名扬突然觉得瑞跟自己有点像,有种惺惺相惜的感觉,就说:“我帮你买吧。”他跟陈小军买了鲜花和蛋糕回来,瑞很是激动,说:“贾书记真够朋友。”要不是交流上存在一些障碍,贾名扬还真想多待一会儿,听听瑞和护士更多的故事。

跟瑞告别的时候,刘梅想起404室住户的抱怨,便委婉提醒瑞:“你太太那么辛苦,晚上没事,让她早点休息。这房子的隔音效果不太好,夜深人静的,动静大了,会吵到楼下的。”

八十二

第二天早上，刘梅还在上班的路上，就接到张奶奶的电话。

她赶紧把车在路边停好。

张奶奶开口就说："丫头啊，出大事了，你过来帮帮我吧！"

刘梅安慰说："别急别急，你慢慢说。"

张奶奶告诉她："昨天不是二月二吗？老头子弄了几个菜，说丫头回不来，就犒劳犒劳我老太婆。我都七老八十了，还要穷讲究什么呀？也真难为他了！"

刘梅说："那是他老人家的一片心意，是真的对你好！"

刘梅知道张奶奶说的丫头是她儿子未进门的媳妇。两个星期前，当地向湖北派出了医护人员，张奶奶的护士儿媳妇，也是其中的一员。

张奶奶说："他一辈子就是个跟屁虫，我走到哪，他就跟到哪，也就这点好了！"

刘梅说："是你前世修来的福分，这还不好？"

张奶奶说："好什么呀！把手弄开来啦！"

刘梅急忙问："谁的手弄开来啦？你的还是他的？"

张奶奶便叹口气，说："老头子的手呀！"

刘梅追问道："要紧吧？"

张奶奶说："你听我慢慢讲。昨天晚饭后，老头子闲不住，非要去抹桌子。我当时眼睛就有些跳，就跟他说，不要瞎忙了。老头子就是不听话！抹桌子就抹桌子好了，他还把砧板拿过去洗了。砧板洗就洗了，他洗过了还把砧板竖起来了，说好吹吹干。我当时就说了，砧板那么重，倒下来砸到人不得了！正说着，砧板真的倒下来砸到他的手了。”

刘梅知道张奶奶家的砧板是白果树的，直径半米以上，厚也有十来厘米，竖起来站着确实非常危险。

她不无担心地问张奶奶：“砸到哪块了？严重不严重？”

张奶奶说：“我就听到咕咚一声，老头子‘啊呀’一下，赶紧过去一看，老头子的手背就青了。我要帮他揉一下，他说不要紧，过几天青就会消了。我就信以为真了。哪个知道，今天早上起来一看，老头子的手已经肿得跟个馒头似的了！”

刘梅便问：“你现在在哪里？在家里还是在医院？”

张奶奶说：“还在家里啊。”

刘梅就有点急了，说：“那我马上过来，把你们送到医院去，先拍个片子！”

张奶奶说：“唉，丫头啊，要能去医院，我早就陪老头子去了！要命的是，老头子的医保卡找不到了！我翻箱倒柜找了好几遍，就是找不到！”

刘梅只好安慰她，说：“你别急，找不到卡也不要紧，我马上就过来。”

挂了张奶奶的电话，刘梅立即跟杨小玉通了话。

杨小玉说：“张奶奶的儿媳妇正在湖北，疫情不好转，一时半会也回不来。有什么事，我们责无旁贷，一手下了！你上午就专门负责张奶奶那里吧！”

匆匆忙忙赶到张奶奶家里，走得有点急，进门的时候，刘梅竟然有点气喘吁吁。

张奶奶有点不好意思地说："丫头啊，要不是找不到医保卡了，我也就不麻烦你了！"

刘梅定了定神，先过去看了看张奶奶老头子的手，然后又跟着张奶奶在家里仔仔细细、上上下下地寻找了一遍，确实没有找到医保卡，就说："不找了，看病要紧，先补办一张吧！"

张奶奶望望老头子，老头子像个犯了错的小学生，低着头，坐在那里一声不吭。

张奶奶对刘梅说："你看看，你看看，出了事，他就成了甩手掌柜，不闻不问了吧！岁数这么大了，还要让人操心！"

刘梅笑了起来，说："啊呀，你就不要再说他了。"

她掏出手机，对张奶奶的老伴说："赶紧，你对着我说几句，就说医保卡丢了，委托我全权给你办理。"

录好视频，拿着张奶奶老伴的身份证，刘梅便驾车直奔城东。补办医保卡的医保服务大厅在人力资源市场一楼，她要从城西跑到城东，穿越整个城市。

手续办得非常顺当。

工作人员给她一张表格，她填好后，拿到一张回执。工作人员指引她，去医保卡挂钩的银行办理一下挂失手续，办好后，立即回来打印医保卡，再把医保卡拿着到挂失的银行办理一下开卡手续，当天就可以用了。

医保卡补办好后，刘梅立即返回张奶奶的家里，把张奶奶老两口送到了离社区最近的医院。

拍片检查下来，医生说，是骨裂，不需要打石膏，开点药回去吃吃，注意保养。

把张奶奶老两口从医院送回家中，刘梅回到居委会时，正好是午饭时间。

第十八章

吉倩倩

八十三

当整座城市重新恢复了原来的生机，整个社区开始正常运转的时候，吉倩倩打了辞职报告。

按照杨小玉的安排，刘梅退休之后，吉倩倩要接手刘梅原来的工作。刘梅还未办理退休手续，吉倩倩倒先递上了辞职申请，让杨小玉多少感到有点意外。

只有刘梅觉得吉倩倩的辞职，既意外，又不意外。刘梅觉得不意外的是，吉倩倩始终有着一个梦想，为了这个梦想，倩倩可能有一天终究会辞职。刘梅觉得意外的是，她没想到倩倩竟会在她退休之前，就离开社区。

那天，把“红睡衣”的补充材料送到街道以后，刘梅和吉倩倩刚回到居委会，就有一对老夫妻到社区来办计划生育家庭特殊困难补助。

老两口是社区的拆迁户，拆迁后住在光明新村西边的御桥家园。

人虽然住在别的社区，但户口没有迁走，有事仍然来找七里甸社区。

老两口只有一个女儿。女儿出生于1月1日。春节前的1月11日，女儿正在家里忙着家务，突然停了下来，说自己耳朵后面很疼。坐下后，就不能动了。家里人赶紧打120，送到医院，人就不行了。医生说，是脑部血管破裂。

女儿走时刚好四十，生死都只跟“1”有关，让老两口产生了很多联想。吉倩倩对刘梅说，这么多的“1”，在她的眼前老晃来晃去的。她后来终于想到了一句话，就是，一旦决心做一件事，就一定要趁早去做，否则将来一定会后悔。

防控疫情的忙碌，已经让刘梅和吉倩倩暂时淡忘了此事。如今，老两口相互搀扶着，面容悲戚地出现在自己的面前，让她们一时竟不知道说什么是好。

这是一对非常通情达理的老人。送走了女儿后，直到这座城市的疫情得到有效控制，他们方才过来“麻烦”社区。

拆迁前，他们是低保户。拆迁后，老两口的银行存款有了30万元。后来年度例行检查时，查到了银行的存款，自然被取消了低保资格。当时，老两口还有点懊悔，说：“为什么要把钱存在银行里呢？为什么不放在姑娘那里呢？”

取消老两口一家的低保待遇时，刘梅的心里多少有些不安。一些开着私家车的居民在被取消低保待遇时，一哭二闹三威胁是常态，两位老人却是少有的配合。但政策是刚性的，她心里也是无可奈何，必须严格按规定办事。

女儿走了后，老两口一下子成了失独家庭。白发人送黑发人，让社区人也觉得凄惨。办理手续时，老人不断重复着女儿最后留给他的印象："她说自己耳朵后面疼，送到医院就不行了……"

一个至爱亲人的逝去，无论由于什么原因，带来的肝肠寸断的悲痛，都是一样的。死亡就像太阳，难以直视，却又无处不在；孤寂就像月亮，越是静谧，越是纯净，就越是明亮。面对太阳和月亮，不同的人，就有不同的感悟和收获。吉倩倩再次想到了那几个"1"，想到了自己的父母，想到了自己的那个缠绕在南方海边的温润梦想。

失独老两口走后的二月初五的下午，吉倩倩跟刘梅谈了很多。

她对刘梅说，小时候，她和姐姐都睡在米缸边，床上爬的都是黑米虫。父母最宠的是弟弟。当年，父亲在北京给人做装修，打一枪换一个地方。北漂了好多年，终于攒够了钱，在北京买了房，把她和弟弟接到了北京。她在北京摆地摊，弟弟却被父亲送去了英国留学。从英国回来，父亲把北京所有的房产都给了弟弟。弟弟在北京开了一家料理店，还开了一家劳务公司，很赚钱。她和姐姐都觉得父亲很偏心，重男轻女。

这样的家史故事，刘梅已听吉倩倩叙述过多次。这一次，她以为也会跟以前一样，倩倩把往事倾诉完了，一切就都会复归于平静。

吉倩倩说，后来，弟弟娶了弟媳妇。弟媳妇是中国海洋大学毕业的，不会烧饭，也不会做菜，在家从来不做事，所有的事情都由保姆去做。不像她，不讲吃，不讲穿，只会偶尔发个疯，买点奢侈品。

吉倩倩说着，下意识地抬起自己的左手，看了一眼。

吉倩倩左手腕上，戴着一只香奈儿的手表。刘梅知道，这只腕表，是她老公送给她的生日礼物，也是她身上最奢侈的物品。当然，这也是吉倩倩最喜欢的一样东西。

吉倩倩说，后来，她自己有了儿子。随着儿子渐渐长大，她怕儿子像以前的自己，吃了上顿忙下顿，就用这么多年拼命节俭下来的钱，加上贷款，买了两套房。一套自己住，另一套，当然是为儿子买的。到银行贷款给儿子买房子时，她想到了自己的父亲和弟弟。

吉倩倩告诉刘梅，就在那天，她突然就理解了父亲。

刘梅很吃惊地看着吉倩倩。她第一次听到倩倩说理解父辈的事情。

吉倩倩说，她父亲把北京的事情交给弟弟后，就和母亲一起回到了老家，回到了东平老湖的老庄里。前几天，她听刘梅说起儿子创业的事情，说起让儿子去自由选择自己的未来，她就很有感触。她说，她其实最憧憬、最向往的，就是这种自由的生活，不愁吃穿，又有时间。

说到最后，吉倩倩不再犹豫，果敢地告诉刘梅，她已下了决心，打算辞职回家，做一个真正的家庭主妇。

刘梅目瞪口呆。她原来有个预感，以为吉倩倩可能因为疲乏和紧张，会请个假，但没料到她会辞职。

她劝吉倩倩，做一个行动自由的人，是有条件的……

吉倩倩打断她的话，继续她的诉说。

她说："一只羊，放在猪圈里当猪养，迟早会被饿死。我2011年3月

15号到的这个城市，身上带着三千块钱，坐火车来的，背着铺盖，租了个毛坯房。大学毕业后，在北京卖被单，进八块，出十二块，最多时，一天能赚一千五百块。钱赚得快，用得也快，当时就没想过将来。老公在部队时，我一个人住在毛坯房里，怕小偷，就在床头放把刀。有时半夜里醒来，发现手里还握着刀。”

刘梅说：“你要待在北京，就是另外一个活法了！”

吉倩倩说：“为了他，我一点也不后悔！头两年，日子苦，也不觉得苦。两年后，我以军嫂的身份，进了社区。如果没有疫情，一直这样下去，一辈子可能就这样过了。疫情来了，我们夫妻俩都顾不了家。老公报名当了志愿者，值守的地方每天提供一份盒饭，每天中午，老公拿着盒饭，先跑回家给儿子吃上，再等我赶回去简单地弄一些吃的。我不回去，他就吃一点儿子剩下的，再随便找点什么吃上一点。儿子正在上小学二年级，每天独自一人在家，连一个亲戚都见不到。”

刘梅说：“刘妍家乐乐，不也是一个人在家里？”

吉倩倩并不接刘梅的话茬。

她说：“想辞职也不是今天。原来打算一过完年，一上班就跟杨书记说的。疫情来了，我老公严肃地对我说，绝不能当逃兵。我听老公的话，坚决不当逃兵。现在，复工复产了，很快就正常起来了，自己真的想好好歇歇了。回过头来看看，在润州十年，生了个儿子，买了两套房子，虽然每个月还贷有压力，好在一套房子租出去了。生活苦些累些不要紧，一家人快快乐乐地在一起，才是最重要的事情。”

刘梅并不希望她辞职，追问:“你真的不打算工作了?”

吉倩倩说:“以前真的没有好好想过将来。现在，觉得家庭真的很重要。我初中一年级在老家上的，初二在天津上的，高中又回了老家。上高中时没有学籍，大伯牵了个线，我就带着两条烟，花了几千块钱搞定了。年级当时共有12个班，我是单独的13班，就我一个人，上不上也无所谓。拿到高中文凭后，心血来潮，去武汉上大专。学校里的氛围不好，周围的同学全都染着花花绿绿的头发。我干脆在老家又办了个复读，第二年，就去了南京。结婚后，问老公喜欢我的哪一点。老公说:‘喜欢啥？就喜欢你身上的折腾劲。’”

刘梅说:“这就是你们的缘分！缘分到了，挡都挡不住!”

吉倩倩开心地笑了起来，说:“我不折腾了，我老公说不定就不喜欢我了!”

刘梅默然。她想起她老公跟她说过的一句话，一个男人喜欢一个女人，并不一定是因为她特别漂亮，而是因为她确实与众不同。

她想，一个单纯、善良、略显粗糙的爱折腾的女人，也许正是许多男人的最爱吧!

吉倩倩其实早已规划好了未来。她对刘梅说，辞职后，准备回老家看看，陪陪父母。还打算生个二胎。还有，跟老公一起去南方的海边看看鼓浪屿，看看蓝色的大海。

刘梅问她:“你真的想好了?”

吉倩倩叹口气，说:“一朵花，栽在这个花盆里，用这个土，没有长好，换个花盆，换个土，也许就长好了!”

八十四

吉倩倩跟刘梅说心里话的那天，并没有说辞职的具体时间。但第二天，她就把辞职报告送给了街道。

吉倩倩说离开就离开了。来的时候像一阵风，走的时候也像一阵风。

吉倩倩离开居委会的那天，七里甸发生了一件不大不小的事情，陈二出了车祸。

在陈二出车祸之前，猫婆婆喂养过的那只卖萌猫，已经莫名其妙地失踪了。

有居民说，那只卖萌猫，其实有一个名字，叫作雪里拖枪。肯定是有识货的人看中了这只卖萌猫，偷偷地把它顺走了。

那只教训过陈二的将军挂印，在猫婆婆走了之后，也走上了流尸之路。将军挂印离家出走，不是因为没有吃的，而是被猫婆婆的儿子打跑了的。据猫婆婆的儿子讲，这狗东西突然发起神经来，在家里到处乱尿，打死了才好！

不过，跟其他的猫不同，将军挂印不屑于在居民小区里靠翻垃圾桶里的残羹冷炙来生存，更不会跟卖萌猫一样，专吃嗟来之食，而是远走高飞，出没于狗儿庙附近的树林原野之中，成了捕杀麻雀、柳青等各种小鸟的凶手。

将军挂印远遁了，陈二追逐电动自行车和小汽车的范围，便扩大到了半条政泰路，危险也随之扩大到了半条政泰路上。

那天晚上，陈二跟往常一样，狂吠着，拼命地追逐着一辆鸣笛而过的电动自行车。骑车的是个男人。男人突然刹住车，转身对陈二怒喝了一声："去你妈的！"

陈二也许是被骂蒙了，吓得掉头就跑。谁知后面正好开来一辆小轿车，车轮一下就从陈二的身上碾过去了。

骑电动自行车的男人，见陈二被轧到了，立马加速消失得无影无踪。

小轿车的司机下车看了看陈二，陈二口吐鲜血，已经一动不动。

司机喊了两声："这是谁家的狗？"见无人应答，就顺手把陈二丢进了路边的垃圾箱里。

在旁边目睹事情经过的居民前去告诉修车铺的铺主。铺主只是不耐烦地说了一句："死了活该！"

没有了陈二追逐鸣笛车辆的狂吠声，居委会里的人总觉得外面的街道上少了点什么。但究竟少的是什么，大家却谁也说不清楚。

转眼间，吉倩倩辞职已经一个星期了。

3月7日这一天，她在群里发了一组照片。照片里，一家三口，灿烂的笑容定格在湖光山色和树烟花海之中。照片上面的一行字是："有过负重前行，更觉岁月静好！"

她写下的一段友情提醒的文字，暴露了她的行踪："来绿道的朋友们不要开车来，各路口都封路。电驴可以进。"一家人原来去了城市的绿肺——南山。

两天前的3月5日，整座城市已经进入了“苏康码”时代。刘梅觉得，如果早一点推出“苏康码”，吉倩倩辞职的决心，可能就下得不会那么坚决了吧？

吉倩倩也许想到了什么，她在群里还发了一行字：

“二八妇女节到了，记得送花！”

第二天，居委会所有的女社工，都收到了一束玫瑰。

老冯的妻子郭朝华，作为七里甸社区的群众志愿者代表，也收到了同样的一束玫瑰。

这些玫瑰，都是街道安排赠送的，并把这些玫瑰叫作“抗疫玫瑰”。

为了兑现诺言，贾名扬特地把郭朝华的名字报了上去。

接过鲜花，郭朝华咯咯地笑着，望了老冯一眼，说：“这么大年纪了，平时也没人送花，这回收到花，还真有点不好意思！”

看着郭朝华开心的样子，刘梅心想，吉倩倩没拿到玫瑰，可惜的了！

八十五

春季的最后一个节气。

谷雨这一天，是个星期日。东南风微微吹拂着桃红柳绿，让人觉得稍稍有点清冷。上午还有点小雨，下午一下子就蓝天白云了，可谓雨生百谷，清净明洁。

已拿到第一个月退休金的刘梅，逐一通知了居委会的新老同事。她在市中心的一家酒店，预订了一个包厢，中午请大家聚聚。这场活动，原计划是春节期间在她家里举行的。

退休之前，刘梅把“红睡衣”申请低保所需要的社区民主评议程序走完了。

虽然有不少居民对“红睡衣”的印象并不太好，但还是觉得需要给她一些补助，绝大多数人给她投了赞成票。

当刘梅把进展告诉“红睡衣”时，“红睡衣”虽然很高兴，却还是讲了几句难过话，有点不满地说：“你们就不能再快点了？”

刘梅也不跟她生气，只是朝她笑笑，说：“快了，再耐着性子等几天吧！”

刘梅早早就到了饭店，仔细把菜单推敲了一遍。刚把菜单调整好，吉倩倩就到了。

吉倩倩是第一个到的。

刘梅发现，辞职以后，没有了工作的压力，吉倩倩的皮肤竟然变得细嫩起来，看上去年轻了好几岁。

就在几天前，吉倩倩还在群里发了一张照片。照片是她自己用手机拍的。高调金属灰的桌面上，三只瓷白圆盘里，分别盛放着胡萝卜片小炒五花肉片、油爆大虾、小青菜炒鸡蛋，一只长白方盘，装着的则是二十几只煎饺。左中右，三双黛色的筷子，摆放得整整齐齐。一只高脚水晶酒杯，红酒定格在了不到二分之一处。她给照片配的文字是：“人到中年，小房小车小酒壶，挺好，别拧巴。”

“拧巴”不是山东话，也不是江南话，而是北京方言。她在北京摆过地摊，她用这个词，给自己未来的生活，做了一个非常清晰的定位。

刘梅知道吉倩倩的意思。人的一生其实是有限的，长不过百年，作为女人，为什么一定要每天生活于并不心甘情愿的辛苦之中呢？自己过得不好，别人过得很好，算是真正的幸福吗？暂时停下来，让灵魂追上自己放慢了的脚步，就算是一个别人眼中的弱者，又何尝不是一个快乐充实的人生瞬间？

刘梅当即给她点了赞。

随后，大家也纷纷给吉倩倩点赞，说吉倩倩已是个美厨娘。

陈小军的点评则最为豪放：“倩倩终于不是大饼卷葱了！”

当陈小军出现在饭店里的时候，寒暄过后，吉倩倩问他：“你的喜酒什么时候办？要赶快呀！”

陈小军不好意思地说：“快了快了，就在十天后，4月29号。”

吉倩倩说：“好日子！事事如意，好事成双，长长久久！”

陈小军谦虚地说：“双方老人订的日子，他们翻了老皇历的。”

酒过三巡，菜过五味，大家畅谈正欢的时候，服务员端上来一道羹汤。

羹汤晶莹如玉，上面恰到好处地点缀着些许鲜艳的红椒丝，如同雪地上熊熊燃烧着的一堆篝火，还有嫩绿如翡翠的葱花，恰似雪原上的林海。

大家纷纷问：“这是什么汤？”

服务员笑了笑，说：“对不起，是你们自己安排的，我真的不知道！”

大家便问刘梅："刘姐，这是你安排的？是什么汤呀？"

刘梅神秘地笑了起来，说："你们先尝尝，好吃再说，不好吃就不讲了。"

一人一小碗，刚吃了一口，全都叫了起来。

"这么鲜呀！鲜得要掉眉毛了！"

"这么嫩的肉丝，猪肉还是牛肉哇？"

"这么脆的丁丁，肯定是竹笋丁！"

"这香味是怎么调出来的？真正的鲜香啊！"

……

待大家全部感叹完，刘梅方才说，这叫鲈鱼羹，是用鲈鱼做的。先将新鲜的鲈鱼配姜葱蒸熟，剥下鱼肉，皮也不能要。把刚竹笋切丝，千万别用毛竹笋。把新鲜的白蘑菇切丁，黑毛猪的里脊肉切丝，牛里脊肉切丝。里脊肉都要稍微用调味料腌制一下。把腌制好的里脊肉和笋丝、蘑菇丁一起翻炒一下。翻炒后添开水，先大火再小火，火候到了，把鱼肉放进去，最后放入蛋清和淀粉，让汤变得更加浓稠醇厚些。

杨小玉说："用了这么多的心思这么多的功夫，难怪这么好吃！"

吉倩倩问："刘梅，不会是你自己发明的吧？"

刘梅笑了。她看了一眼刘妍，说："你还记得去年我们上门送蛋糕，老蔡家老婆跟我们说的事情吧？"

刘妍说："记得呀，跟这菜有什么关系？"

刘梅说："当时老蔡的老婆说，等老蔡好了，要做道拿手的鱼请我们。请客前，我给老蔡的老婆打了电话，说，我们要聚会，想自己做一道好吃的鱼。老蔡就让他老婆把方子告诉了我。老蔡的老婆说，不是把我们当家里人，这方子他绝对不外传的。”

大家便“啊”了一声，说：“原来这样啊。”

众人再吃鱼羹，在鲜嫩脆香之外，就又品尝出了一种说不出的滋味。

刘梅说：“老蔡的老婆讲，这鱼羹，就这季节的最好吃，因为这季节不仅鱼好，竹笋也最好。他老婆讲，刚打雷时的刚竹笋叫作雷笋，燕子飞来的时候，上市的笋子就叫燕来笋。雷笋最嫩，燕来笋最鲜。过了这季节，鱼羹就做不出这个味道了。”

杨小玉笑了起来，说：“刘姐，你这是在说菜还是在说人呢？”

吉倩倩叫了起来：“刘梅是在说我们女人呢！”

包厢外是叠石流水、画舫桃花，恍惚之间，如同世外。

八十六

刘梅最后一次见到吉倩倩，是在陈小军的婚礼上。

刘梅记得，那一天，确实是个好日子。

连续吹了两天的南风，温度已近夏日。傍晚，准备出门的刘梅，听见自家篱笆小院的拱门上，传出了阵阵婉转的鸟鸣声。

她家院子的拱门，是由蔷薇和忍冬的藤蔓蜿蜒而成的。拱门的正中间，藤蔓牵扯住的红的、粉的、金的、银的乱花之中，一对绣眼搭筑了一只鸟巢。鸟巢如一只粗糙的陶碗，稳稳地盛装着五只灰色的雏鸟。这些来到人世间已一个星期的小家伙，正把淡黄色的鸟喙伸向天空。此刻，正是它们嗷嗷待哺的时候。

隔着一棵石榴树，与绣眼一家相距几米远的竹篱上，一丛七姊妹的绿叶间，还筑有另一只更大的鸟巢。这是一对白头翁夫妻搭筑的。刘梅知道，出生刚一天的两个小家伙，就是两个灰溜溜、肥嘟嘟的小绒球。昨天，她刚看了一眼，栖在路对面竹梢上监视着的白头翁，就凶狠地喳喳警告起来，不知道是父亲还是母亲。

满架蔷薇，流泻了一院的芬芳。花香如瀑布般，一阵阵郁烈着刘梅的鼻翼。她的心一动，蓦然想到了吉倩倩在一个多月之前发在群里的全家福，一家三口在南山树烟花海之中的灿烂笑容，还有那两句话："有过负重前行，更觉岁月静好！"

当天晚上，延迟了一个多月的陈小军的婚礼，隆重而热烈地举行了。

除了本地的亲朋好友外，陈小军苏北老家的亲戚，也来了很多。整个晚上，西装笔挺的陈小军，一直都在傻笑个不停。

七里甸居委会所有的工作人员都参加了陈小军的婚礼，刘妍还带来了乐乐。

铁哥们跟陈小军开玩笑，说他笨手笨脚的，话也不会说。他认真地向大家打招呼说："第一次，第一次，没经验，没经验！"

吉倩倩说："陈小军就是个幸福而任人摆布的木偶人。"

小两口前来敬酒。身披婚纱的新娘子，小腹微微隆起。同坐一桌的七里甸社工们，相互望望，会意而开心地笑了起来，打趣道:“春种秋收，进门喜啊！”

刘梅想到出门时遇到的绣眼一家七口和白头翁一家四口，便自然而然地祝贺道:“早生贵子，白头偕老！”

席终人散的时候，刘梅对吉倩倩说:“看海的时候，别忘了在群里多发几张照片。”

吉倩倩一口答应，说:“就看我老公的时间了。”

将近一个月后，5月25日，区委组织部在网上公示了上半年大学生村官考核转岗个人的基本情况。公示名单上，第一名是贾名扬，第二名则是孙萍。八个月前，上一批大学生村官考核转岗时，杨小玉也是排在了第一名。

半年很快过去了。金秋十月，御桥港两岸的桂花香沁人心脾的时候，七里甸社区的支委会和居民委员会进行了换届选举。除了刘妍和陈小军当选为七里甸新一届的居委会成员外，其他工作人员，都离开了七里甸社区。

杨小玉被组织上安排去了七里甸街道。

去街道之前，她终于帮“红睡衣”办好了低保的所有手续。

领到第一个月的低保款时，心花怒放的“红睡衣”逢人便说，她闹到最后，到底把低保的钱闹到手了。她没有到居委会来对任何一个社工说一个“谢”字。她对人说得最多的一句话便是，硬是把她拖了年把，亏大了。

最初，杨小玉被安排在街道的办公室做行政工作。一段时间下来，她觉得自己就像一棵被移栽到盆景里的树，有一种越来越浓烈的孤独感和窒息感。她向领导请求把她调整到信访接待中心。领导觉得奇怪，但还是尊重了她的意愿。

在信访接待中心，面对一个又一个的社区上访户，杨小玉闻到了一种熟悉的泥土的气息。她竟然开始有点怀念起臻美源的菜地，和菜地里的茅缸。

贾名扬则担任了另一个社区的党委书记和居委会主任。

当选后，贾名扬说了这样一段话：

"作为一名'90后'，在最美的年纪、最好的时代，在广大党员的信任和支持下，当选为新一届社区党委书记，我感到非常荣幸，同时也深感责任重大。我将团结带领社区党委班子，牢固树立宗旨意识，筑牢新时代的战斗堡垒，勇作为、敢担当，用年轻人的新思维，以共治共建共享的新理念，强化'党建引领360'服务功能，不断提升治理水平，满足群众所思所盼。"

离开七里甸社区前，他去看了看狗儿庙。

土丘上的狗儿庙，没有一个人影。周边的高大乔木，都已落完了黄叶。光秃秃的枝条，虬龙般伸向空中，给人一种挣扎的萧索感。

他突然发现，站在狗儿庙的土丘上，无论他怎么眺望，都看不见七里甸居委会所在的那幢楼。遮住他目光的，是御桥港两岸的树，一丛一丛的，连绵不绝。

有那么一瞬间，他的心动了一下。他想到了小黑。他知道陈小军把小黑埋葬在了一棵树下。他从来就不想知道小黑到底被埋在了哪一棵树下。他觉得，对岸的每一棵树下，都有可能埋的是小黑。

离开狗儿庙的时候，有一个枯瘦的独眼老人慢吞吞地跟他擦肩而过。蹒跚而行的老人，一身藏青，瞧都没瞧他一眼，口里自顾自地念叨着：

“七里旬里七里村，七里村后狗王庙。狗王庙里狗王仙，保佑宝宝呱呱叫。乡村小庙较难寻，一路问讯向前行。”

贾名扬觉得这顺口溜有点怪怪的，但到底怪在哪里，他一时倒也说不清楚。

老的七里旬社区社工群要解散了。

吉倩倩发出了最后一条信息，有点意味深长：

“再见了！我要去看海了！”

她什么时候去看海，可能连她自己也不知道。

尾声

猫婆婆其实是家里的老幺，兄弟姐妹中排行最小的一个。

猫婆婆跟她的弟弟，根本就不是一个地方的人。

猫婆婆的弟弟从来就没有成过家。

自他走了以后，整个七里甸，就再也听不到小巷深处叫卖茶干的吆喝声了……